秘密のお料理代行①

そのお鍋、押収します!

ジュリア・バックレイ　上條ひろみ 訳

The Big Chili

by Julia Buckley

コージーブックス

挿画／青山京子

最高のチリコンカンを作る夫のジェフに

謝辞

一週間たらずでこの本を出版社に売ってくれたスーパーエージェント、キム・リオネッティに感謝します。バークレー・プライム・クライムの編集者ミシェル・ヴェガとベサニー・ブレア、そしてミックに命を吹きこんでくれたすばらしいアート部門の面々にも。

かれこれ十五年いっしょにやってきた、今では親友でもあるライティンググループのみんな、マーサ・ホワイトヘッド、シンシア・クアム、エリザベス・ディスキンに感謝します。自身の多忙な執筆スケジュールにもかかわらず、いつもよろこんでわたしの原稿を読み、批評してくれるキャシー・バロンにはいくら感謝してもしきれません。彼女の著作がわたしの朝食となり昼食となって、いつも書く意欲がよみがえります。

無所属のもの書きだったわたしに奨学金を与え、英語で文学修士号をとれるよう支えてくれたアメリカ探偵作家クラブに御礼申しあげます。

スー・アン・ジャファリアン、シーラ・コナリー、アン・フレイジャー、ジョン・ダンドーラの友情と、出版界で奮闘するわたしへの特別な支援を、とてもありがたく思っています。

両親にはじまって、ビルとケイト・ロハリー、きょうだいとその子供たちにいたるまで、家族全員に感謝しています。教育という苦行から日々霊感を得ている、愛する英語科の同僚たち、テレーザ・ブラック、ローズ・クルンコヴィッチ、リンダ・ハリントン、マギー・マクネア、マーガレット・メッガー、キャスリーン・マロニーにも。ことばと文学への愛をさらに深めさせてくれた、過去と現在のわたしの生徒全員にも。

銃やリアルな会話や音楽や刑務所についての、わたしのでたらめな質問にすべて答えてくれた、夫のジェフと息子たち、イアンとグレアムに、どうもありがとう。

ライラの頭のなかのサウンドトラックの供給源である、すべての偉大な音楽関係のアーティストたちに感謝の意をささげます。

身近にいるいちばんかっこいい人たちとして、すべての書店員と図書館司書のみなさん、とくに図書館司書のモリー・クロウデンとスー・ティンダル、〈センチュリー&スルース〉の書店員オーギー・アレクシーに感謝しています。

音楽以外で精神を高揚させ、心に力を与えてくれるのはボウル一杯のチリコンカンだけだ。

バンドリーダー兼トランペッター
ハリー・ジェイムス

チリコンカンが好物でない人に会うたびに、たいていおいしいチリコンカンを食べたことがない人だとわかる。

『チリ・マッドネス』の著者
ジェイン・ビューテル

魅惑の宵に
初めてその人を見る
初めてその人を
人で混み合う部屋のなかで
そしてなぜかわかる
ひと目見ただけで
またどこかで会うことになると
何度も何度も……

エミール・デ・ベック
ロジャース&ハマースタイン作『南太平洋』より〈魅惑の宵〉

そのお鍋、押収します！

主な登場人物

ライラ・ドレイク……秘密のケータリングをしている。日中は不動産屋勤務
ミック……ライラの愛犬。チョコレート色のラブラドール
キャメロン（キャム）・ドレイク……ライラの兄
ジェニー……ライラの親友
ヘンリー……ジェニーの甥
エリー・パーカー……ライラの秘密の依頼人
ジェイ・パーカー……エリーの息子。警部補
ペット・グランディ……教会のボランティア
アンジェリカ……ペットの上の妹。教会のボランティア
ハーモニア……ペットの下の妹。教会のボランティア
アリス・ディクソン……教会のボランティア・グループの会長
ハンク・ディクソン……アリスの元夫
タミー……ハンクの婚約者
シュミット……神父
トリクシー……教会のボランティア
テリーザ……教会のボランティア
バート・スピールマン……図書館司書。ビンゴ愛好家
シェルビー……ライラが家庭教師をしていた元教え子
テリー・ランダル……ライラの大家。実業家
ブリット……テリーの恋人

1

愛犬であるチョコレート色のラブラドール・レトリバーに見守られながら、中古のボルボのワゴンを停め、バックシートから覆いをかけた深皿を取った。秋風が顔を打ち、髪をくしゃくしゃにする。

「すぐに戻るからね、ミック」わたしは言った。「うしろにあるお鍋からすごくいいにおいがしてるけど、あなたがいい子でいてくれると信じてるわ。ご褒美を待っててね」

彼はわたしに向かってうなずいた。ミックは多くの点で注目に値する犬だが、もっともすばらしい才能のひとつは、わたしが話しているときにうなずくというわざを習得したことだ。彼は理想的な相棒だった。口をはさんだり見くだしたりすることなく、じっと話を聞いてくれるハンサムな男性。秘密の業務でパインヘヴンの町をまわるときは、守られているような気分にしてくれる。

車のドアを閉め、エリー・パーカーの家の歩道を進んだ。エリーはいつもドアの鍵をかけない。わたしが何度もかけてくれとたのんでいるのに。わたしたちのあいだには取り決めがあった。もし留守にしていたり、裏庭をぶらぶらしているときは、キャセロールをテーブルに置き、彼女が用意しておいてくれたお金をもらって帰ると。代金は材料費込みで五十ドル。エリーはもっと取るべきだと言うが、今はこのささやかな副業でも生活費の足しになっているので、それで充分だった。

「エリー？」

わたしは呼びかけた。何度かはいったことのあるキッチンに足を踏み入れると、いつものように整然としていた。エリーはいなかった。がっかりして、磨きあげられた木のテーブルに料理を置いた。作ってきたのは、ひと手間かけたマカロニとチーズのキャセロールだ。メインコースの呼び物になるように、三種類のチーズに薄くスライスした玉ねぎとプロシュートを加え、あとは焼くばかりになっている。おいしいし、エリーが関節炎のせいで料理するのがむずかしくなるまえに、訪れた友人や家族のために作っていたものにとても近い。彼女は料理するのが困難になったことを愛する人たちに知られたくなかった。そこでわたしの登場となった。わたしたちはほぼ一年まえに契約を交わし、どちらにとってもうまくいっていた。

エリーは料理の焼き時間を知っているので、指示を書き残す必要はなかった。いつもならミックもなかに入れてもらい、彼がテーブルの下でくつろぐあいだ、エリーとお茶を飲んでおしゃべりをするのだが、なんであれ今日のエリーには別の予定があるらしい。代金も用意されていなかったので、以前そこから代金を取ってくれと言われたことのあるクッキージャーのところに行った。丸々としたサルを模した円筒形の陶磁器のクッキージャーだ。そこからお金を取って振り向くと、ドア口に男性の姿があった。

「わっ！」わたしは風変わりな花束のように、ウェストのまえで現金をつかんで叫んだ。

「やあ」男性は目をすがめて言った。「だれなのかきいてもいいかな？」

「エリーの友だちよ。そう言うあなたは？」エリーは男性が――いわゆるイケメンの割と若い男性が――家にいるなんてひと言も言っていなかった。ということは、泥棒かもしれない。

「ぼくはエリーの息子。ジェイ・パーカーだ」彼は読書用眼鏡をかけていた。そしてその眼鏡越しに、きびしい教師のようにわたしをじっと見た。なんかかっこいい。「母の留守中に、知らない女性が母の現金入れに手をつっこんでいるのを見るとは思わなかったな」

汗がひと粒背中を流れ落ちた。「まず、わたしは知らない女性じゃないわ。それはたしかよ。エリーとわたしは友だちだし、わたしは――」

わたしは何？　彼に何が言えるだろう？　このささやかなケータリングビジネスは秘密（アンダー・ザ・テーブル）の仕事で、料理を注文する人たちは、それを自分で作ったと見せかけたがっている。その秘密と、わたしの料理のおいしさに、お客はお金を払ってくれるのだ。

「お母さまのために仕事をしたの。それで、報酬を取るようにと言われていたのよ」

「へえ？」彼は、いつでもどこでも世の男性がやるように、ドア枠に寄りかかった。あと必要なのは、口にくわえた一本の干し草だけ。「母のためにどんな仕事を？」明らかに信用していない。泥棒だと思われているのがわかり、心が痛んだ。

「芝刈りをしたのよ」わたしはとっさに口走った。ふたりとも、窓の外のやけに伸びた芝生を見た。「うわ。あまりいい選択じゃなかったわ」とつぶやく。

彼の顔がますます用心深く、けげんそうになった。もし必要なら何か武道のわざでも繰り出しかねない様子だ。警察に突き出されることになるかもしれない。「母とのほんとうの関係は？　そもそも母の留守中に、どうしてここにはいってきた？」

少なくともそれについてはほんとうのことを話せる。「わたしはライラ・ドレイク。エリーはわたしが来るのを待っていたから、鍵を開けておいてくれたのよ。言ったでしょ、友だちだって」

彼は満足しなかった。「母が待っていた相手はぼくだと思うよ。ドアノブを試したとき、きみはたまたま運がよかっただけなのかもしれない」

「なんですって！」恥ずかしさに顔が熱くなるのがわかった。「わたしはエリーのお金を盗もうとしたわけじゃないわ。彼女とわたしには――取り決めがあるのよ。そのことについては話すわけにはいかないの。お母さんにきいてみたら――？」エリーは想像力豊かだ。息子のために何かいいうそを考えてくれるだろう。そうすれば彼は信じないわけにはいかなくなる。

その証言を値踏みしているかのように、沈黙がおりた。見くだされているような、ぞっとするほどいやな気分だった。「わたし、もう行かないと。犬が待ってるし――」

彼の顔が初めて明るくなった。「あれはきみの犬？　やっぱりそうか。すごくいい犬だね。犬種は、チョコレート色のラブラドール？」

「ええ、そうよ」わたしはどうやってこの状況から逃れればいいのかわからず、片足から片足へと体重を移動させた。兄に言わせると、わたしには苦境にはまりこむ才能があるらしい。

わたしがため息をつくと、彼は言った。「さて、どうするべきかな？」彼は煙草のパックでもさがしているみたいにシャツのポケットをたたき、顔をしかめたあと、ガムをひとつ取り出した。わたしを見つめたまま包みをはがす。鼻の上で眼鏡がさらにずり落ち、わたしはそれをむしり取りたい思いにかられた。彼はガムを口のなかに放りこむと、自分で眼鏡をはずし、青い目でにっこり微笑みかけてきた。ワオ。「ここでいっしょに待って、母がなんと言うかたしかめてはどうだろう？　たぶん裏庭でカボチャをもいだり、最後のトマトを収穫したりしているんだと思うけど」

わたしはエリーのテーブルにお金を置いた。「こうしない？　お金はあとでエリーからもらうわ。あなたに――人格を中傷されたままでいたくないから」

「言うじゃないか」エリーの息子は言った。また少し近づいてきたので、息のスペアミントのにおいをかげるほどだ。「やっぱりきみはここにいるべきだと思うけどね」

わたしは両手を腰に当てた。兄のキャムかわたしが皿洗いを忘れたとき、母がよくしていたように。「忙しいのよ。エリーにわたしからよろしくと伝えて」

さっさと彼の横を通って外の車に向かった。そこでは忍耐を絵に描いたように、ミックがお座りして待っていた。わたしは車に乗りこんで打ち明け話をはじめた。

「あの男の人ったら、信じられる？　代金をもらうためにまたここに戻ってこなきゃならなくなったわ。そんな時間はないっていうのにね、ミック！」

ミックは同情らしきものを見せながらうなずいた。

わたしはぷりぷりしたまま、バックでエリーの家のドライブウェイから車を出した。だが、家路を半分たどるころには、信頼できるミックの支えに元気づけられ、CDプレーヤーで『メリー・ポピンズ』のサウンドトラックを楽しんでおり、少し落ちついてきた。ビジネスの世界ではこういうことも起こりうるのよ、と自分に言い聞かせる。長身のジェイ・パーカーのことも、非難されたことも、青い目のことも、もう考える必要はないわ。

わたしは音楽に合わせて歌いはじめ、理想の乳母を見つけよう、とメロディに乗せてミックに約束した。見返す彼の目つきのせいで、思わず声に出して言う。「それともうひとつ。わたしは大人の女性よ。二十七歳なのよ、ミック。えらそうな男に子供あつかいされるなんてごめんだわ。そうでしょ？」

ミックは歩道のチワワに気を取られていたので、うなずいてくれなかった。

「ふん。なかなかかわいい子じゃない？」

返事はなかった。わたしはため息をついて歌に戻り、CDの曲を先に進めて、キーの高い〈二ペンスを鳩に〉に挑戦した。曲の半ばにさしかかるころには、キーキー声になりはじめていた。「むずかしいわ、ミック。初めは低いのに、リフレインで引っかかっちゃう。われわれはジュリー・アンドリュースにはなれないってことね」ミックの表情は慈悲深かった。われわれはジュリー・アンドリュースにはなれないってことね」ミックの表情は慈悲深かった。

コールドウェル・ストリートとセント・バーソロミュー教会に向けて車を走らせ、司祭館の裏の駐車場に向かった。携帯電話を取り出し、ペット・グランディに〝着きました〟とメールする。彼女はセント・バーソロミュー教会のボランティア団体〈祭壇とロザリオの会〉のメンバーで、信徒のなかの信徒、教会の社交イベントの大黒柱だ。ペットは人気者で、あらゆる人たちにあらゆることをしてあげたいという意欲に燃えていた。そこには教会の行事のたびに料理――それも、賞賛され絶賛されるようなおいしい料理を作りたいという思いも含まれていた。だが実際は、ペットは料理がひどく下手だったので、わたしがその祈りの答えとなった。去年はペット・グランディから大金を稼がせてもらった。

「彼女、三十秒で出てくるわよ」と言うと、そのとおり、ミックがうなずく暇もないうちに、ペットが教会の集会所の裏口から飛び出して、隣接する司祭館の駐車場にまっすぐ向かってきた。ペットという名はパペチュアの略だ。以前教区の学校で教えていた尼僧にちなんで、母親が名づけた。ペットは教会に住んでいるも同然だった。いつも何かしらの行事にたずさわっているし、ひょろっとしたシュミット神父は彼女の夫のような存在だ。ふたりは愉快なカップルだった。彼は背が高くやせていて、聖職者らしく黒い服を身につけている。片や彼女は背が低く、トマトのようにまんまるで、いくつも持っているベロアのスエットスーツのどれかを着ている――たいていはぎょっとするほど明るい色のものを。秋にはよく、セント・バーソロミュー教会の外の花壇で、秋の花の手入れをしているふたりの姿が見受けられた。クリスマス時期には、ひとりがはしごを押さえているあいだ、もうひとりは教会の外にある巨大なマツの木のまえで、危なっかしく白いクリスマスライトの綱をつかんでいた。ペットは心からシュミット神父を敬愛していた。ふたりはプラトニックな夫婦のようだった。

わたしはこちらに歩いてくる彼女を観察した。今日のアンサンブルはやはりベロアで、色はあざやかなオレンジ色だったので、この季節にぴったりのカボチャのようだった。頰は寒さでバラ色に染まり、銀色のものが交じった黒っぽい髪は、実用本意のショートカットだ。ペットは飾りたてるのが好きではなかった。

彼女はいつものように、ドラッグを買おうとしているかのような悪人顔で、わたしの車に近づいてきた。わたしたちが何をしているのかも、その理由も、だれにも知られないように、ひどく気をつけていた。ごくまれに受けわたす場面を見られたときは、わたしが車で彼女の家からそれを届けにきたというふりをした。今日は、教会の集会所でおこなわれるビンゴ大会用に、クロックポット（とろ火で煮込むための電気鍋、スロークッカーの商品名）いっぱいのチリコンカンの注文を受けていた。食べ物はみんなが持ち寄るのだが、ペットの（わたしの）チリコンカンはみんなの好物なのだ。

車の窓をおろすと、ペットは左右を確認してから身を寄せてきた。暗殺者にねらわれているかのように、視線は落ちつきなくあちこちに向けられている。「こんにちは、ライラ。それ、わたしひとりで運べるほど軽い？」

「かなり重いわ、ペット。よかったらわたしが――」

「いいえ、大丈夫よ。玄関に手押し車があるから。急いで行って取ってくる。はいこれ、お代」彼女は窓越しに左手でわたしに封筒を差し出しながら、体を横に向け、さりげなく右手で顔をかいた。人目を忍ぶ動作がすっかり身についているので、ペットなら違法なことでもうまくやれそうだ。早足で教会に戻っていくうしろ姿を見守りながら、つねに動きまわっているのに、彼女が葦のようにやせすぎていないことに感心した。ペットには甘いもの好きというアキレス腱があった。甘いものならなんでも好きなのだ、とまえに話してくれたことがある。ドーナツ、クッキー、ケーキ、パイ、アイスクリーム。「三食甘いものでもいいくらい。糖尿病にならなくて幸運だと医者に言われたわ。しょっちゅう甘いものがほしくなるのよ！」

ペットがふたたび姿を見せると、わたしは手を貸すために車から降りようとした。からうためだけに毎回これをやるのだが、彼女は毎回引っかかった。「だめよ」ペットは心臓をねらう銃弾を阻もうとするかのように、手をあげて叫んだ。「そこにいて！　だれかに見られるかもしれないわ！」

「わかったわ、ペット」車の後部のハッチを開ける彼女に、肩越しに話しかけた。「そこにある大きなクロックポットよ。隅にある箱は無視して――別のお客さんのだから」

「はいはい。ありがとう、ライラ。きっとおいしいでしょうね、いつものように」ペットは小声でうなりながら車から鍋を運び出し、手押し車にのせた。そして、どんな妖精に聞かれてもいいように、大きな声で言った。「わたしのうちからこれを届けてくれてありがとう！すごく時間の節約になったわ！」

ミックに向かってぐるりと目をまわすと、彼はうなずいた。すっかり事情がわかっているのだ。

ペットに手を振ったが無視されたので、集会所に向かって戦利品をのせた手押し車を押していく彼女を残して、わたしは車を出した。母はときどきここでビンゴをするので、今日も来るだろう。わたしたち家族は教会員だったが、ペットのような敬虔（けいけん）な信徒でも教会活動に熱心な信徒でもなかった。母はわたしたちを〝堕落したカトリック教徒〟と呼び、天国に向かう列のいちばんうしろに並ばなければならないだろう、と言う。するといつも決まってそこで父が鼻を鳴らし、不倫をしているカトリック教徒を五人は知っている、と言うのだった。すると夫婦喧嘩がはじまり、わたしは仲裁にはいるか、自分の家に逃げる。いま今向かっているのはその家だった。

両親は不動産業者で、日中わたしは彼らのために働いている。仕事のほとんどはオフィスで電話に出るか、内見に同行するだけだが、硬木の床や、モダンなバスルームや、ステンレスのキッチンについての質問に答えながら、レシピのことを考えている。無理もない話だが、わたしはそういうキッチンにいささか病的ともいえる憧れを抱いていた。ケータリングビジネスを起業して、すばらしい大理石のアイランドテーブルでスパイスをあれこれ試し、ときおりそこに背の高い青い目の男性がぶらりとはいってきて、わたしの作ったものを味見してほしい、という夢があるのだ。

ミックはわたしの横顔を熱いまなざしで見つめていた。わたしは額をぴしゃりとたたいた。

「いっけない！　あなたにご褒美をあげてなかったわね。今までずっと車のなかに座って、あのチリコンカンのにおいをかいでいなくちゃならなかったのに！」

ミックはうなずいた。

わたしたちの小さな家につづく、長いドライブウェイに車を入れる。家といっても、もっとずっと大きな住宅の裏にある、古い管理人用のコテージだ。両親はわたしのためにこの物件を見つけ、とんでもない賃貸契約を結ばせた。母屋のほうは変わり者の金持ち、テリー・ランダルに売ったのだが、交渉するうちに彼は両親のことを気に入るようになっていた。それをいいことに、両親はこの家の裏にあるコテージを娘が借りたがっているのだと話し、テリーはその希望を受け入れた。家賃は格安だった。彼は必要ないと言ったのだが、両親がぜひ取ってくれと言ったのだ。このコテージに住んでもう二年以上になる。テリーとはいい友だちだ。テリーと彼のガールフレンドが定期的に開きたがる、ぜいたくなパーティのときなど、よく広い母屋に招かれた。

わたしはトートバッグからプラスティックのタッパーウェア容器を取り出した――ミックを連れて出かけるときは、いつご褒美が必要になるかわからない。「わたしのスペシャルボーイはだれかしら？」ふたを開けながら尋ねる。

ご褒美を食べはじめると、ミックは許してやろうという顔つきになった。そして、急いでチリコンカンをお腹に詰めこんだ。わたしは笑い、携帯電話で彼の写真を撮った。「この写真は冷蔵庫に貼りましょうね」うそではなく、わたしはミックを自分の子供のように溺愛している。だって、ミックは最高の犬なのだ。

〈楽しい休日〉（『メリー・ポピンズ』のなかの曲）を大きな声でしばらく歌ったあと、ラジオを消して、すっかりきれいになったミックのえさ容器をしまった。携帯電話を見ると、メールが二通届いていた。ひとつは友だちのジェニーからで、近々夕食に来ないかというもの。もうひとつは兄のキャムからで、ガールフレンドに会ってほしいというものだった。これまでキャムのガールフレンドには何人も会ってきたが、今回は特別な人なのだとわかった。彼女がイタリア人だったからだ。兄とわたしは、とても熱心な中学のイタリア語教師のおかげで、高校にはいるまえから、イタリア文化への愛をつのらせていた。わたしたちはイタリアの美術、音楽、スポーツ、映画に夢中になった。高校ではふたりともイタリア語を履修し、キャムはイタリア語で博士号を取った。今はわたしの母校のロヨラ大学で教えている。わたしたちはずっと昔からイタリア崇拝者だったが、キャムがイタリア人女性と出会うことはなかった。先にイタリア人とデートするという栄誉を勝ち取ったのはわたしだ。結果はあまり好ましいものではなかったが。今でもときどき、自分が「ダンツァ、ダンツァ、ファンチュッラ・ジェンティーレ」（イタリア歌曲〈踊れ、やさしい娘よ〉の歌詞）と口ずさんでいるのに気づくと、「まあ、ライラ、すばらしいわ！」と言うアバンドナート先生の声が聞こえる気がする。

授業の最初のころ、先生の姓は〝見捨てられた〟という意味だと教えられた。自分も裏切られたとき、わたしはそれを思い出した。アバンドナート。そのときはほんとうに見捨てられたという気分だったのだ。

メールを閉じて、まだ口のまわりをなめているミックに微笑みかけた。車から降りて、緑色の木のドアにベリーのリースが飾られた、居心地のいい小さなコテージに向かう。愛しのわが家。

ブリキの郵便受けから郵便物を取り、ドアの鍵を開けてわたしたちの王国にミックを入れてやった。一・五メートルほどの小さな玄関ホールの床は硬木だ。リビングルームに敷かれているカーペットは、残念な茶色のけば織りだが清潔だし、暖炉は一階全体を快適で友好的な雰囲気にしていた。

こぢんまりとしたキッチンは清潔で、ダイニングエリアとリビングルームのあいだには、ロフトのベッドルームにつづくらせん階段もある。テリー・ランダルとその寛大な心（そして、この小さなコテージをわたしに貸すよう彼を説得したやり手の両親）を思い、わたしは毎晩神に感謝した。

荷物を置くと、携帯電話が鳴った。

「もしもし？」

「ハイ、ハニー」母だった。何かやりながら電話しているらしい――おそらく食料品をしまっているのだろう。「今夜わたしとビンゴに行く？」

「ママ。ビンゴはすごくうるさくていらいらするのよ。それにあの複数のカードとマーカーペンを持ったご婦人たちときたら……」

「何を言うの？　みんないいお友だちだし、同じ教区民なのよ」

わたしはうめいた。「責めないでよ、ママ。うんざりしてるだけなんだから。トリクシー・フリスと、テリーザ・スカルディーニと、騒々しい彼女たちの声に――」

「ライラ・ヴェロニカ！　いったいどうしちゃったの？」

「さあね」

「スウィーティ、出かけなくちゃだめよ。パパはあなたが広場恐怖症だと思ってるわ」

「広場恐怖症じゃないわよ。自分の家と自分の犬が好きなだけ」

「いま頭のなかでなんの曲がかかってるの？」

母はこの奇妙な現象のことを知っていた。わたしの頭のなかにはつねに曲が流れていることを。毎朝起きるとそれは頭のなかにあり――子供のころは、九〇年代のコマーシャルの節回しのような、かなり漠然としたものが多かった――夜寝るまで頭から離れないのだ。いつも意識していたわけではないが、それは日々のサウンドトラックのようにつねに流れていた。わたしが幼いころ、母は娘の気分を探るのにそれを利用した。機嫌がいいときは、たいてい『マイ・フェア・レディ』の〈踊り明かそう〉（ミュージカル好きなのだ）のような歌か、子供向けの曲を歌うカナダのミュージシャン、ラフィの楽しい歌だった。もしわたしが『セサミストリート』のカエルのカーミットが歌う〈緑でいるのも楽じゃない〉をハミングしていれば、励ます必要があるとわかった。最近では数時間でアデルからアバへと音楽的気分が変化することもある。「さあね。たしか一分まえはサイモン＆ガーファンクルをハミングしてたと思うけど」

「うーん――なんとも言えないわね」

「心配いらないって、ママ」

「このところあんまり同世代の人たちとすごしてないでしょ。ジェニーと街に出る必要があるんじゃない？　大学時代みたいに」

「来週そうするつもりよ。メールのやりとりをしたところなの。でもママ、もう大学生じゃないのよ。ジェニーもね。彼女は仕事で忙しいし、わたしも仕事で忙しい——しかも、こっちの仕事は複数よ。もし男性との出会いをほのめかしてるなら、まだそんな気分にもなれないから」

母の芝居がかったため息が聞こえた。「ひとりの男性とうまくいかなかったからって、いい人を見つけられないということにはならないわ」

「そうじゃないの。今は男性を見つけることに興味がないってだけ。一匹狼なんだと思う。ひとりが好きなのよ」

「あなたは隠れてるのよ」

「ママ、素人の精神分析はやめて。わたしはすばらしい人生を送ってるの。右肩上がりのビジネス、すてきな家、愛する家族、愛犬。だれもがうらやむ人生だわ」

「だれにも見てはもらえないけどね。お屋敷の裏にある小さな家で、世間から隠れてるんだから」

「そうよ。広場恐怖症だもの」母の使ったことばにむっとするのではなくおもしろがることにした。わたしのためにこの家を見つけてくれたのは母なのだから。

「今夜いっしょにビンゴ大会に行きましょう。ペットがチリコンカンを作るんですってよ。わたしはあれが大好きなの」母は言った。母はわたしの秘密を知っている三人のうちのひとりだ。

「わかったわよ」わたしは言った。「でも、ママのツキがわたしに移って、大当たりが出るのを期待してるだけだからね」

母は半年まえ、ビンゴで二千ドルを獲得していた。上機嫌で帰ってくると、父はそもそも母が出かけたことに文句を言った。すると母は百ドル札を二十枚引っぱり出して、父の膝の上に置いた。今では父もビンゴについてあまり文句を言わない。そのお金で父のために最新式のリクライニングチェアを買ってからはとくに。

二千ドルあったら何ができるだろう……キッチンを見わたし、グルメ向け調理器具か、最新式のカウンタートップ、または新しいステンレスの冷蔵庫——大きな鍋がはいるワイドタイプのやつ——があったらな、と一瞬思った。

「よかった！」母は言った。「今からこっちに来て、出かけるまでいっしょにすごさない？観たい映画が二本あるの。一本はドリス・デイの映画。あなたが小さいころ、よくいっしょに観ながらティーパーティをしたの、覚えてる？」

わたしは笑った。「覚えてる。たしか、『ミンクの手ざわり』（一九六二年公開のアメリカ映画）を観たあとケイリー・グラントに夢中になったのよね」

「そうそう」と母。「わたしの秘密の恋人よ」

「秘密じゃないでしょ。パパは知ってて、いやがってる」

母はくすくす笑った。「あなたのパパは嫉妬するとすてきなの」

「ああそうですか。でも映画は無理だわ――ミックの散歩に行かなきゃ。配達するものもあとひとつあるし、そのあとでビンゴ会場に行くわね」

「わかったわ」わたしが行くと言ってから、母の声は明るくなっていた。根っから明るい人なのだ。

わたしは冷蔵庫から水のボトルを取って、ミックの首輪にリードをつないだ。外に出て、豪華な庭用家具と巨大な石造りの鳥用水浴び場があるテリーの見事な裏庭を抜け、ドライブウェイを通って、ディケンズ・ストリートに出た。のんびりと歩きながら、ハロウィンの飾りつけを見て楽しむ。寒くて暗い夕方だったが、あたり一面黄色とオレンジ色の明かりだらけで、ときおり店先の窓をおばけカボチャ（ジャック・オ・ランタン）が照らしているせいで、なんとなくほっこりした。

空気は薪の煙と冬のにおいがして、ミックは何度も立ち止まっては鼻をくんくんさせた。頭のなかでは、小さいころ父がわたしをほっとさせてくれた歌が流れていた――ドン・ヘンリーの〈ライラ〉というタイトルの歌だ。ラブソングと子守唄の中間のようなメロディで、父はほぼわたしが生まれた瞬間からその歌を歌いはじめたのだという。わたしは歩きながら、自分の名前のリフレインを聴いていた。それは心安らぐと同時に落ちつかないものだった。

ブロックをまわってうちに戻ると、ミックは夕方のひと眠りをしようと、暖炉のそばに置いてあるバスケットに向かった。

「さてと、相棒。しばらく出かけるわね。ビンゴのあとでまた会いましょう。いい？」

ミックはすでにうとうとしていたので、半分だけうなずいた。

家を出て玄関の鍵を閉めた。車に戻ると、メキシコ風キャセロールが十月の大気に冷やされながら待っていた。毎週土曜日に自宅でポーカー・パーティを開く、ダニエル・プレンティスの注文の品だ。わたしは車で街のはずれのジェイミソンの森に向かった。週末の朝にミックとときどき出かけては、野生動物を眺めて自然を満喫する、小さな保護森林だ。ミックの場合、それはさまざまなものを追いかけることを意味し、一度など若いシカを追いかけたこともある。樹木限界線まで追跡をつづけたあと、双方とも立ち止まって見つめ合った。結局ミックは困惑顔でわたしを振り返った。この動物を相手に何をすればいいのかさっぱりわからなかったのだ。わたしは笑って携帯電話で写真を撮った。やがてシカはぶらぶらと歩き去った。心やさしい大きな子犬のことなどもう怖くない様子で。

空っぽの駐車場に車を入れた。今日はハイカーの姿もない。木目調のサイドパネルがついた、いつ見ても七〇年代に逆行したようなステーションワゴンで、ダニエルが現れた。車から降りて、わたしの車の後部にやってくる。「どうも、ライラ。待ち合わせ場所に来てくれてありがとう」彼女はにやりと笑って煙を吹き出した。わたしは彼女が煙草を持っていることにようやく気づいたが、考えてみれば当然のことだった——ダニは日に二パック煙草を吸うのだ。かすれ声なのも、むべなるかな。

「いいのよ。今日のはタマネギとチーズを増量してあるわ、あなたのお客さんのご要望どおり」わたしはガラス鍋のはいった箱を引き出して言った。「前回のより気に入ってもらえると思う。新しいすてきなスパイスを加えたの」

「何を？」

「クミンを少し。味はまったく変わってないわ——風味が強くなっただけで」

ダニは疑わしそうにわたしを見た。「まえのがすごく気に入ってたのに」

「これも気に入るわよ。わたしがまずいものを食べさせたことある？」

彼女は首を振った。「ないわ。あなたの作るものは大好きよ」と言ってわたしに微笑みかける。「そしてポーカー仲間たちは、わたしの作るものが大好き！」

「そういうこと。なんでいつも以上においしいのかときかれたら、クミンのせいだと言うのよ」

彼女の両腕の上に箱を置いて、車のドアを閉めた。

「お代はわたしのジャケットのなかよ」ダニは箱からただようにおいをかぎながら言った。小さな白い封筒がポケットから突き出ていた。わたしはそれを取った。煙のようなにおいがした。

「ありがとう、ダニ。また料理が必要になったらメールして」

「了解。ねえ、その髪、すてきね。そんなふうに編んだ髪って好きよ。とても量が多いのね」彼女はため息をついた。「ずっとディズニー・プリンセスみたいなブロンドにあこがれてたの。でもわたしの髪はおもしろみのない茶色で、今じゃグレーだわ。どうしてくれるのよ？」彼女はそう言って笑った。

わたしも笑った。「ありがとう、ダニ。注文してくれたうえにお褒めのことばまで。またね！」

車に乗りこんで深いため息をついた。今日の仕事は終わった。ようやくリラックスできる。母と、セント・バーソロミュー教会のビンゴ大会で。

もう少しましな土曜の夜のすごし方もあるだろうけど。

2

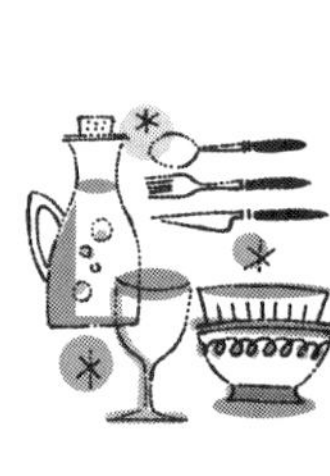

わたしと母がセント・バーソロミュー教会に着いたとき、駐車場はすでに満車だった。みんなビンゴが好きなのだ。彼らはここのほうが宝くじよりずっと歩がいいと考える真剣なギャンブラーたちで、ビンゴを仕事と考えていた。もちろん、いくらかは社交のためもあるが、シュミット神父が番号を読みあげるときは、座って口を閉じるべきだとわかっていた。わたしは母にドン・ヘンリーの〈ライラ〉のことを話し、いっしょに歌いながら入口に向かった。母はいつもの昔を懐かしむような笑い方をした。

「ああ、今でもパパがベビーキャリーに入れたあなたを揺らしながら、この歌を歌っていた姿が目に浮かぶわ。あなたはその大きな目でパパをじっと見ていたものよ。歌のその部分を聞き逃したくなくて眠るまいとしているみたいにね」

わたしも笑い、母と入口を抜けてなかにはいった。イベントはまだはじまっていなかったが、部屋は活気にあふれていた。母とわたしはビンゴカードを買い（控えめに三枚ずつ）、テーブルを確保した。バーブ・ハドリーが夫のメル――どういう人かはほとんど知らないが――とともに、すでに三十枚のカードをテープで貼りつけ、大きなピンクのマーカーを並べていた。勝つ気まんまんで、わたしたちをろくに見もしなかった。メルは妻に、ビュッフェの列がはじまったら、なくなるまえにチリコンカンをボウル一杯確保しておいてくれ、と言っていた。思わぬ賛辞に顔がほてった。

集会所の北側にある厨房から、自分たちの料理を準備する料理人たちのしゃべり声や笑い声が聞こえた。ペットのチリコンカンはすでにサイドテーブルに置かれ、〝ナッツ類混入の可能性あり〟と書かれたラベルがついている。わたしは秘密の材料をペットに明かしたことはないが、チリコンカンにはナッツをベースにした食材が使われているので、アレルギーが問題となる昨今ではナッツ不使用の料理とは離しておかなければならないのだ。〝ナッツ使用〟テーブルは、ほかにもさまざまな前菜やメインディッシュでいっぱいだった。向かい側には同じくらい長い〝ナッツ不使用〟テーブルがあった。おいしそうなにおいのせいで、わたしは空腹だということに気づいた。

何人かの知り合いに手を振った。ペット、アンジェリカ、ハーモニアのグランディ三姉妹、いつもいっしょにいる〝教会婦人たち〟のトリクシーとテリーザ、同じ教区のティーンエイジャーで、家族ぐるみの友人でもあるシェルビー・ジャンセン、シュミット神父と司祭館の家政婦であるメアリー・ビーン。そして、町の図書館司書でビンゴ愛好家のバート・スピールマン。彼のビンゴ好きはひとえにセント・バーソロミュー教会に集まる人びと——その多くが彼の得意客——との交流を楽しむためなのだが、でたらめな数字に意味を見出そうとしているかのように、理知的な目つきで二枚のカードを見つめていた。

「楽しいでしょ？」母がきいた。「母娘で街に出るのは」

「街に出る目的ならほかにも考えつくけど」わたしはつぶやいた。

母はわたしと目が合うまで待った。母はきれいだった。茶色の目は大きくて明るく、目の色が引き立つラベンダー色のワンピースを着ていた。「わたしが言いたいのは、あなたとすごせてうれしいってこと。最近はなかったでしょう、ふたりきりなんて。どうしてそんなに時間がないの？」

「別に」わたしはむっつりと言った。「ミックとすごすか仕事だけよ。わたしの仕事は知ってるでしょ。あとはたくさん本を読んだり、音楽を聴いたりしてる」

どうやら広場恐怖症の話はまだ終わっていなかったらしい。「もっと外に出るべきよ」母は明るく言った。「わたしとだけじゃなくね。テリーが来週またパーティを開くそうよ。あなたは行くの？」

「うん、誘われてる」

「男の子を連れていきなさいな」

「男の子？　六歳の子とか？」

母はため息をついた。「男性のことよ。つきあってる人はいないの？」

「アンジェロ以来ね」わたしと母は身震いした。アンジェロはその名のとおり、かつては天から遣わされたように見えた。だがそれは幻想だった。天使にちなんで名づけられた男は、きっと無理にでも悪くなろうとするのだろう、と兄のキャムは言った。

「まさにペットの本領発揮ね」母が身を寄せてきて、声をひそめて言った。「このイベントの開始を告げて、例の味見の儀式をするのがアリス・ディクソンなものだから、嫉妬に燃えているのよ。でも、あの儀式はほんとに気味が悪いわ」

アリスはセント・バーソロミュー教会の〈祭壇とロザリオの会〉の会長で、ビンゴ大会はこの会の主催でおこなわれていた。ペットはイベントの準備のために必死で働いていたが、アリスは組織の顔――そして声――だった。ビンゴ大会ではたいてい彼女が、メインディッシュを味見することでビュッフェ解禁の合図を出す。味見されるのはいつもペットのチリコンカンで、それはペットがその栄誉を受けるだけの働きをしているからだった。アリスがチリコンカンのおいしさをみんなに伝えると、そこでようやくほかの者たちもビュッフェの列に並ぶことができるのだ。

アリスは長身の女性で、黒っぽい髪はこめかみのあたりが芸術的にグレーになっていた。目は黒でエレガントな服をまとい、セント・バーソロミュー教会の教区民のあいだいではおおむねファッションリーダーと思われていた。おそらく四十歳から五十歳のあいだだろうが、見た目の若さを保つ高価な化粧品を使っていると思われるアリスのような人は、年齢を当てるのがむずかしい。彼女はめったに微笑まなかった。ほうれい線を最小限に抑えるためなのではないかとつい勘ぐってしまう。

「でも、アリスは公明正大に選ばれたのよ」わたしは言った。「どうしてペットは会長に立候補しないのかしら」

ロールパンのはいったバスケットを持って、小走りに料理のテーブルに向かうペットを見ながら、母はうなずいた。七人いる姉妹のうちのふたり、アンジェリカとハーモニアがペットのあとにつづく。ペットとこのふたりは、パインヘヴンに残っている最後のグランディ姉妹だった。おそらく結婚していないのがこの三人だからだろう。三人ともそっくりだった。妹たちの髪が明るい色で、まだ白髪がないことをのぞけば。もちろんふたりはいつもペットのあとをついてまわって、姉の重労働をサポートし、しばしば気持ちを察しているようでもあった。今もアンジェリカはバターの皿、ハーモニアはナプキンの束を持って、ペットのあとを追っていた。

「まったく、グランディ家の女の子たちときたら」母はため息をついて言った。「尼僧の名前をつけられて、尼僧まがいの労働をさせられるなんて、まるで六〇年代だわ。趣味を見つければいいのに。この町から出て旅行するとか」

「女の子たちじゃないわ。たぶんもう五十代よ」

「まあ、どうでもいいけど。あら、よかった――アリスだわ。もうお腹がぺこぺこよ！」

シュミット神父が少しまえに設置したマイクロフォンに、アリス・ディクソンが近づいた。ダークヘアをうしろに流し、上品なブルーグレーのワンピースを着て、いつものように完璧に見える。アリス・ディクソンのことはよく知らないが、わたしはずっと彼女が好きになれなかった。ひとつのイベントにかぎらず、何年ものあいだに気づいたさまざまなことに基づく感情だ。彼女はペットや、教会のためにせっせと働く女性たちがそばにいるとき、優越感を顔に表す傾向があった。いつもつけすぎの不快な香水、人々に質問されたときのかみつくような返答。一度など、祭壇のクリスマスの飾りつけを手伝っている幼いふたりの子供に、感じの悪い対応をするのを見たことがある。ほとんど聞き取れない声で何か言った子供たちに、がみがみとどなっていたのだ。

だが公式の場、それもマイクのまえでは、アリス・ディクソンは満面に笑みをたたえ、美しかった。部屋の隅には、アリスの元夫のハンクがビンゴカードを持って、新しい恋人のタミーと座っていたが、アリスが話しはじめてもほとんど顔を上げなかった。

「みなさん、こんばんは。アリス・ディクソンです。セント・バーソロミュー教会〈祭壇とロザリオの会〉の会長を務めております。本教会のビンゴ大会にお越しくださいまして、ありがとうございます！」

ぱらぱらと拍手が起こった。

「今夜の大当たりは二千五百ドルです！」

さらに大きな拍手が起こる。ほんとに欲深い人たちなんだから。でもつい考えてしまう。ビンゴでいくつ大当たりを出せば、テリーの小さな離れのキッチンを大きくできるかしらと……。

アリスはふたたび微笑んで、隣にあるテーブルからチリコンカンのボウルを取りあげた。

「今夜はペットがおいしいチリコンカンを作ってくれました。ほかにもたくさんの料理自慢たちが、おいしいものをテーブルに持ち寄ってくれたので、ビンゴの数字に耳を傾けるあいだ、わたしたちが飢えることはないでしょう！」

拍手に笑い声が混じる。

アリスはチリコンカンをひと口ほおばった。冷めていないといいけど、とわたしは思った。「ペットのチリコンカンはいつもどおりおいしいです――何か新しく加えたでしょう、ペット？　甘いものを。風味のアクセントになっていて興味深いわ」ペットがすばやくわたしを見た。わたしは首を振った。チリコンカンには新しいものなど何も入れていない。アリスはもうひと口食べて、料理を置いた。「さて、これで今夜のイベントが正式にはじまりました。どうか――あらやだ！」彼女はわたしたちのまえでかすかにふらついた。つらそうに見える。右手をさっと額に当て、左手を腹部に当てる。「何か――おかしいみたい。このチリコンカン」

そして石のように倒れ、頭が床にぶつかる音がした。

群衆から叫びとうめきのコーラスがわき起こった。何人かは倒れて動かないアリスに駆け寄った。そのなかにはわたしの母と、アリスの元夫のハンク、それに医者のブラッド・ウィザースプーンがいた。わたしは部屋の前方に向かい、チリコンカンの鍋を見にいった。まさか傷んだ材料なんて使わなかったわよね？　消費期限はいつもチェックしているし、料理をするまえに食材のにおいをかぐ。チリコンカンは上出来だったはず――おいしくできていたはず。鍋のふたを開けてにおいをかいでみた。たしかにこのチリコンカン、何かおかしい。だれかが手を加えたのだ。変なにおいがする。

近くに立っているシュミット神父を見た。「だれにもこれを食べさせないでください」わたしは言った。「それと、警察に電話したほうがいいと思います」

「救急車ならもう呼んだよ」シュミット神父は青い顔で言った。

「警察にも電話してください、神父さま」わたしはやんわりと言った。「何かおかしいわ」

わたしはペットが両手をにぎりしめながら立っている戸口に移動した。

「どうすればいいの？」彼女は言った。

「わたしに話してほしい？　警察が来たら。わたしが作ったって言うべき？」ひそひそ声できいた。

ペットはやけに喧嘩腰に見えた。「だめよ——アリスがよくなったあとも、行事のために料理を作りたいもの。みんなわたしの料理が大好きなのよ」涙で目をうるませながら、彼女は言った。

「わかったわ、ペット。手伝いの女性たちのだれかが、役に立ちたくて、厨房で何か加えたのかもね。今は変なにおいがしてる」

「じゃあ、もし警察にきかれたら——？」

「だれかがあなたのチリコンカンに手を加えたと言えばいいわ。行ってふたを開けてみて——わたしの言う意味がわかるから」

救急車が到着し、救急救命士たちが駆けこんできて、今は床の上で取り囲まれているアリスのところに向かった。ペットはチリコンカンに近づいてふたを開け、驚いて眉間にしわを寄せた。やがて戻ってきて言った。「わたしが警察に話すわ。だからあなたは何も言わないで、ライラ。これはわたしのチリコンカンで、作ったのはわたしよ。いいわね？」

「でも、あなたが非難されるようなことになったら――」

「大丈夫よ。だって、何も悪いことはしてないんだもの」ふくよかで小柄な体はてこでも動かず、子供のように強情だった。黒字に白で〝Ｌｏｎｄｏｎ〟と描かれたスエットシャツにジーンズという格好だ。

「わかってるわ、ペット」わたしはアリスを取り囲んでいる人びとを見ないようにした。「今夜厨房にはいれた人たちはどれくらいいる？」

ペットは震えるため息をついた。「だれもかれもよ。給仕部門を手伝ってくれてる高校生が何人かいたわ。もちろんわたしと妹たち。アリスと〈祭壇とロザリオの会〉の人たちが何人か。ハンクと、デザートを作ってくれたそのガールフレンド。シュミット神父。トリクシーとテリーザ。司祭館の家政婦のメアリー。バート・スピールマンも料理のにおいをかぎに来たわ。おそらくもっといるわね」

アリスが腕に点滴をされながらストレッチャーで運ばれていくと、ペットは震えた。救急救命士たちは走っていた。ちらりと見たアリスの顔は、肌の色が気味の悪いピンク色だった。錯覚だったにちがいない。

「たいへん」わたしはつぶやいた。

シュミット神父は集団でお祈りをはじめており、会場にいるほとんどの人たちがそれに参加していた。

少しすると制服警官たちがドア口に現れて、会場内を見まわした。彼らはシュミット神父を見つけると、ベルトにつけたさまざまな装備をカチャカチャ、じゃらじゃら鳴らしながらそちらに向かった。神父は祈るのをやめ、低い声で警官たちと話し合った。やがてマイクに向かい、震える手でつかんだ。

「いま警察の方からうかがったのですが、みなさんにしばらくここに残ってもらいたいそうです」彼は咳払いをした。「そして、わたしたちの親愛なる友、アリス・ディクソンが——亡くなったということも知らされました」

小さな群衆から嘆きと恐怖の声があがった。

シュミット神父は涙をぬぐって言った。「また、だれもチリコンカンを食べないようにと、ご婦人たちから言われています」

ペットは窓のそばの折りたたみ椅子に座ってため息をつき、妹たちからなぐさめられていた。心肺蘇生の心得があり、アリスを助けようとしていた母は、青い顔をして、精神的にまいっているようだった。わたしはみんなの顔を見て、どんなことが起こり得たのか、どんな恐ろしい事故がアリス・ディクソンの命を奪うことになったのか、想像しようとした。

警察はみんなに質問してメモをとっていた。今また新しい警官の一団がドア口に現れ、さらに多くが現場になだれこんでおり、そのなかにはワイシャツにネクタイの男性と、ブルーのスーツの女性もいた。男性には見覚えがある――わたしは胃が飛び出しそうになった。エリーの家にいた男性、わたしを泥棒と決めつけた人物だ。眼鏡をかけていないので感じが変わっていたが、たしかにあの男性だった。今わたしは人が死んだ現場にいて、被害女性を殺したかもしれない食べ物を作ったのはわたしだ。

その恐れを感じとったかのように、スーツの男性はこちらを見て、わたしだと気づいたらしい。驚いて眉をあげると、こちらに向かってきた。つぎの瞬間、長身で熱意に燃え、深刻そうな口もとをした彼がすぐそこにいた。「やあ、また会ったね」

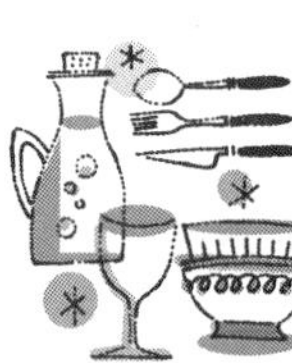

「こんばんは。お母さんはわたしが犯罪者じゃないと証明してくれた?」

彼は一瞬笑みを見せてうなずき、わたしの頭越しに部屋を見わたした。「今夜はどうしてここに?」

「ビンゴよ。母がやりたがったから、ついてきたの。わたしたちはビンゴ大会がはじまるのを待っていた。アリスはいつもやることをやった。つまり、ビュッフェに来てもいいですよとみんなに知らせるために、食べ物を口に入れたの。そうしたら具合が悪くなったみたい。あなたは刑事さんか何か?」

彼はバッジを取り出した。〝パインヘヴン警察・警部補ジェイコブ・パーカー〟と書いてある。

「うわ」わたしはつぶやいた。

「どうかした?」

「あの、知らせておきたいことがあるの。ペットのチリコンカンはいつもおいしいのよ。それに——作るときは充分注意してる。わたしは何度も食べたことがあるわ。でも今夜、アリスがあのチリコンカンを食べたあと、わたしは鍋のところに行ってにおいをかいでみたの。変なにおいだった」

「では、食中毒かもしれないと?」

わたしは首を振った。「食中毒ならあんなに早く影響が出ないわ。ひと口食べて、すぐに具合が悪くなったのよ」

彼は眉を上げた。「そのチリコンカンはどこにある？」

わたしの大きくてすてきなクロックポットのところに案内され、彼はふたを上げた。かがみこんでにおいをかいだあと、すぐにふたを閉じた。「シモンズ！」と叫ぶと、男性が小走りでやってきた。「これを証拠品として押収しろ」そしてわたしのほうを向いた。「ちょっとはずしてくれるかな？」

わたしはふたりのそばから離れたが、声を落として話す彼らから目を離さずにいた。やがて鍋は鑑識のセロファンのようなもので包まれ、部屋から運ばれていった。

警官たちはすべての窓を開けるようにと指示している。

パーカーが戻ってきた。「きみは――ライラ、だったね？」

「ええ」

「いちばん近い洗面所に行って、顔を洗って」

「なんですって？」

「目も洗うんだ。もしこれがぼくの思っている毒物だとしたら、影響が出るまえに蒸気の痕跡を洗い流したいと思うはずだ。念のための措置だよ。ほかににおいをかいだ人はいる？」

わたしはペットを指し示し、彼は彼女に同じことを知らせるために人を差し向けた。

「毒物って言ったわよね？」わたしは言った。

彼は指示した。「早く洗って」

死ぬんじゃないかと急に怖くなって、洗面所に走った。向かい側の流しにペットがいて、顔を水で洗いながら泣いていた。「いったいどうなってるの?」ごぼごぼ水音を立てながら、彼女はきいてきた。

「わからない」だがわかっていた。パーカーはチリコンカンに毒がはいっていると思ったのだ。わたしは絶対に入れていないし、ペットも入れていないのはたしかだ。つまり、この慣れ親しんだ教会のホールにいただれかが毒を入れた――そして殺人を犯したということになる。衝動的に携帯電話を出し、〝アーモンドのにおいの毒物〟でググった。いくつかのリンクが出た。そのすべてに共通して出てくることばがあった。シアン化物。小さな画面を見つめながら、不安のあまり胃がとんぼ返りを打った。アガサ・クリスティーの小説以外で、だれがほんとうに毒を盛ったりしたのだろう? どうしてこんなことが起こったの?

ペットとわたしが不安な面持ちでメインルームに戻ると、パーカー警部補、パーカーがまたぬっと現れた。わたしはペットにうなずいて見せてから言った。「パーカー警部補、知らせたいことがあるの――チリコンカンのことだけど――つまり、あれを調べるつもりなら、作り方とか――」

「それならわたしがお話しします」とペットが言って、手を差し出した。「パペチュア・グランディです。チリコンカンはわたしが作りました。わたしのチリコンカンはこのあたりでは有名なんです」

わたしはびっくりしてペットを見た。「ペット、わたしが――」

ペットはにらむようにわたしを見た。「わたしは自分のチリコンカンにとても誇りを持っているんです、パーカー警部補。あれは――セント・バーソロミュー教会の伝統ともいうべきもので」彼女は目をうるませた。わたしはため息をつき、彼女のロンドンTシャツのビッグベンの画像を見つめた。

「ライラ？　何か付け加えることは？」パーカーがきいた。

「ないわ。ペットの言ったとおりよ。彼女のチリコンカンはみんなに愛されてる。この――ことで、今後みんながチリコンカンを食べなくなったりしないといいけど」パーカーはうなずき、わたしたちに礼を言うと、離れていった。

ペットは荒々しくわたしの腕をつかんだ。「ありがとう」とひそひそ声で言う。「きっと何も問題ないわ」わたしが黙ってうなずくと、彼女はふらふらと厨房に向かった。

母を見つけて、起こったことをすべて話した。「わたしが作ったと言わずにいるのは気がひけるわ」わたしは声を落として言った。「でもこれはすべてペットの意思なの。自分の料理がみんなに愛されていると話したとき、彼女、泣いていたのよ」

母はわたしの手に触れた。「大丈夫よ。あなたは無実だし、ペットもそうなんだから、きっと犯人は見つかるわ。ほんとにこんなこと、信じられない」そしてさらに言った。「あなたのパパはもうわたしをビンゴに行かせてくれないわね」

全員の事情聴取をし、すべての食べ物を袋詰めしたあとで、ようやく警察がわたしたちを解放したのは、夜の十時ごろだった。いっしょにうちに帰りたいかと母にきかれた。

「パパとわたしがいれば安心でしょ」母は言った。たしかにそのとおりだが、無性にひとりになりたかった。

「大丈夫。門のところで降ろして。でも、きいてくれてありがとう」

母はテリーの家まで、ディケンズ・ストリートの角に鎮座する、灰色の大きな石造りの建物まで車を走らせた。母の頬にキスして車から飛び降り、走り去る車に手を振った。それからまっすぐテリーの家と、その先のわたしの家につづく小道を目指した。頭のなかで鳴っているのはノラ・ジョーンズのどの曲だったか考えようとしていたが、スネアドラムをかすめるように多用した、ブルージーでささやくような、セクシーな曲だということしかわからなかった。

背後でバタンと車のドアの閉まる音がした。男性の声が「ライラ？」と呼んだ。

ぎょっとして振り返ると、ジェイコブ・パーカー警部補が車のまえに立っているのが見えた。

「ああ、びっくりした。どうしたの？」

「友だちのことは気の毒だった」両手をポケットに入れて暖をとりながら彼は言った。

「友だちじゃないわ。好きでさえなかったけど、彼女に起こったことを思うとやっぱり気が滅入る」

彼はうなずいた。「きみと話がしたかったんだ。少し時間はある？」

「ええ」

「震えているね。きみの家に入れてもらってもいいかな？」

わたしがためらうと、彼は言った。「それとも、だれかに同席してもらいたい？　夜遅くにこんなことをたのむのは普通じゃないからね」

テリーの家に目をやった。明かりはない。おそらく彼は家にいないということだろう。彼とブリットはよく夜遅くまでシカゴ社交界のイベントに出かけるのだ。

この人はエリーの息子で、警察官だ。それに、わたしと同じくらい疲れ切っているように見える。ミックもいることだし、大丈夫だろう。「いいわ。この裏に住んでるの」彼を玄関に案内し、エネルギッシュに吠えるミックの声をバックに鍵を開けた。

「きみの犬のことを忘れていたよ。なんて名前？」パーカーが尋ねる。

「ミックよ」なかにはいると、ミックはわたしだけでなくパーカーにもあいさつをした。彼のまわりを飛び跳ね、可能なかぎり肌をなめることで。「立派な番犬よ。見てのとおり」

パーカーは笑った。「ぼくは猫を飼ってる。きっとウィンストンのにおいがするんだろう」

わたしは暗い部屋の隅に移動して、ガレージセールで買ったティファニーランプをつけた。温かみのあるマルチカラーの光が小さな部屋を照らした。電気暖炉のスイッチを入れると、スクリーンの向こうで偽物の炎が躍りはじめた。ようやくわたしは彼を見た。彼は張りぐるみの緑色のソファに座って、ミックの頭のマッサージをはじめていた。裏切り者のミックは、明らかにわたしの存在を忘れていた。よろこびに目を細め、にこやかにパーカーを見あげている。「ふたりきりにしてあげたほうがいいみたいね」わたしは冗談を言った。

パーカーは笑った。そして、あの青い目でわたしを見た。「あのさ、ぼくがここにいるのは、謝罪するためなんだ」

これは予想外だった。わたしは別の椅子に腰を下ろして言った。「どういうこと？」

「今朝のことだよ。きみにひどい態度をとった。そのことでまだ母から許してもらっていないんだ。自分で代金を届けて、きみに謝ってこいと言われたよ――そうしようとしていたときに、電話で教会に呼ばれたんだ」

「あら、そう。ああ、今朝なんて千年もまえのことのような気がする」

「たしかに」

「でも、たいしたことじゃないから」

「そんなことないよ。仕事中はひどくシニカルになるから、だれに対しても疑り深くなってしまうんだが、きみはあそこで――」

わたしはうなずいた。「いま考えると、やっぱりおかしいわよね。お金をつかんでいるところを見つかって、芝刈りをしたと言うなんて」わたしは笑い、彼も笑った。とうとうわたしは涙をぬぐった。「お母さんからは――その――」

「いや。ぼくには関係ないことだと言われたよ。そして、きみに五十ドルの借りがあるとね。それでぼくはここにいるってわけだ。脚のあいだにしっぽをはさんで。頭のなかでまだ母ががみがみ言う声がしているよ」彼は財布を取り出して、紙幣を抜くと、テーブルの自分の横に置いた。「あらためて謝る」

わたしは彼に微笑みかけた。「あなたのお母さんとは仲よくさせてもらってるの。彼女はすばらしい人ね」

「ありがとう」静かな部屋で、わたしたちの目が合った。彼の目を見ていると妙に落ちつくことに気づいた。普通なら気まずくてたまらないはずなのに。

わたしは立ちあがった。「今夜は食事ができなかったから、お腹がぺこぺこなの。いっしょに何か食べない？　夕食のお相手はいつもミックだけなんだけど。あなたも食事はまだなんでしょう？」

「実を言うと、そうなんだ。朝までがまんするつもりだったけど、きみが食べ物の話をしたから、胃が目を覚ましたみたいだ」

ブルーのタイルの壁と、ぴかぴかの白いタイルの床の、小さなキッチンに彼を案内した。コンロの上のアルコーヴには、両親が引き伸ばして、前回の誕生日にプレゼントしてくれた写真が飾られていた。十歳のわたしが赤いエプロンをつけて、家族のために料理をしている写真だ。木のスプーンを持って、カメラに向かってにっこり微笑み、当時腰まであったブロンドの髪は、二本のしなやかなおさげに編んである。

「これはきみ？」冷蔵庫に向かうわたしに、パーカーが写真を見ながら尋ねた。

「ええ。料理が大好きなの」

「それがきみのやっていること？　仕事なの？」

これではちょっと彼の母親の秘密に近づきすぎだ。「いいえ。昼間は〈パインヘヴン不動産〉のオフィスで働いてる。夜は、自分とミックのために夕食を作りながら、いつかケータラーになるという夢を見ているってわけ」

「淋しそうだね」薄暗いキッチンでも明るく光る青い目でわたしを見ながら、彼は言った。もし明るい日光の下でこの人に見られたら、わたしは気絶するわ、と不意に思った。

「ときどきね。でも、ひとりでもどうってことないわ、たいていは」ダニエルのメキシコ風キャセロールが小さな鍋に取ってあった。作ったものはたいていそうしておくのだ。味見をして、次回はどこを変えるべきか、何を加えるべきか判断するために。わたしは料理を電子レンジに入れ、タイマーを三分にセットした。

そして、皿を二枚出した。「何か飲み物は？　ダイエットコーク、水、赤ワインのボトルが一本あるけど」

「何を食べる予定なのかな？」

「特製キャセロールよ。フィエスタと呼んでるの」

「うーん。おいしい赤ワインが合いそうだけど、家まで運転しなきゃならないから、ダイエットコークにしておくよ。きみが言ってたとおり、長い一日だったからね」

「そうね」また一瞬目が合った。そのときタイマーが鳴り、わたしは料理を取りにいって、皿に盛りつけた。キッチンはせまいのでテーブルを置けないが、リビングルームとの仕切りの壁に、小さなカウンターがついていた。このカウンターのまえに、わたしは背の高いバースツールを二脚置いている。今わたしたちはソーダと温かい料理をまえにしてそのスツールに座っていた。ふたりとも堅苦しいあいさつ抜きに食べはじめる。スツールはやむをえず近い距離に置かれているので、ときどき腕がぶつかり合った。

「へえ、これはうまいなあ」彼は料理を見つめながら言った。

「ありがとう。実験するのが好きなの。その——不動産屋のオフィスですごす長い一日のあとでね」わたしは言い添えた。

「きみは不動産業者なの？」

「両親がね。わたしは事務や内見の手伝いをしてるだけ。なかなかいい稼ぎになるのよ」

彼はわたしに微笑みかけ、また少し食べた。

やがてあることに気づいた。「ねえ——わたしと話をしちゃいけないんじゃないの？　アリスのことやなんかのせいで？」

彼は首を振った。「きみはリストに載ってないよ。容疑者のなかにはいない」

「どうして？」

「今夜厨房に入った人間はひとり残らずわかっている。話を聞いた何人かは、チリコンカンの味見をしたと認めたよ。アリスよりもまえにね——何時間もまえに味見した人もいた。そのときチリコンカンは問題なかった。つまり、犯行可能時間はごく短いあいだということになって、容疑者の数も限られる。何人かの目撃者によると、きみはそのグループにはいっていない。したがってきみは除外される」

また彼に話したい思いにかられた。ペットの秘密を明かさないようたのんでから、わたしを除外するのは正しいことではないと知らせたい。たしかにわたしは手を加えられた料理に近づいていないが、手を加えるまえの料理を作っている。そのことが舌の先まで出かかった。

そのとき、彼が言った。「人が見た目どおりの人間だとわかるとほっとするよ。ぼくみたいな仕事をしていたら、きみはうんざりすると思うな」

「うっ」わたしは言った。同意のことばを発するつもりだったのに、胃にパンチを食らったような声が出てしまった。ふたりとも食べ終えたので、わたしは立ちあがって皿をシンクに運んだ。

「ライラ?」彼が言った。

「ん?」

「話を蒸し返すわけじゃないけど、どうして母はきみに五十ドルの借りがあるのか、話してもらえないかな?」

わたしはくるりと振り向いた。もし彼がこんなにイケメンじゃなかったら、どなりつけたくなったかもしれない。彼の母親がそうしたように。

わたしは謙虚な顔つきをした。

「わかったわ。知りたいなら教えてあげる。ときどき、いくらかお金を稼ぐために、人の家を掃除するの。あなたのお母さんはわたしのことを気の毒に思って、わたしを雇ってくれたのよ。実を言うと、家の掃除は自分で申し分なくできるにもかかわらず。わたしは一階を掃除した。五十ドルがわたしたちの合意した値段なの」

彼は明るい色の眉を上げた。「でも——その仕事量じゃ五十ドルは少ないと思うけど」

「公正な金額よ」わたしは言い張った。いったいこの人にいつまでうそをつけばいいのかしら？

彼は首を振った。「母がきみの力になっていると思うのはうれしいけど、家の清掃をたのめばにいくらかかるかは知ってるし、きみはきちんと仕事をしていた。床なんかぴかぴかだったよ。少し上乗せさせてもらおう」彼は財布からいくらか紙幣を抜いて、小さなカウンターの上に置いた。こんな大金を持ち歩いているなんて、この人何者なの？　わたしなんていつも財布には三ドルぐらいしかはいっていないのに。

「ジェイ、ほんとに——」初めて彼を名前で呼んだ。ジェイコブでなくジェイと。最初に彼が名乗った名前で。彼は驚いたようだった。

「いいんだ。母には何も言わないよ。きみの秘密は守る」

「ああ、なんてこと」わたしは言った。

「どうしてそんなに情けない声を出すの？　ぼくこそ情けないよ。今朝きみにあんなふるまいをしたんだから。きみは母のプライバシーを守ろうとしていただけなのに」彼は一瞬口をつぐんでから言った。「さて、そろそろ失礼するよ」

わたしは玄関まで彼を送り、戸口で良心の呵責(かしゃく)に襲われた。

「ジェイ」わたしは言った。

「ん？」彼は微笑みながら振り返り、わたしは体のまえで腕を組んだ。

「なんでもないわ。おやすみなさい」

「また会おう、ライラ」

彼は帰っていき、わたしは玄関に鍵をかけた。そして、夜の用事をすませるためにミックを裏庭に出した。興奮するにおいを求めて冷たい芝生のなかを歩きまわる彼を、窓から眺めた。

数分後、ミックが小走りでドアロに戻ってきたのでなかに入れてやり、また施錠した。ジェイ・パーカーがカウンターに置いた紙幣を手にする。二十ドル札が五枚。百ドル。清掃業者はほんとにこんなに稼ぐものなの？　彼が家のあちこちに紙幣の山を残していったなんて、なんだか気味が悪い。もうひとつの紙幣の山を取ってくる。本来わたしがもらうべき五十ドルだ。わたしは自分を過小評価する傾向があると両親は言う。現金をじっと見ている今、それがだんだんはっきりしてきた。うそが露見することなくこれを返す方法を思いつくことができたら、そうしていただろう。わたしが創作しなければならなかったうそと、彼女の息子がしたことについて、明日エリーに話さなければならない。彼女なら息子にお金を返す方法を思いつくだろう。そう――これはエリーの問題だ。

わたしはため息をつき、小さなベッドルームに行って、寝る準備をした。スパッツとホグワーツ魔法魔術学校のTシャツ姿で戻ってくる。暖房とランプを消し、戸締まりをもう一度確認して、アリス・ディクソンのために短い祈りをささげた。頭のなかではアリソン・クラウスが〈アメージング・グレイス〉を歌っていた。

らせん階段をのぼってベッドルームに向かうと、ミックが慎重についてきた。ようやくラベンダー色のたっぷりとした羽毛布団と、いくつもの枕があるベッドに到着し、カバーをめくって飛びこんだ。それが朝が来るまえの最後の記憶だった。

4

翌日の日曜日、両親の抱える物件のひとつでオープンハウスがおこなわれた。町の富裕層が住む地区にある大きな美しい家で、売り出し価格は四十万ドル。開始三十分まえ、グリーンのシフォンのネッカチーフに〈パインヘヴン不動産〉の飾りピンをあしらった、プロの不動産業者らしいネイビーのスーツ姿で、レンガ敷きのドライブウェイに車を乗り入れた。夢が叶うことを歌ったダリル・ホール&ジョン・オーツの明るい曲をハミングしながら、家の明かりをつけ、店売りの四角いクッキー生地をオーブンに入れ、シックなキッチンのアイランドテーブルにパンフレットを置く——アイランドテーブルは閉じるとき音のしないヨーロッパ風蝶番（ちょうつがい）と、手塗りの陶製ノブがついた、アンティークホワイトのミラノモデルだ。表面は磨きをかけたカエデ材。わたしは手をすべらせてささやいた。「いつかね、愛しのきみ」

玄関でノックの音が聞こえた。「開いてますよ」わたしが声をかけると、訪問者たちがはいってきた——年配の男女。わたしの経験から言わせてもらえば、買いたい物件を探しているからではなく、好奇心から訪れた人たちだ。おそらく同じ通りに住んでいて、いつも近所の家のなかを見てみたいと思っていた人たち。こういうことはよくある。「どうぞご自由に

わたしは明るく言った。「こちらにごらんください。質問があれば声をかけてくださいね」

ふたりはパンフレットを一部ずつ取って、ぶらぶらと二階に向かった。

もうひと組カップルがやってきた。驚いたことに、今度はわたしが知っている人たちだ。アリスの元夫のハンク・ディクソンと、ストロベリーブロンドの髪をカジュアルで優雅なポニーテールにし、わたしのひと月ぶんの家賃より高そうな靴をはいたその恋人タミー。彼女はジャケットにさりげなく合わせた茶色のスカート姿で、その視線は家ではなく恋人の顔に集中していた。ハンクのことが好きでたまらないようだ。

ハンク自身は比較的ハンサムな男性だが、三十歳を超えていないはずのタミーには明らかに年上すぎた。ハンクは五十歳に近く、今日の彼の顔はしわが目立って疲れて見えた。元妻の死のショックでまだ動揺しているだろうに、どうしてこんなところに来たのだろう？

それを言ったら、わたしはビンゴ大会にもいたし、今はここにいるわけだけど。おそらくタミーがこの家にご執心なのだろう。

「こんにちは」わたしは進み出て手を差し出しながら言った。「ライラです。この家についてご質問があれば、よろこんでお答えします」

タミーはわたしを見て息をのんだ。「あらやだ！　あなた昨日の夜、ビンゴ大会にいなかった？」

わたしはうなずいた。「ええ、いました。お悔やみを申しあげます」わたしはふたりに向けて言ったが、なんだか妙な気がした。少女のような風貌とは裏腹に、タミーはきちんとしたマナーを身につけていた。

「ありがとう、ライラ。ハンクは今度のことでとてもまいっているのに、やさしい人だから今日はここにつきあってくれたの。わたしがここに目をつけているものだから」

やり手の両親に教えこまれているわたしは、好機が来ればそれとわかった。

「こういうときは気晴らしがいちばんです。ここはすばらしい気晴らしになりますよ。ぜひマスターベッドルームをごらんになってください――ウォークイン・クロゼットにジャグジー、天窓もあります。家全体の収納も、このあたりの平均的な家に比べるとはるかに多いんですよ」

ハンク・ディクソンはあたりを見まわしてうなずいた。タミーの肩に手を置いて、彼女のしなやかな髪を指で神経質にもてあそんでいる。「屋根は新しいのかな?」彼は尋ねた。

「ええ――二年まえに葺き替えたばかりです。どこまでも広がるすてきな硬木の床と、自然木のトリム、アートガラスの窓にもお気づきいただけるかと思います――家自体がひとつの芸術作品なんです」

ハンクはまたうなずいた。「先にマスターベッドルームを見にいっておいで。わたしもすぐに行くから」

タミーはハイヒールで跳ねるように歩いていき、ディクソンはわたしをじっと見た。

「きみは昨日の夜あそこにいたね。何かおかしいと感じたことはあった?」

わたしはなんと答えればいいかわからず、相手を見返した。もちろんおかしいと感じたことはあったが。

彼は首を振った。「つまり、アリスがチリコンカンを食べるまえのことだよ。様子がおかしい人やこそこそしている人はいたかな?」

わたしは首を振った。「覚えているかぎりでは何もありません、ディクソンさん」

「ハンクでいいよ」

「ハンク。イベントがはじまる時間の直前に着いたんです、わたしと母は。会場のなかを見まわすと、みんな上機嫌でした——料理の準備をしてテーブルに運んでいるご婦人たちも含めて。シュミット神父はいつものようにジョークを連発していましたし。そしてアリスは——」

彼の目は疲れて悲しげだった。「つづけて」

「進行状態に満足しているようでしたし——体調はとてもよさそうでした。これはあとになって思ったことです。あの料理を食べるまでは、元気ではつらつとしていました」

彼はまえのめりになりながら熱心にうなずいた。「アリスは雄牛のように頑丈だった。結婚生活は長くなかったが、そう、彼女は友だちだったんだ。自然死だったなんて、一秒だって信じないよ」

「警察もそうは思っていないみたいですよ、ハンク。現在捜査中ですし、何があったのかすぐにも明らかにしてくれるでしょう」

彼はまたうなずき、やがて男性らしく、配電盤はどこかときいた。わたしが改装済みの地下室を指し示すと、彼は姿を消した。好奇心にかられて二階に行くと、タミーが三面鏡に映った自分を見ていた。彼女はとても美人だ。タミーのような若い女性なら、ハンクのような男性がのめりこむのもわかる。

タミーはわたしに気づいて言った。「ああ、ほんとに、ここは完璧ね。この無駄のないライン、この優雅さ。この家でパーティを開きたいわ！」

わたしは彼女の恋人の疲れた顔を思った。そして、彼女の左手の婚約指輪に気づいた。「わあ、おめでとう」わたしは指輪を示して言った。「婚約してたなんて知らなかったわ」

彼女はうなずいた。「一カ月ほどまえにね」わたしのうしろを見て、話の聞こえる距離にだれもいないことをたしかめてから、声を落とす。「わたしたちが婚約したと聞いて、アリスはひどいことを言ったの。ハンクはばかな老いぼれだ、わたしはお金目当ての立身出世主義者だって」

タミーの表情にはそのことばを聞いたときの痛みがまだ表れていた。「考えてみたら、ハンクに対する侮辱だわ――まるでわたしが彼に惹かれる理由はお金以外にないみたいじゃない。ハンクはほんとにすてきな人よ。美しい心の持ち主なの」彼女は一分ほど鏡に目を戻し、口の脇ににじんだ口紅をぬぐった。「それに、ハンクは大金持ちというわけじゃないわ。裕福というだけよ。つきあいはじめたころはそのことを知らなかったし。彼が銀行業界にいることだって知らなかったのよ」

「きっとアリスはショックだったのよ。嫉妬や何かで言っただけでしょう」

タミーは鼻を鳴らした。「彼女は妻という立場にありながら、彼をひどい目に遭わせたのよ。わたしは知ってるんだから……」

その話についてちょっと聞いてみたい気はしたが、階下でベルが鳴る音がして、あらたな訪問客の到着を知らせた。「あら、失礼。またお客さんみたい」

彼女は肩をすくめた。「それじゃ、あのたぐいまれなるアリスが実際はどんな人だったか、また今度話してあげる。正直言って、彼女がわたしたちの結婚をじゃましようとしているんじゃないかと心配だったの。昼も夜もハンクに電話してきて、アドバイスを求めたり、自宅で何か修理させたり、カビの生えた古い思い出話をしたりするんだもの」

「それはちょっとやりすぎね」

「そうなのよ！」彼女は緑色の目を見開いて言った。「あの女はほとんど毎日電話してきたわ。きっとあなたを取り戻そうとしてるのよってハンクに言ったら、彼は笑って、そんなことはありえないと言ったの。それはハンクがわたしを愛してるからよ」

とはいえ、これは非常に複雑な関係だ。経験上わかる……。

タミーはわたしの心を読んだ。「ええ、ふたりに歴史があることはわかってるわ。でもアリスはひどい女だった」彼女はまた声を落とし、わたしに顔を寄せた。「あのね、だれかが死んでよろこぶのは悪いことだとわかってるけど――」

「すみません。ここで働いてる人？」爆発したようなブロンドの髪と、日焼けサロンでオレンジ色になるまで焼いたような肌の、若い男性が言った。

「はい――ええと――話はあとで聞くわ、タミー」

彼女は手を振って、ウォークイン・クロゼットのほうに向かった。

わたしは階下のお客をパンフレットの束のところに導き、質問に答えた。お客の連れのさらに濃いオレンジ色の肌をした男性が、日焼けができるテラスはあるか、このあたりに日焼けサロンはあるかと尋ねた――どちらもかなり見込みのある客がする質問だ。わたしはふたりをテラスに案内し、彼らが将来の日焼けセッションを想定しながら歩きまわるにまかせた。

二時になるころにはハイヒールがつま先を締めつけはじめた。エレガントに見せるためにその朝考案した束ね髪から、ほつれ毛が出ているのがわかる。鏡のまえで髪を直そうと、四つあるバスルーム（そのうちふたつはバスタブつき）のひとつにそっとはいった。髪をなでつけてヘアクリップを留め直し、景気づけに微笑んでみる。あと二時間。

キッチンに戻ってもう二部パンフレットをわたし、コンロの上で冷ましておいたクッキーを大皿に移して、アイランドテーブルに置いた。砂糖愛好者はすぐにわかる。どこに置いてあっても、近くにチョコレートがあれば感知できるらしいからだ。その何人かがキッチンに引き寄せられてきていた。キャビネット類を調べるふりをしながら。

「どうぞクッキーをお取りください」わたしは言った。全員がクッキーを取り、すぐに消えた。

わたしの仮説は正しいと証明されたわけだ。

にやりとしたとき、ベルが鳴った。やってきたのは長身で色黒のジェイ・パーカーだった。

青い目が玄関ロビーの天窓の下で輝いている。わたしは驚いて口を開け、彼に近づいた。

「えっと――こんにちは」わたしは言った。

彼も驚いたようだった。「おや――ライラ。そういえば、不動産の仕事をしてると言っていたね」彼の目は部屋のなかを見まわしてからわたしに戻ってきた。

「ええ、そうよ。ここであなたに会うなんて驚いたわ」

彼は思わずかすかに微笑んだ。「その服、似合ってるね。七〇年代のキャビンアテンダントみたいだ」

わたしはそれを無視したが、顔が熱いということは赤面しているということで、なんだかジェイ・パーカーが憎らしくなった。「パンフレットがご入用？」

彼が刑事の顔に戻った。「ハンク・ディクソンに用があるんだ。ここにいる？」

「ええ、いるわ――タミーもいっしょよ。彼は配電盤と改装済みの地下室を見にいってる」

「地下室にはどこから行けるか、教えてもらえるかな？」

教えると、パーカーはそこに向かった。彼の香り――せっけんとサンダルウッドの香りを残して。

タミーがぶらぶらとおりてくるころには、ジェイ・パーカーはハンク・ディクソンを連れて玄関に向かっていた。ハンクは彼女に声をかけた。「タム、鍵をわたしておくよ。車を家に戻しておいてほしいんだ、いいかな？　警察がわたしにききたいことがあるそうなんだ」

タミーは足音荒く階段をおりてくると、目をぎらぎらさせてパーカーに詰め寄った。

「いったいどういうつもり？　ハンクにききたいことがあるなら、弁護士同席のもとできいてちょうだい。彼を連れていくことはできないはずよ――それとも、逮捕状が出ているの？」

パーカーは彼女に眉を上げて見せた。家のなかを歩きまわっている人たちの多くがそうしていた。「いいえ、マアム。逮捕状が出ているわけではありません。ただ、署で彼と話がしたいんです。お望みなら、弁護士に同席してもらってもかまいませんよ」

タミーは怒りに――別の感情かもしれないが――両手を震わせながら、バッグから財布を出し、白い名刺を引き出した。「今すぐ弁護士に電話するわ。ここであなたがしたことを知ったら彼女は激怒するでしょうね。あなたのそのすてきなお尻に賭けてまちがいないわ」

驚いたことにハンク・ディクソンは笑っていた。「わかったよ、タム。落ち着きなさい」

パーカーのほうを見る。「彼女はかんしゃく持ちでね」

「そのようですね」ジェイ・パーカーは言った。「車のエンジンをかけておきます」彼は青い目でわたしのほうに熱い視線を投げたあと、家から出ていった。

タミーはハンクが電気椅子送りになるかのようにキスをした。そして彼が家を出たとたんに泣きだした。わたしは彼女に近づいて腕をそっとたたいた。「タミー、大丈夫よ。警察はハンクと話したいだけだと思う。容疑者をひとりずつ消していかなくちゃならないし、彼は被害者の元夫だもの」

わたしは終始冷静な声で言った。彼女はうなずき、きれいにマニキュアが塗られた手で鼻をぬぐった。「わかってる。大騒ぎしてごめんなさい」彼女はまだこちらを見ている人たちをにらんだあと、意気消沈してため息をついた。「うちに帰ったほうがよさそう。また――あらためて見にくるわ、ライラ」

「そうして」

携帯電話を耳に押し当てながら、わびしく車に向かって歩くタミーを見送った。彼女は婚約者を熱愛しているようだ。彼のために殺しをするほどだろうか。

どこからそんな発想が？　タミーのような女の子――じゃなくて、タミーのような女性――がだれかを毒殺したと疑うなんてばかげている。なんだか今回のことで疑り深くなってしまったようだ。

だれかがわたしの腕をたたいて言った。「洗濯乾燥機はある？」

「ええ、ありますよ――最新式のが。お見せしましょう」

四時間のあいだに二十四人の訪問客があり、そのうち少なくとも六人はこの家にほんとうに興味を持っているようだった。わたしは三時間ほど〈カウボーイ・テイク・ミー・アウェイ〉をハミングしていた。母はディクシー・チックス（カントリー・ミュージックの三人組グループ）の歌からどんな精神状態の手がかりを得るだろうか。

車でオフィスに行き、オープンハウスの看板と受付票を受付係にわたした。ハンク・ディクソンとその婚約者をふくめ、購入に興味を示した人たちの名前にはしるしをつけておいた。

「ありがとう、ライラ。あら、あなたのお父さんとお母さんも戻ってきたわ」

両親は今日、別のオープンハウスを担当しており、いくぶん疲れた様子で階段をのぼってきたが、わたしを見ると明るい顔になった。「やあ、カップケーキ！」わたしをそう呼ぶことを許されているただひとりの人物である父が言った。たっぷりとしたコショウ色の髪に手をすべらせ（禿げないタイプなのだ）、言うことをきかない眉毛をなでつける。「今日はまた恐ろしくきれいだな」

わたしは父をハグし、母にもハグをした。ハグ好きな家族なのだ。兄のキャムを都会での仕事とセクシーなガールフレンドたちから引き離せる、祝日や誕生日には、玄関口に立って互いに抱き合い、あいさつを交わすのにたっぷり五分かかることもあった。

「今日はどんな調子だった？」母がきく。

「受付票はベッカにわたしたわ。訪問者はたくさんあったわよ、見込み客は六人」

「やるじゃない！　わたしはいくつか電話をしなきゃ」母は言った。やり手で働き者の不動産業者である母は、仕事に関して父よりも嗅覚にすぐれていた。父はもっぱら接待役で、人と会ったりおしゃべりするのが大好きな一方、母はさっさと物件を見せて書類仕事にとりかかるのを好んだ。

「どこかで夕食はどうだ？」父がきいてきた。一メートル離れたところからでも、父のお腹がぐうと鳴るのが聞こえた。

「ありがと。でもやめとく。ミックを散歩に連れていかなきゃならないし、テリーにききたいこともあるし。ふたりで行ってきたら——パパに食べさせてあげてよ、ママ。お腹がぺこぺこみたいだから」

母は唇を引き結んだ。「いつだってぺこぺこなんだから」そう言って父のお腹をたたく。太鼓腹というほどではなかったが、たしかにお腹は出っ張っていた。母はそのお腹をいつもたたいていた。

父は母をにらんだ。「サラダは食べないからな！」

いつもの言い合いがはじまりそうだったので、わたしは両親の頰に軽くキスをして手を振った。じゃれ合いのようなもので、今回は父の勝ちだろう。健康に気をつけろとか運動をしろとかサラダを食べろとかしょっちゅう言っているくせに、結局母は父が食べるのを許すからだ。ようやく実家を出たときはほっとしたと、キャムはわたしに打ち明けたことがある。女の子たちが引き寄せられる限界を超えるまで、母に太らされていただろうから。

ようやく帰途につき、車のラジオをつけるとちょうどビートルズの曲が聞こえてきた。父はビートルズの大ファンだったので、キャムとわたしもビートルズファンになっていた。わたしは天気のいい秋の日を愛でながら、〈エリナー・リグビー〉に合わせて大声で歌った。

長いドライブウェイにはいり、テリーの家の玄関まえで車を停めて降りた。マリーゴールドの鉢植えと小さなカボチャが並ぶ、セメントの歩道を進む。カボチャには印象的な黒い字で単語が書かれていて、歩いていくと〝気を……つけよう……悪霊……小鬼……魔女……セールスマン！〟というメッセージが読めるようになっていた。

いかにもテリーらしいユーモアのセンスだ。おそらく手がけたのは彼の恋人のブリットだろう。ブレヴィル・ロードに自分のギャラリーを持っているプロのアーティストだからだ。彼女は店とネットで自分の作品のプリントを売って、大金を稼いでいた。ブリットもテリーも芸術家気質ではあったが、意外なことに商才にも長けていた。テリーはネット販売をはじめると、〈スターリング・スター〉という会社を立ちあげた。彼いわく〝純銀製のジュエリーやコレクティブルを信じられないような価格で売る〟会社だ。この商売がとてもうまくいって、テリーは会社を売却して利益を得た。いま彼は〝ブローカー〟として好きな時間に働いている。〝お金持ちが無駄遣いをする対象を見つけてあげる〟のが仕事らしい。もちろんテリーは客が一セント無駄遣いするごとに手数料をもらっていた。

玄関のベルを鳴らし、窓から玄関ホールをのぞいた。テリーとブリットはとても趣味がよく、ふたりの家は洗練されていながら風変わりで、ありとあらゆるおもしろいものがひしめいているのだが、おしゃれな配置のせいでなぜかしっくりなじんでいた。まるでバラエティ雑貨店の〈ハマシャー・シュレマー〉のカタログが爆発して、すてきなマツ材の床じゅうに散らばったかのようだ。

わたしのお気に入りはここ、玄関ホールにあり、暗いなかうちに帰るときなど、闇のなかで光っているのが見えた。それは〈ワーリッツァー〉社製のジュークボックス――大きなもの――で、数々のすばらしい曲が内蔵され、今も使用可能だった。長方形の表面の周囲を、青と緑と黄色のライトが互いを追いかけるように光った。テリーのパーティでいちばんすばらしいのは――テリーとブリットが披露する、数々の冒険についてのおもしろい話をのぞけば——ジュークボックスにぶらりと歩み寄って、一九六〇年代から現在までのどんな曲でも選べることだった。人びとは自分の選んだ曲を、それが気に入らない人に向かって声高に弁護し、テリーの玄関ホールではたびたびおどけた戦いが繰り広げられた。

テリーがビールを手にぶらぶらと姿を見せたときも、わたしはまだジュークボックスを凝視していた。テリーは中背だが、元気で健康そうに見え、いつも楽観的な顔つきで、手入れの行き届いたブロンドの口ひげを、いつもやたらと気にしていた。髪も爆発したようなブロンドで、いかにもサーファー野郎っぽく見えた。対照的にブリットは、クールで浅黒く、しなやかな黒髪をシーツのように顔の両側にたらした、見事な一九二〇年代風のボブにしていた。二〇年代とアールデコに心酔していて、ジャズエイジに生きていたとしても違和感がないほどだ。ロングスカートと深く（恥ずかしいほど深い、と母は主張した）開いた胸元につけるロングネックレスがお気に入りで、それらすべてが混ざり合って彼女を美しく見せているとわたしは思っていた。

ドアが開いて、テリーが手を振った。「やあ、ライラ。どうしたの？　なかにはいっていっしょにディナーでもどう？」

「ううん、遠慮しとく。お誘いは嬉しいけど、ミックを散歩に連れていかないといけないのよ。長い散歩をするだけの借りがあるから」

「そりゃいい」彼は片手で頬ひげをなでた。暮らしに満足しているようだ。

「実はちょっと相談があるの——今週金曜日のパーティのことだけど——」

彼の表情が暗くなった。「来ないなんて言わないでくれよ！　きみと八〇年代音楽祭をやるつもりなんだから！」

テリーとわたしは八〇年代の音楽が好きで、ときどき、多少ワインに助けられながら、彼のカラオケマシンでいっしょに歌った。ふたりとも歌うのが好きで、パーティ出席者たちからリクエストをもらうほどうまかった。

「大丈夫、行くわよ。何か持っていくべきかしらと思っただけ」

テリーは首を振った。「その必要はないよ——手配ずみだから。ブリットがお気に入りのあのケータラーを雇ったんだ」

「そう」ブリットのケータラーはすばらしかった。ああいうところで働くのがわたしの夢なのだ——だが、家族だけで運営していると聞いていた。

「わかった。じゃあパーティでね」

「彼氏を連れてくるの？」テリーがウィンクしてきいた。

「いいえ。今回はなしよ。彼氏はわたしを束縛するから」わたしは冗談を言った。

「よかった。きみが去年からつきあってたあいつと別れてくれて、ぼくはうれしいんだ。あいつは不愉快なやつだった」

「そのことはもう話し合ったでしょ」赤くなるのがわかった。アンジェロとの過去については考えたくない。

テリーは顔を輝かせ、わたしに身を寄せた。「ちょっと寄って、一曲歌っていく？　ブリットはきみの歌が大好きなんだ」

「やめとく——金曜日にね」わたしは言った。「今は散歩させないとうるさい犬がいるから」

「そっか。きみとデュエットする曲はもう選んであるんだ。きみとぼくとでね！」テリーはゴリラのように胸をたたいて叫んだ。

「やめてよ、テリー」

「きっと気に入るって。じゃあ金曜日に！」

大きなオークのドアを閉めたときも、彼はまだ笑っていた。

わたしは沈んだ気分で車に戻った。テリーのおかげで、ほんの短いあいだではあったが、これまでで最悪の人間関係を思い出してしまったのだ。たしかにアンジェロとの関係は、大嵐のように刺激的ではあったが、最後は不快で自信を喪失させるものだった。そういう道をたどる恋愛もある。

予想通りミックは執念深い顔つきでわたしを待っていた。三時間以上留守にすると、よくこの顔をされる。

「ただいま、相棒。わたしが生活のために働かなきゃならないのは知ってるでしょ？　そのおかげでドッグフードにありつけるのよ」

そう聞いても彼はよろこばなかった。

「散歩に行く？」わたしはきいた。

ミックはこの特別なわいろには抵抗できなかった。チョコレート色のしっぽをポンプのように前後に揺らし、歯を見せて微笑んだ。

「オーケー、それでこそわたしの坊やよ。リードを持ってきて」

彼は言われたとおり、リードを引きずりながら数秒で戻ってきた。わたしは落とし物回収のために必要なビニール袋をいくつかつかみ、ミックを連れてまた夜のなかに出た。今やハロウィンの飾りつけをした家はますます増え、ホリデー気分にさせてくれる。金曜日の夜の一大イベントで、テリーとブリットがどんなハロウィンの飾りつけをするのか見るのが待ちきれなかった。ふたりはゲストに仮装して来てもらいたがっているが、わたしはとぼけて、髪にシルバーのキラキラをつけるだけにするつもりだった。ぶっとんだアイメイクをして、エルヴァイラ（カサンドラ・ピーターソン演じるB級ホラー映画紹介番組の司会者）を気どるのもいいかもしれない。

メイン・ストリートを歩いて、いずれもハロウィンらしく、浮き浮きするようなホリデーの輝きに満ちた、店舗のウィンドウ・ディスプレイをまた楽しんだ。おおむねわたしはハロウィンが好きで、キャムといっしょに毎年あっと驚くような仮装のネタを考え、たいていふたりセットの扮装をした（兄はそういうところがいかしていた）。最高だったのはおそらく『スター・ウォーズ』のルークとレイア姫に扮したときだが、わたしは懐かしのテレビドラマ『刑事スタスキー＆ハッチ』の扮装も好きだった。きつくカールした黒髪のかつらをつけなければならず、あまりかっこよくはなかったが、さまざまな図案のスタスキーのセーター姿はなかなかだった。

通りをわたってブロックの反対側を進みながら、ミックがにおいをかげるように、そしてわたしが花屋のウィンドウ（大量のカボチャと秋らしい花綵(ガーランド)）や、クリーニング店のウィンドウ（びっくりするほどすてきな幽霊屋敷のディスプレー）や、自分の頭を持っている骸骨が飾られた〈ベッティーナのヘアパレス〉のウィンドウを眺めるために、たびたび立ち止まった。「楽しいわね、ミック」わたしは言った。ミックは顔を上げてうなずいた。

元彼が所有するイタリアン・レストランも通りすぎた。ここのウィンドウは見るのを避けた。

そして、ひんやりした空気をたっぷり吸いこみながら、ぶらぶら家へと戻った。わたしはハミングをはじめた。サイモン&ガーファンクルの〈冬の散歩道〉だ。ミックの前足は、わたしのビートに合わせてリズムを刻んでいるようだった。

ようやくテリーの家のドライブウェイにはいると、ミックは歩く速度を落とした。首の毛が逆立つのが見え、うなり声が聞こえた。わたしはポケットのなかの鍵をつかみ、侵入者の目を突ける角度にして指のあいだに隠した。

「だれ？」わたしは叫んだ。

暗闇から出てきたのはペット・グランディで、彼女はうれしそうではなかった。

「ペット、おどかさないでよ」わたしはきつい口調で言った。「そもそも、こんな遅くにこ

こで何をしてるの？」

ペットは腕時計を見た。「まだ六時じゃない」彼女は言った。「わたしたち、散歩をしてた

の。それで、あなたを訪ねて話をしたいとわたしが言ったのよ」

そのとき、彼女の妹たちもいることに気づいた。うちのポーチの闇のなかに立って、ひと

りが手にした携帯電話を見ている。「こんばんは、アンジェリカ。こんばんは、ハーモニア」

アンジェリカが顔を上げてうなずいた。黒い読書用眼鏡をかけ、赤っぽいブロンドの髪は

赤いバブーシュカに包まれている。「ペットはとてもあなたと話したかったていたのよ、ライ

ラ。わたしたち、姉をなだめたくて、散歩をすれば効果があるかと思ったんだけど、姉はど

うしてもあなたに会わなくちゃということしか、考えられなくなったみたいで。姉を許して

やって——まだ動揺してるみたいなの」

ハーモニアが携帯電話を持ったまま進み出た。フェイクファーがトリミングされたフード

つきの、不格好なグリーンのパーカという冬用の装いだ。「今夜〈オールドタイム・シアタ

5

ー〉で映画をやってないか、調べようとしてたの。ペットの気晴らしになるようなおもしろい映画がね。でも――やってないわ――求めていたようなのは。あら、このかわいい子を見て！」彼女はひざまずいて、ミックを熱心になではじめた。

〈オールドタイム・シアター〉にかかっている映画なら知っていた。ヒッチコックの『ダイヤルMを廻せ！』だ。

「とにかく――三人ともなかにはいらない？　ホットチョコレートでもいれるわ」

ペットは妹たちを見た。「あなたたち、ブロックをもうひと回りしてきてくれる？　ライラに話があるの――不動産のことで――母さんと父さんの家のことで質問があるのよ。五分だけ、いい？」

ハーモニアは立ちあがり、アンジェリカと顔を見合わせた。いつかペットのようになるであろう、不思議ちゃんの要素があるように見えるふたりは、ため息をついて歩道を引き返していった。小さなかわいい人の形をした塩コショウ入れのように。以前、教会の行事でグランディ家の人々を見た父が、失礼にもこう言ったのを覚えている。「あの家族はみんなどこかしら妙にでかいところがあるな」父はひそひそ声でわたしに言った。「アンジェリカは足が大きくて、ハーモニアは手が大きい。そしてペットは頭が大きい」

それはほんとうだった。ペットの頭は大きくて丸い。だが、体の残りの部分につり合っているように見えた。少し――いやかなり大きいと父に気づかされるまでは。母は以前、たいていの有名人は平均より頭が大きい、映画やテレビの画面で見るとちょうどいいからだと言った。それがほんとうかどうかはわからないが、ペットはいずれテレビに出るほど有名人になるのだろうか、とわたしはいつもぼんやり思っていた。ともあれ、グランディ姉妹はどこかが大きいという特徴を、明らかに父親のモートン・グランディから受け継いでいた。彼は身長二メートル三センチで、わたしがこれまで見たなかでいちばん大きなのどぼとけの持ち主だった。信徒席で体を揺らしながら大声で賛美歌を歌う姿が、まるで根から引き抜かれた木のようで、今にも倒れて何も知らない信徒たちを押しつぶすのではないかと、教会ではいつも彼のことが怖かった。モートンと妻のペギーは二年まえにフロリダに隠居したが、わたしはまだふたりのことを鮮明に覚えていた。

「どういうこと、ペット?」

ペットは妹たちがドライブウェイを歩ききるまで待った。それからわたしを見た。不安で顔にしわが寄っている。「話ができるのはあなただけなのよ。真実を知っているただひとりの人だもの! 警察に何か言った?」

「いいえ。それについては別の考えがあるの、ペット——」

「心配しないで。あなたは何も言わなくていいわ。警察に言われたの。わたしの話を信じるし、わたしがアリス・ディクソンを傷つけたいと思う理由は何もないと判断したって。わたしが自分のチリコンカンに毒を入れて、彼女を毒殺しようとしたとも思っていないみたい。でも……もっとききたいことがあると言われたの」

「そう……それならきっと、もうこのことについて悩む必要はなくなるわよ。警察は今日、事情聴取のためにハンク・ディクソンを連れていったから」

ペットは固まった。「なんですって？」

「ハンクよ。アリスの元夫の。わたしが内見を担当してた家を見にきてたんだけど、警察が来て連れていったの。タミーはひとりで車に乗って帰ったわ」

「そんなばかな。ハンクはいい人だし、すばらしい信徒よ。去年は退職女性信徒基金に千ドル寄付してくれたんだから！」ペットの顔は彼のための怒りに燃えていた。女性たちはハンク・ディクソンを守ろうとする傾向にあるようだ。

わたしは肩をすくめた。「信じられないのはわかるわ――でも、わたしたちの知るかぎり、だれでも根はいい人なのよ。だから警察は見せかけの下に隠されている真実をさがすの。動機をさがすってこと」

ペットはため息をついた。「不安なのはそれなのよ、ライラ」

「えっ？」

「つまり――わたしには動機があるとみんな言うんじゃないかと思うの」

「まさか！」

「いいえ、ほんとよ。たぶんみんな気づいてないと思うけど、わたし――アリスに嫉妬してた。ときどき思ったの――教会の行事で目立ってるのは彼女だって。残りのわたしたちは彼女の影のなかにいるみたいだって」

「それは公平じゃないわ。あなたは教会のためにすごくがんばってるじゃない、ペット」

「そうよ。注目されて当然のことをしてると思う。あなたならだれよりもそれをよくわかってくれてるわよね」彼女は卑屈な顔でわたしを見た。これまでわたしが見たこともない表情だ。「でもそれだけじゃないの。知ってのとおり、わたしはシュミット神父といっしょにいることが多いでしょ。毎週金曜日には夕食に呼ぶし、彼もちょくちょくカード遊びをしにきたり、金曜日の夜には『BONES』を見にきたりする」

わたしはくすっと笑った。「彼はああいう犯罪推理ドラマの恐ろしい特殊効果が好きなのね？」

「ええ、そうよ。わたしたちみんな、大ファンなの」ペットの顔はやさしく、子供のようだった。やがて硬い表情になった。「でも、神父さまがうちに来るのは適切ではないとアリスが言いはじめたの。わたしに——神父さまにも——訪問はやめるべきだと言ったのよ。彼はとても動揺したわ。不適切だと言われるのをすごく気にする人だから。わかるでしょ」

「もちろんよ」かわいそうなシュミット神父。近ごろでは聖職者でいるには困難がともなう。たとえ善良で慎み深い人であっても。

ペットは今にも泣きそうだ。暗闇のなかで目がきらりと光った。ミックが脚に擦り寄ると、彼女はぼんやりとその頭をなでた。「グランディ家はいつだって神父さまを家に招いてきたのよ——母が初めて感謝祭のディナーにアイゼンバート神父を招いた、一九六〇年代からずっと。その後は多くのレディたちが、競うように神父さまを夕食に招くようになったけど、グランディ家にとっては一種の伝統だった。やがてわたしたちはよき友となった。シュミット神父とすごすのは楽しいし、神父さまも楽しんでくださってる。ずっと司祭館にいなければならなくて、信徒たちとのつきあいも禁じられたら、ずいぶん淋しい生活だと思うわ」

「もちろんよ。神父さまがあなたたちやほかの人たちと食事するのが不適切だなんて、ばかげてるわ」

ペットはほっとしたようだった。「ええ、わたしもそう思ったの。アリスは――最後の数日間は――そのことを声高に訴えて、教区のほかの人たちに話していたの。そして、彼女がそうしたのは、神父さまとの食事がいけないことだと思っているからではなく、わたしにいやがらせをしたいからだという気がしたのよ。アリス・ディクソンはいつも何かを壊したがっていた。なぜだかわからないけど」

彼女はまた目をぬぐった。わたしは身を寄せて、彼女の腕をぎゅっとつかんだ。

「ペット、アリスが死んだのは気の毒だと思うけど、これだけは言っておくわ。彼女はいい人じゃなかった。わたし自身一度もいい人だと思ったことがないし、今日はそのことを確信する話をふたつ耳にしたわ。思ってることを言ったからって、死んだ人を悪く言うことにはならない。アリスはいい人じゃなかったのよ。彼女がいなくなって、あなたの人生はよりよくなるわ」

ペットはいらだたしげにわたしを見た。「わたしが警察に知られたくないと思っているのはそのことなのよ！」

ようやくペットを落ちつかせると、彼女の妹たちが戻ってきた。もう一度ホットチョコレートはどうかと誘ったが、また断られた。「アップルパンケーキを作るとペットに約束したの」ミックに手をなめさせながら、ハーモニアがウィンクして言った。「姉の大好きなごちそうだから、元気になってもらおうと思って」

「おいしそうね」わたしは言った。「いつかレシピを教えてくれる？」

「いいわよ」とアンジェリカ。「今夜書き写しておいてあげる。母のレシピなの」

「うれしい。お気に入りのレシピをノートにつけてるの。それも書き足すことにするわ。ペギー・グランディのアップルパンケーキと呼ぶことにしましょう」それを聞いて三人はにっこりし、わたしは歩き去る彼女たちに手を振った。

ミックとともに家にはいり、すべてのドアと窓の鍵をチェックした。この三十分で十月の風が強まっていて、今やリビングルームのガラス窓は、外に出たがっている幽霊のようなうめき声をあげていた。ミックがくんくん鳴いて、不安そうにわたしを見た。

「このところわたしたちはちょっと神経質になってるみたいね、ミック？」

ミックがうなずく。

腰を下ろしてテレビのリモコンをつかんだところで、パーカーがサイドテーブルに置いた紙幣が目にはいった。「いっけない！」と叫び、携帯電話をつかんでエリーに電話した。

「もしもし？」エリーが元気な声で言った。

「エリー。ライラよ」

「まあ、ライラ！　あなたに電話しようと思ってたのよ。ジェイのせいであんなことになって、ほんとうにごめんなさいね。あの子、ちゃんと謝ったわよね？」

「ええ――あの朝の出会いと同じくらい気まずかったけど。それだけじゃないわ、また彼にうそをつかなきゃならなかったんだから」

エリーは困るどころか興味をそそられているようだった。エリーらしい。物語やゴシップが大好きなのだ。たとえそれが実の息子に関することであっても。「どうしてそんなことになったの？」

「お金を払って謝ってくれたけど、わたしがあなたのために何をしたのか、まだ知りたがったの」

「まったく、あの子ったら！　相変わらずのA型性格ね。疑問や謎の答えを出さないとがまんできないのよ。だからあの仕事を選んだってわけ。つまりあの子はまた尋ねたのね。それであなたはどんな独創的な話をしたの？」

「あなたの家を掃除していると」

エリーの笑い声が聞こえてきて、わたしはほっとした。「ああ、ライラ。傑作だわ。あなたが芝生のことを言っていたとジェイから聞いたけど――うそをつくまえにもう少しリサーチする必要があるわね」

「ええ、よくわかったわ。とにかく、掃除したのがわたしなら、報酬が安すぎると彼は言った。そしてテーブルに百ドル置いたのよ、エリー！　わたしはそれをどうやって返したらいいかわからないの！」

「もらっておけば？」エリーは言った。「ボーナスと思えばいいわ。ジェイは底なしの好奇心の代価を払ったってことで」

「エリーったら。機会がありしだい、あなたのところに持っていくから、なんとかして返す方法を見つけてよ。でもね――もう彼にうそをつくのにほとほと疲れちゃったの。よじれた糸についてのあの古い一節が理解できたわ。だれが書いたんだっけ？」

「ウォルター・スコットよ。『マーミオン』のなかの一節。〝ああ、人を欺こうとするとき、人はなんとよじれた糸を張りめぐらすことか〟」エリーは元教師で、わたしに言えるのは、彼女がなんでも知っているということだ。

「そう。それそれ。わたしは今、あなたの息子の百ドルと、今は言えないそれ以外のたくさんのことのせいで身動きがとれなくなってるの」

「あの死んだ女性のことで何か心配ごとがあるの？　おたくの教会区の人だってジェイが言ってたけど」

「いいえ、心配ごとってわけじゃないわ。ただちょっと……困った状況にあって……さっき言ってたみたいな、よじれた糸を張りめぐらした蜘蛛の巣のまんなかにいるのよ」

エリーはまた笑った。「ライラ、あなたと出会ってから、あなたの人生ドラマにはほんとに楽しませてもらってるわ。とくに、求めているわけでもないのに、ドタバタのほうがあなたを見つけるというところがね」

「よろこんでもらえてうれしいわ」わたしは冷ややかな声で言った。「最近のドラマは、わたしがキャセロールを届けたときにある人が家にいてくれたら、避けられたような気がするけど」

今は彼女も悔いているようだった。「ああ、ハニー、ほんとうにごめんなさい！　ジェイが寄ることはわかってたんだけど、あんなに早く来るとは思わなかったのよ。それで、急いで納屋に行って、ちょっと収穫をしようと思ったの。どういうわけか、ふたりには会い損ねてしまったけど」

「どういうわけかね」わたしは言った。

「近いうちに来てちょうだい」彼女は言った。「昨日会えなかったのは残念だわ。キャセロールはすばらしくおいしかったわよ、いつものように。またあなたとおしゃべりしたいわ」

「ええ、そうしましょう。時間ができたら電話するから、おたがいの予定を確認しましょう」

「うれしいわ、ライラ」エリーの快活さがわたしに移ったようだった。ミックもより陽気そうに見える。らせん階段をのぼるころには、たしかな友情に元気づけられ、ましな気分になっていた。

だが、眠りに落ちる直前、どういうわけか、ペットが言ったことを思い出した。「アリス・ディクソンはいつも何かを壊したがっていた」これが、アリスの死んだ理由なのだろうか。

6

つぎの日の夜、ジェニー・ブレイドウェルの家に行った。ジェニーは大学時代の三年間、わたしのルームメイトで、わたしたちはロヨラ大学のレイクショア・キャンパスで、知性と社交生活に挑んだのだった。わたしは英語を専攻したが、教師にはなりたくないという結論に達し、その結果、今は秘密のケータリングの仕事をしながら不動産屋のオフィスで働き、ときどき『緋文字』も『白鯨』も知らない若者たちの家庭教師をしている。

ジェニーは初等教育を専攻し、今では小学校三年生を教えるれっきとした先生だ。街の中心にある十二階建ての建物に、寝室ふたつのしゃれたアパートメントを所有していた。わたしは自分の住まいのほうが好きだが、ジェニーのセンスのよさは買っている。彼女は素朴な感じの家具を相続し、エプロン姿の気まぐれなガチョウや、水玉模様のスイス風スカートをつけた木のマガジンラックといったもので、田舎っぽさを演出していた。

玄関をはいり、ジェニーに手を振った。彼女は廊下の鏡のまえで、赤っぽい砂色の髪をポニーテールに結っているところだった。そこに黒っぽい髪の男児がやってきて、わたしに飛びかかってポケットをたたきはじめた。ジェニーの甥のヘンリーだ。わたしが小さな男の子に出会ったときのために、クッキーでいっぱいの袋を携帯していることがあるのを知っているのだ。ジェニーはしょっちゅうヘンリーのベビーシッターをしている。父親はときどき郵便局で遅番になることがあったし、ジェニーの姉である母親は週に二回夜間クラスに出席しているからだ。

わたしは彼の手を引きはがして、ちゃんとしたハグをさせた。「こんにちは、パインヘヴンのサー・ヘンリー」

ヘンリーは首を振った。「ウェストンのサー・ヘンリーだよ」

そのとおりだ。ヘンリーは隣町に住んでいるのだから。「訂正するわ、ウェストンのサー・ヘンリー。わたしのポケットで何をさがしてるの？」

「知ってるくせに」ヘンリーは言った。「くすぐるのはやめてよ」

「くすぐってないわ。服のほこりを払ってあげてるのよ。ほこりだらけじゃないの、ヘンリー」彼はくすくす笑い、そのうちに叫び声をあげたので、ようやく解放して、クッキーさがしをさせてやった。「夕食まえは二枚だけよ。でないとあなたのパパとママは、二度とわたしをあなたに会わせてくれなくなるから」わたしは注意した。「あなたはジェニーおばさんのヘルシーディナーを食べなきゃいけないのよ──今夜のメニューは何、ジェニーおばさん？」

「ホットドッグ」ジェニーはそっけなく言った。「それと冷凍フライドポテト」

「体を維持（スタビライズ）するには、それ以上砂糖をとるまえに、ジェニーおばさんの最小限にヘルシーなディナーが必要よ」

「スタビライズ」ことばを学ぶのが好きなヘンリーは言った。六歳になったばかりだが、彼の知能はもっと年長の子供のものだった。「スタビライズって何？」

「力をつけてバランスを保つこと。あなたが建てたがるあの巨大な塔は、底辺の大きなブロックのおかげで、力強くバランスを保ってるでしょ」

「ふうん」ヘンリーは片手でクッキーの袋をつかみ、もう片方の手でわたしの手を取ると、かなり散らかったジェニーのダイニングテーブルに向かった。ジェニーは彼のためにテーブルの一角を片づけて、合成粘土のプレイ・ドーを与えていた。「見て」ヘンリーは言った。アルミホイルの上に置かれた奇妙な粘土のかたまりを指差している。

「ぞっとする(ヒディアス)色ね、きみ」

ヘンリーは笑った。「ヒディアス」彼は言った。

わたしは謝罪の意をこめてジェニーを見た。彼女は不満そうに唇を引き結んでいる。「どうやってこの色を作ったの？」

ヘンリーは小さな肩をすくめた。「オレンジ色と茶色を混ぜたの」

「それで、これはなんなの？」

「モンスターガイだよ」

「へえ、すごく怖そうね、ヘンリー。上手だわ。さあ、クッキーを食べて、二度とわたしの(ネバー・ダーケン)じゃまはしないで(マイ・ドア・アゲイン)ね。あなたのおばさんとお仕事の話をしなくちゃならないの」

ヘンリーはくすくす笑って、あらたなプレイ・ドーを手にした。ジェニーとわたしはキッチンに移動し、わたしは最新ニュースがあるかと尋ねた。

「学校にはいつだってゴシップがあるわ」彼女は言った。「今週聞いたのは、ある生徒の母親が夫を捨てて、同じ学校の別の生徒の父親のもとに走った話。恥ずかしいことをする人たちがいるものよね」

「ほんと。道徳的な生活をしろと子供たちに言っておきながら」

「たしかに」ジェニーとわたしは、いかにも自分たちは正しいという顔でお互いを見た。やがてわたしは肩をすくめた。

「でも、わたしにはだれも裁けないわ。悪いことをしたから」

これがジェニーの興味を引いた。冷凍フライドポテトをばらばらにして天板に並べる作業をしていた彼女は、手を止めて、わたしの目を見た。「何があったの？」

わたしは話した。ビンゴ大会のこと。アリス・ディクソンのこと。チリコンカンのこと。ジェイ・パーカー刑事のこと。わたしはときどきジェニーの学校行事のために料理を作り、彼女自身が作ったことにさせているが、そういうことをほかの多くの人たちのためにもしていて、それが今回ペット・グランディのためにしたことであるという話を。

ジェニーは口を閉じたままフライドポテトを並べ終えると、天板をオーブンに入れた。

「何を大騒ぎすることがあるの？　あなたは人なんか殺してない。それに警察はあなたの友だちのことも疑ってないんでしょ。何も問題ないわよ」

「でもわたしはうそをついたのよ、ジェン。警察に」

「うそはついてないわ。詳しい事情を話さなかっただけよ。無関係なことだから」

わたしはため息をついた。「あのね、あなたはわたしの友だちだからかばってくれてるだけでしょ。でも、警察には話すべきよね？」

ジェニーはホットドッグ用のソーセージをパッケージから出しているところだった。まったく、食べ物に無頓着なんだから……。「たしかに悩んでるみたいね、ライ。それなら今から警察に行って、友だちの評判が落ちるから言えなかったんです、どうかこのことは内密に、って言えば？」

「そうね、警察がそんな約束を守ってくれるかどうかはわからないけど」

「警察に話しちゃだめだよ」ヘンリーがドア口に立ち、小さな顔にきびしい表情を浮かべて言った。チョコレートの小さな口ひげが、彼を頭の切れるポアロのように見せている。

「ヘンリー、いい子だから盗み聞きはやめて、粘土のところに戻りなさい」

「盗み聞きじゃないよ。聞こえたんだよ。その女の人が悲しい思いをしたり、友だちがみんないなくなったりしたら困るんでしょ。その人は料理が上手だと思われてるからみんなに好かれてるけど、上手なふりをしてただけだって知られたら、意地悪されるかもしれない。『アーサー』にそういう話があったよ」彼は意見を終えた。

わたしは『アーサー』を見ていなかったが、自分の人生が子供向けアニメのプロットに似ていると知って落ちこんだ。

「そう単純じゃないのよ、ヘンリー」

彼はがっかりしたようだった。ジェニーはフライパンでソーセージを焼きはじめた。いっしょに暮らしていたとき、どうしてわたしは彼女が最低限の料理しかできないことに気づかなかったのだろう？

ジェニーは甥のいないところで話したかったらしい。遠くを指差して言った。「ヘン、クロゼットの床を見にいってちょうだい。そこにある毛糸の束が必要なの。色はブルーよ。それと、捨てようと思ってた古いおもちゃがあるかも。ほしいかどうか見てみたら？」

ヘンリーはあっというまに消えたので、そもそも彼の姿を見たと思ったのは記憶ちがいだったのかと不安になるほどだった。やがて彼は戻ってきて、わたしを安心させた。手にはブルーの毛糸の束ではなく、ビニール包装された二体のアクションフィギュアを持っている。「新品のバットマンじゃないか」彼は息を切らし、いくぶん憤慨しながら言った。「なんでこの人たちを捨てちゃうんだよ！　ぼくはこういう人たちが大好きなのに！」

ジェニーは肩をすくめた。「わかった、わかった。じゃあ、それはあなたのものよ、相棒。もしかして、そのアクションガイたちは、粘土のモンスターと戦いたいんじゃないかしら？」

これはヘンリーにとって、この日いちばんのアイディアだったらしい。わたしは彼がやたらと頑丈なパッケージを開けるのを手伝った。彼は慎重に、バットマンとロビンの人形と、プラスティック製の付属品を取り出すと、ダイニングルームに消えた。

「あと十分でディナーよ、ヘンリー」ジェニーが声をかけた。

返事はなく、遠い戦いの音が聞こえた。主に「あああああっ」という声の連続が。「ぞっとする！」という声と、だれかに「二度とじゃまをするな」と警告する声も聞こえた。

ヘンリーは覚えるのが早いのだ。

ジェニーはわたしに向けてぱちんと指を鳴らした。「急いで。あの子が戻ってくるまえにあなたの問題を解決するわよ。そのあとでお互いの最新失恋話をしましょう。新しい彼を見つけなきゃだめよ、アンジェロのせいで愛を信じられなくなってても」

「わかった。じゃあ、まずわたしの問題を解決して」

「刑事さんにメールしたら？　慎重にことばを選んで謝罪して、デリケートな状況だと言うの」ジェニーはほつれた赤毛を顔から払った。緑色の目に皮肉の色はない。

「でもそれって変じゃない？　直接会うのを避けてるみたいで。わたしが何か隠してるみたい。人に質問するときは、ちゃんと相手の顔を見てするでしょ、ジェン。こっちが何も悪いことをしてなくても、変に思われるわ」

「実際何も悪いことはしてないじゃないの。だれかを殺すほどのずぶとさがあれば、いくつか質問するだけのことにこんなに悩まないわよ。うわ。ひどい見た目ね。でも味はいいから、心配しないで」彼女はソーセージをパンにはさみはじめた。

「問題は、待てば待つほど、何かをするのが困難になるってこと。話すのを先送りにするうちにどんどん時間がたって、それだけ変に思われる」

彼女はうなずいた。「言いたいことはわかるわ。それなら、あえてあなたが疑わしく見えるようにするのはどう？　注意を引こうとやっきになってるみたいに？　犯罪者はそんなことしないんじゃない？」

「犯罪者が何をするかはわからないわ。この話はもうおしまいにして、わたしの人生の話に戻りましょ」

「いいわよ。目のまえで人が死ぬのを見るなんて、わたしならぞっとするもの」

わたしたちは未解決の問題をそのままにして、ヘンリーのところにホットドッグとポテトフライの皿を運んだ。ジェニーが予言したとおり、油分や塩分の多さにもかかわらず、料理はおいしかった。ほっとする料理、ピザとチョコチップクッキーの国にいた、大学時代のわたしたちの特別料理だ。

食べながらヘンリーのアクションフィギュアたちを見ていた。彼らはプレイ・ドーに膝まで埋まったままだ。ヘンリーが自由にすると決めるまで、そこにとらわれ、動けなくなっているのだ。子供の想像力には恐れ入る。わたしもプラスティックのバットマンのようにとらわれている気がした。優柔不断で動きがとれず、自分で作った選択肢にとらわれている。

そのあと、ヘンリーが遊んでいるあいだに、ジェニーといっしょに洗い物をした。彼女は職場のある男性を好きになり、何度かデートをしたが、最近別れたのだと打ち明けた。

「想像できる？」彼女はきいてきた。「デートに誘って、わたししか見ていなくて、実際何度もデートもしたのに、結婚してるのを隠してたのよ。わたしはそれを同僚から知らされたんだから。恥ずかしいなんてもんじゃなかったわよ」

「なんてやつ！　それを理由として馘にするわけにはいかないの？　もちろん、彼をってことだけど、あなたじゃなくて」

「わからない。実をいうと彼は理事のひとりだから、ますます困ったことになってる」

「うわ。あなたは知らなかったんだって、みんながわかってくれるといいけど」

ジェニーはうなずいた。「友だちの何人かが伝えてくれた。でもまだいろいろ言われる。だれかに見られるたびに赤面よ。あいつと寝てなくてほんとによかった」

彼女はため息をつき、乾いた最後の皿をしまった。「ヘンリーったら毛糸を持ってきてくれなかったわ。クリスマスの出し物のための雪片を作りはじめなきゃならないのに」

「まだ十月よ」

「そう、教師たちにとって、クリスマスはすぐそこってこと。わたしたちは余裕をもって計画を立てるのよ、ライ。いまいましい雪片は作るのにすごく時間がかかるけど、とってもきれいだし、子供たちはあれを見るのが大好きなの」うれしそうな子供たちを想像して、彼女の顔がほてる。

「すてき。じゃああなたはここにこもってちまちま雪片を手作りし、わたしは小さくなって警察から身を隠しながら、みんなのために秘密の料理を作ることになるのね。わたしたち、ふたりとも広場恐怖症かも」

彼女は笑った。「もう大学生じゃないのよ。わたしたちの両親は気づいてないかもしれないけど、大人らしい行動だってできるわ。ヘンリー！」

彼が両手におもちゃを持って現れた。「何？」

「ほかのものもクロゼットから持ってきてと言ったのを覚えてる？」

「あ！」彼はまたワープスピードでいなくなった。そして、淡いブルーの毛糸の束を持って戻ってきた。「はい。ごめんね」彼はジェニーに毛糸をわたすと、また引っこもうとした。

わたしはドアから出ていくまえに彼をつかまえ、ぎゅっと抱きしめてくしゃくしゃの髪にキスした。彼はもがいて文句を言い、わたしはなぜかそれでさらに満足した。「あなたは最高よ、ヘンリー」

「わかったってば」と言うと、彼は首を振りながら出ていった。

「あの子、あれが気に入ってるのよ」ジェニーがささやく。

三十分後、わたしはいとまを告げた。楽しくおしゃべりしていたので、ジェニーはがっかりしたが、その目はブルーの毛糸を見ていた。おそらく、十二月までに教室の天井を覆うには、一日にどれだけの雪片を作らなければならないか計算しているのだろう。

ヘンリーは玄関で見送ってくれた。「ミックによろしくね」彼は言った。「それと、クッキーありがと」

「どういたしまして、ウェストンのサー・ヘンリー。バットマンやロビンといっしょに、パインヘヴンの平和を守ってね」

手を伸ばしてハイタッチをすると、彼は信じられないくらい強く手をたたいてきた。「痛いわよ、ヘンリー」

「ごめん」

わたしはぎゅっと彼を抱きしめ、もう一度ジェニーに手を振ってから家を出た。残念ながらジェニーは、このジレンマを解消してはくれなかった。でも少なくとも、わたしの恋愛問題、アンジェロとの過去からは、ジェニーの気をそらすことができたし、ジェイ・パーカーに個人的にメールするという彼女のアイディアは、やけに心惹かれるものではあった。

車で帰宅途中、バックミラーに青と赤の点滅灯が映り、心臓が早鐘を打って、車を路肩に寄せようとしたが、警察車両は通りすぎていった。しばらく座ったまま、回復を待った。警察に遭遇しただけで、こんなに一瞬で恐慌をきたすとは。容疑者にされ、身柄を拘束されるのではないかととっさに思ったのだ。

わたしはため息をついて車を車線に戻した。

7

十月二十八日は寒い日だった——とても寒かったので、コートを着てミトンをはめてから、ミックと秘密の料理をまとめて車に乗せ、モーラとマイクのサリヴァン夫妻の家まで運ばなければならなかった。サリヴァン夫妻はボーイスカウトのリーダーで——息子のジョンが隊にはいったときやむなく押しつけられたその仕事を、いつも重荷に感じていた。今日はほかの隊のリーダーを朝食に呼ぶことになっており、冷静で手際のよいところを見せたいと思っていた。とにかく、チョコチップの大バーゲンにつられて行った食料雑貨店で、モーラからそう聞いていた。

秘密のお客と出会う方法はさまざまで、たいていの場合、一度わたしを雇うとまた雇ってくれる傾向にある。今回はモーラとマイクために作った四度目の料理だった。キッシュ・ロレーヌを基本とした朝食用キャセロールだが、ブルーチーズ・ドレッシングをふくめ、いくつか独自の工夫を凝らした。三十分焼くだけで、香り高くおいしい料理のできあがり、というわけだ。

頭のなかの歌は〈ベイビー・イッツ・コールド・アウトサイド〉。この曲のカバーはたく

さんあるが、わたしが好きなのはスージー・ボグス（アメリカのカントリー・ミュージック歌手）とデルバート・マクリントン（アメリカのブルース・ロック系ミュージシャン）のもので、そのバージョンでハミングしながら、クリスプ・ストリートのサリヴァン家のドライブウェイに車を入れた。ピクシーカットのグレーの髪に合わせたグレーのフリースジャケットを着て、自隊である第十七隊のバンダナをしたモーラが走り出てきた。彼女にわたす料理は段ボール箱のなかに隠してある。「これがたのまれたパンフレットよ、モーラ」

彼女はわたしにウィンクした。「助かったわ。はい――お金はわんちゃんのいるまえの座席に置くわね。その重い箱を受け取るわ」

受けわたしを終えると、マイクが急いで出てきてモーラから箱を受け取った。「ありがとう、ライラ」と肩越しに言って、家のなかに戻っていく。

モーラはその場に少し残った。「寒くなったわね。でもわたしは好きなの。こういう天気が」

「そうね――わたしも秋は好きよ」わたしは同意した。

突然モーラが共謀するような顔つきになる。「あなた、セント・バーソロミュー教会の信徒よね？」

「ええ」

「じゃあ――アリス・ディクソンのこと、何か知ってる？　彼女に何があったか聞いてる？」

アリス・ティクソンはこの町の有名人なのだ。「実は、例のことが起きたとき現場にいたの」

「まあ、なんてこと！」モーラは恐怖と好奇心がないまぜになった表情を浮かべた。「どんな様子だったの？　つまり、突然死んだの、それとも毒を盛られたと言ったの？」

「どうして毒を盛られたことを知ってるの？」

彼女は背後を示した。「新聞で。くわしく書いてあったわよ。見出しは〝教区で毒殺〟」

「あらま」

「ひどいでしょ。でも記事自体はよく書けてたし、ちょっとおもしろかったわよ。警察は手がかりをさがしてるそうね」

「そうみたい。あの晩は制服警官がうようよしてたわ」

「映画でよくあるみたいに、全員部屋に閉じこめられた？」

「しばらくはね。話を聞かれたあとは、みんな帰されたわ。アリスとは知り合いだったの？」

モーラはため息をついた。「ご近所だったの。あれが彼女の家よ」二軒先にある青いケープコッド様式の家を指し示した――よく手入れされているが、いささかとりすましたピューリタン的な家だ。装飾的な植木もないし、カボチャもリースもない。とりすましてピューリタン的――アリス・ディクソンの性格を言い表すのにぴったりの二語だ。

「まあ――このブロックの人たちは動揺したでしょうね」

「ええ。あの家をどうするか、まえのご主人が決めなくちゃならないわね。アリスのものだったけど、遺言で彼に遺したそうだから」

「へえ」これでハンクには、未来の妻がほしがっている超高価な家を買う資金ができる。

「さてと、もう行かなくちゃ、モーラ。また何か必要なときはメールか電話をちょうだい」

「もちろんそうするわ——あなたは貴重な存在だもの」彼女はそう言うと、わたしをすばやくハグした。「じゃあ、気をつけてね。ううっ、寒い」

彼女は走って家のなかに戻り、わたしは車に乗りこんでペットに電話した。三度目の呼び出し音のあと、ハーモニアが出た——ハーモニアは姉妹のなかでいちばん音楽的な声をしていたし、歌うようにわたしの名前を発音したので、彼女だとわかった。ハーモニアという名前はこれ以上ないほどぴったりだ。「あら、こんにちは、ライラ。ええ、ペットならいるわよ。ちょっと待ってね」

かちりという音がして——固定電話にかけたのだ——ペットの声が聞こえた。「こんにちは、ライラ。何かご用?」

料理のことは絶対に秘密なので、ペットの自宅には電話しないことになっていた。どうやって妹たちをだましているのか、一度きいてみたことがある。司祭館の厨房で作っていると話しているらしい。そこのほうが広いし、手伝いを申し出る教区民が近くにいないときに神父が食べられるように、いつも試食分を残しておくのだと。説得力のあるうそだった。ペットはしじゅう司祭館にいるからだ。掃除をしたり、郵便物の仕分けをしたり、神父が手助けを必要とするそのほかのさまざまな半端仕事をするために。

「あのね、口に出して答えなくていいけど、わたしのクロックポットはいつ返してもらえるのか、あなたは知ってるのかしらと思って。持ってるなかであれがいちばん大きいし、別の仕事で必要なの」

「いいところに気づいたわね、ライラ。あなたの言いたいことはわかるわ」ペットはしらじらしく大声で言った。「ちょっと考えさせて。何か思いついたらメールするわ」

わたしはため息をついて感謝のことばを口にし、電話を切った。ミックに目をまわして見せると、彼はうなずいた。エンジンをかけてサリヴァン家のドライブウェイを出ながら、空っぽのアリス・ディクソンの家を最後に一瞥（いちべつ）した。そして悲鳴をあげた。二階の窓に顔が現れて、死ぬほどびっくりしたからだ。窓の顔は、眉をひそめているハンク・ディクソンの見慣れた顔になった。ハンクはこの二年でたいへんなストレスをいくつも経験してきたことにわたしは気づいた。離婚、あらたな関係、引っ越し、死。ふさぎこみたくなる組み合わせだ、彼の長い悲しげな顔を見つめながら思った。彼はわたしのほうを見なかったので、わたしも手を振りはしなかった。

今日はなんだかハロウィン的になりすぎている。電話が鳴った。画面に母の番号が見えた。電話に出た。「ハイ、ママ」

「ハイ、娘さん。今日はオフィスに来なくていいってことを伝えたかったの。アンドリュースさんがファイリングをしてくれることになってるし、パパが床磨きの業者をたのんでるから」

これはいいニュースだった。いつもの半日ぶんの給金がはいらないことをのぞけば。それでも、不動産屋のオフィスより自由のほうがよかった。「そう。うれしい」わたしは言った。アンドリュースさんよりわたしのほうが仕事はできると思ったが。アンドリュースさんは一九五〇年代からうちのオフィスで働いている女性で、真っ白な髪を巨大なアイスクリームサンデーのように頭上高く結いあげていた。現代のテクノロジーを毛嫌いしているので、なんでも昔のやり方でファイルしている――紙のファイルフォルダーに入れてファイルキャビネットにしまう――わたしはＰＤＦにしてすべてグーグルドキュメントに保存しているが。太陽面爆発が起こったり、ゾンビに乗っ取られたりしたときは、アンドリュースさんが一九五〇年代のファイルに〝顧客のファイロファックス情報〟や〝会見備忘録〟といった気まぐれな表題のラベルをつけて、すべて無傷のまま保存しておいたことに感謝するだろう。シーリア・アンドリュースと働くのは、新品当時のヴィンテージの自転車に乗るようなものだった。「何かやることを見つけるわ。知らせてくれてありがとう、ママ。運転中だからもう切らなきゃ」

「わかったわ、ハニー。またあとでね！」

通話を切ると、また電話が鳴ったので、ブロックの先のカエデの木の下に車を停めて、電話を見た。そのあいだミックは、かさこそ音を立てる葉を、哲学者のような顔でじっと見ていた。ペットからメールが来ていた。

ラ、地下厨のクロクポ、貸すトリクシ言てる。代わり取りいて。

ペットのいらいらするメールには慣れているので、意味が通るように翻訳すると、教会の地下の厨房に大きなクロックポットがあって、そこの責任者であるトリクシーが言うには、ペットのものが戻ってくるまで代わりにそれを使っていいとのこと。それをわたしが使えばいい。だれかにとがめられたら、ペットにたのまれて取りにきたと言うこと。

実行可能な計画だ。あのクロックポットをいつ返してもらえるのかと、警察に尋ねたくはなかったし。「ミック、教会に向かうわよ」わたしが言うと、ミックは同意した。

途中、マクドナルドに寄って（ふだんはファストフード反対派だが、どんな人にも説明のつかない嗜好対象はある）、エッグマックマフィンを二個買った。ひとつは相棒のためで、彼はそれを、ジェイ・パーカーがメキシコ風キャセロールを食べたときよりわずかに早くたいらげた。わたしはひそかに微笑んだ。

腹ごしらえをしたあと、教会の駐車場に向かった。アリス・ディクソンが死んでからここに来るのは初めてで、ちょっと気味が悪かった。ミックの側のドアを開けてやると、彼は車から飛び出した。わたしはリードをつかんで言った。「今日はわたしを守ってもらうわよ」

駐車場を横切って、地下室の入口につづく階段を下りた。ドアで警官に迎えられた。「こんにちは——何かご用ですか？」

「あの——そこのトリクシーの厨房にあるものを取りにきたんです。ええと——もう教区民ははいっていいんですか、それとも——」

そのとき、トリクシー・フリスのやたらと大きな声が聞こえてきた。彼女はいつも聞き手ががまんできる音量より五デシベル増しの声で話すので、耳が遠いにちがいない。「大丈夫よ、ライ！　奥に来ても。お巡りさんはいるけど、ここを掃除するのはかまわないって言われたから」

わたしは警官にうなずいた。茶色の髪をつまらないショートカットにし、それ以上につまらなそうな顔つきの女性警官だ。「ありがとう」と言って、ミックがセメントの床を得意げに歩きまわれるよう、リードを放した。彼はすぐさま女性警官のところに行った。女性警官は見るからにやさしい表情になって、ミックをなではじめた。わたしは入口からトリクシーが厨房の床を磨いている奥に急いだ。

「こんにちは、トリクシー」わたしは言った。彼女はわたしを見あげた。くしゃくしゃのブロンドの髪には銀色に光る筋があった。昼間用としては（そして床磨きをするには）いささか圧倒されるほど鮮やかなサンゴ色の口紅をつけている。だが、人懐っこい人で、彼女とはずっとうまくやってきた。「そんなことをして大丈夫なの？　証拠をこすり落とすことにならないの？」

「必要な証拠はすべて手に入れたんですって。もうここに戻ってきていいって、今朝言われたばかりなのよ」トリクシーは座りこんで息をついた。床をごしごし磨いたせいで顔に汗をかいている。この教会の女性たちは、たかが掃除にどれだけエネルギーをつぎこむのかと、ほとほと感心してしまう。セント・バーソロミュー教会で男性が床磨きしているのは見たことがない——それ以外のところでも。

「何かご用、いい子ちゃん？」トリクシーが大声できいた。

トリクシーは六十歳くらいで、わたしをよちよち歩きのころから知っている。そのため、多くの年配の教区民同様、わたしと話すときは、未だにわたしが小さな女の子であるかのように話す。

「実は、ペットの手伝いをしていたら、チリコンカン用の大鍋をいつ返してもらえるかわからないと言ってたから——」

わたしはトリクシーが大きく息を吸うのを見守った——彼女が求める大きさの声を出すには、肺から息を吸いこむ必要があるのだ——そして彼女はどなった。「ああ、そうだったわ！　教会のクロックポットを使っていいってペットに言ったのよ。ペットはいつもクロックポットで教会に料理を提供してくれるんだし。好きなだけ使えばいいわ——このリストにサインしてくれれば、教会の備品がどこをうろついてるかわかるから」

大きな銀色のシンクの下の、戸棚のところに行った。教会の備品のなかには使い古しのがらくたもあるので、クロックポットを見てうれしい驚きを感じた——かなりの大きさの長方形の鍋で、新品同様だった。〈ブレヴィル〉の七リットル入りのスロークッカーで、テフロン加工され、鍋から取り外しても料理ができるものだ。「わあ」とわたしは言った。

トリクシーも同意の声をあげた。「ええ、ペットはきっと気に入るわ。ここでチリコンカンを作れば、わざわざ運んでくる手間が省けると言ったんだけど、ペットがどういう人か知ってるでしょ！　作り方は絶対に秘密なの。ほんとに得がたい人だわ！」

わたしは耳をかくふりをしながら、実際はトリクシーに近いほうの耳をふさいでいた。わたしがいい人なら、彼女を医者に連れていって、聴力の検査を受けさせるだろう。代わりにわたしは鍋のはいった箱を引っ張り出し、奥の面に書かれている機能を読んだ。

そのとき、あらたな頭がキッチンのドアからのぞいた。「ちょっとトリックス！　悪人に安らぎはないのよ」トリクシーの親友で、いつもいっしょにいるテリーザ・スカルディーニだ。母はよく冗談で言っていた。トリクシーの夫はテリーザをもたらしてくれた神に毎日感謝しているだろう、トリクシーといっしょにいる時間が短いに越したことはないのだから——たとえ自ら進んで彼女と結婚した人であっても、と。テリーザは離婚していたので、ふたりはいっしょにすごす時間がたっぷりあったし、教会のイベントでも、本来の目的で教会に行くときも、いつもいっしょだった。ふたりは父が〝つねにボランティアする気満々（コンスタントリー・アベイラブル・ボランティア）〟と呼ぶタイプの人たちだった。

テリーザが全身を現した。彼女は小柄な女性で、毎年さらに小さくなっていた。母はテリーザが百六十五センチあったころのことを覚えていると言うが、今は百五十センチに近づいている。デパートチェーンの〈コールズ〉のジュニア洋品コーナーで買い物をし、服装はおしゃれだったが、この調子で縮んでいけば、十年後には顕微鏡で見なければならなくなるのではと、わたしは心配していた。

「いかすトップスね、テリーザ」トリクシーが大きな声で言った。

「ありがと。バーゲンだったの。バーゲン品のなかには掘り出し物があるのよ。でしょー？」テリーザは最後のことばの語尾を引き延ばした。彼女はことばの最後に不必要な単語をつけたす傾向がある。「調子はどう、トリックス？　あなたはなんの用でここに来たの、ライラ？」

「あらそう」

「ペットのためにクロックポットを取りにきたのよ！」

会話がひと段落すると、わたしは貸し出し品リストに自分の名前を書いて、箱を持ちあげた。「では、ありがとう、おふたりさん。ペットはとてもよろこぶと思うわ」

テリーザはうなずいた。「ええ、今度の金曜日には婦人会があるし、みんなペットに何か作ってもらいたいでしょうからね。チリコンカンを作って、また調子を取り戻してもらいたいと思ってるのよ、でしょ。あんなことがあったから、ペットがもうチリコンカンを作らなくなるんじゃないかと心配してるの。それは困るのよ。あんなに料理が上手なんだもの、ねえ。でしょ」

「そうね」わたしは言った。「そんなふうに激励するなんて、婦人会のみなさんはやさしいのね。今度の金曜日にチリコンカンを作ってもらいたいこと、ペットには伝えたの？　彼女にも買い物や準備の時間が必要だと思うんだけど」この週末は用事がある人もいるし。

「それが、よくわからないの。たぶん今日電話するんじゃないかしら。でしょ」

わたしは少しのあいだ口をつぐみ、目のまえの女性たちを見た。ふたりはこの厨房で長時間すごし、土曜日の夜にも事件の渦中にいた。「あなたたちはあのとき何があったと思ってるの?」

ふたりは、目配せのようなものを交わした。「明らかにチリコンカンに近づいた人がいるのよ」トリクシーが普通の音量で言った。おそらくささやいているつもりなのだろう。「でも、つきとめるのはむずかしいわ。だって、ここには十二人以上の女性たちと、男性が何人か、それにそこらじゅうでふたを持ちあげて、においをかいだり褒めたりしている人たちがいた。だから……」トリクシーが身を寄せてきて、わたしはひるんだ。「だからテリーザとわたしは思ってるの、犯人は、こうなるのを見越していたんだと。アリス・ディクソンを殺し、ついでにペットに罪をなすりつけるつもりだったのよ。それがわたしたちの考え」

「でもペットは罪に問われてないわ。むしろ疑われていないのは彼女だけみたいよ。自分で自分の作った料理に毒を入れるなんて安易すぎるから。犯人にはほかの目的があったということにはならない?」

テリーザはその考えのにおいをかぐかのように洟をすすった。そして言った。「そおぉぉねぇぇぇ……それはいい着眼点だと思う。とにかくアリス・ディクソンのことが嫌いで、死んでもらいたいと思ってる人がいて、ペットのチリコンカンを使えば楽にそれができるってことだったのかも」彼女はブレスレットをじゃらじゃらつけた腕を上げ、頬をかいた。

「アリスを嫌っていた人となると、まずはリストを作らなきゃならないわね。彼女の魂に神のお恵みを」トリクシーがどなった。

わたしは箱を置いた。「アリス・ディクソンを嫌っていたのはだれなの？」

トリクシーとテリーザはまた視線を合わせた。「ええと、まず元夫でしょ。理由は神さまがご存じだけど、ハンクはあの人にうんざりしていたわ。そして彼の愛人、パミー」

「タミーよ」

「そうそう。ペットもたぶんリストに入れられるわよ、アリスはいつも彼女に意地悪だったもの。言いたくないけど、わたしとアンジェリカもはいるわね。ずっと彼女のことが気に入らなかったから」

「どんなところが？」

「つねに思い通りにしようとするところよ。しょっちゅうルールを作っては、教会の方針だって言うの。そうじゃないのに。アリスの方針ってだけよ。あれは支配中毒ね。わたしたちはシュミット神父のところに行って、これこれこんなルールなんて知りませんけど、と言ってやったの。すると神父はそんなルールはないと言って、アリスのところに行って話をしてくれたわ。でも一、二週間もすると、あの口をきつく結んだ顔で、また同じことをはじめるの」

トリクシーはアリスの真似をし、その姿は独善的な決断をくだすときのアリス・ディクソンにそっくりだった。

テリーザは笑い、やがて手で口を覆った。「ごめんなさい。すごくおもしろかったわよ、トリックス。でも、バーブとメル・ハドリーも入れないといけないわね。ビンゴ大会のやり方をめぐって、いつもアリスとやり合ってたから。あの人たちはちょっとどうかしてるわ」

その点はわたしにも異論はなかった。

「それにあのご近所さん。サリヴァン夫妻も」

わたしは驚いた。アリスの荒涼とした青い家を思い浮かべる。「どうしてふたりはアリスを嫌っていたの？」

「いつもアリスに警察を呼ばれていたからだと思う。サリヴァン家はときどき庭でボーイスカウトのイベントをやってたし――あの家には大きくてすてきな庭があるでしょ――アリスはやかましいのも子供も嫌いだったから。騒音は近所迷惑だと言ってたそうよ。モーラ・サリヴァンから聞いたわ」

アリスの死のことをきいたときのモーラの顔を思い出した。あまり気の毒そうではなかった。それどころか、うれしそうにさえ見えた。

わたしはまた箱を持った。「今あげた人たちのうちのだれかがやったなんて信じられないわ。きっと事故だったにちがいないとずっと思ってるの。教区のだれかが故意に人を殺すなんてありえない」

トリクシーは肩をすくめた。「以前に殺人を犯した人ならひとり知ってるわ。同じ編み物サークルの女性よ。自分を裏切っていた夫を殺したの。まだすごく若いときで、懲役二十五年だった。そのあとパインヘヴンに住むようになったの。自分のしたことを後悔しているかときいたことがあるけど、後悔はしてないって」トリクシーはまた雑巾をせっけん水に浸して、床磨きを再開した。

スキャンダルとは無縁そうなテリーザも話しはじめた。「わたしも殺人犯をひとり知ってるわ。近所に住んでたトニー・ポルティージョよ。父親を殺したの。話したのを覚えてる、トリックス？　胸を撃ったのよ。すごくいい子だったわ」

「いい子なのになぜ父親を殺したの？」わたしはショックを受けてきいた。

「けんかの最中だったのよ。どういうことかわかるでしょ」

わからなかった。殺人犯たちがわたしたちのあいだを歩いていたり、編み物サークルにいたり、いい子だったりするなんて、ほんとうなの？「それで、彼はどうなったの？」

「トニーのこと？　ああ、刑務所に入れられたわよ。まだ服役中だけど、もうすぐ出てくるわ。服役中に出会った婚約者がいるの。囚人に本を読んであげたり、いっしょに歌ったりしに来てくれた人だったかしら。思い出せないわ。とにかく、出所したら結婚するんですって」

「トニーの家族は――彼を許してるの？」

テリーザは肩をすくめた。「家族が彼を責めたことは一度もないわ。トニーはとてもいい子だし、父親には問題があったから」

くわしくはわからなかったが、ふたりの話を聞いて、わたしは沈んだ気持ちになった。

「そろそろこれをペットに届けなきゃ」わたしは言った。「おしゃべりできて楽しかったわ」

「さよなら、スイートハート」トリクシーがどなった。

「さよなら、ライラ」テリーザが言った。

ミックはネズミを求めてにおいをかぎながら歩きまわっていて、呼んでも帰りたくなさそうだった。だが、いったん外に出てしまうと、うれしそうにわたしの横を歩いた。ミックはお使いが大好きなのだ。

車で帰宅し、豪華なクロックポットを家にしまいこんだ。もし気に入ったら、クリスマスプレゼントのリクエストにこれを加えよう――わたしの両親は毎年クリスマスと誕生日に、キッチン用品を何かひとつ買ってくれるのだ。調理器具や食器でいっぱいのすてきなパントリーができあがりつつあった。

ハリー・コニックの曲をハミングしながらせまいキッチンをぶらついていると、電話が鳴った。

「もしもし？」

「やあ、ライ」兄だった。ものうげでありながらせわしげな声だ。ミシガン湖を見わたせる大きな窓のある、ロヨラ大学のしゃれたオフィスのデスクからかけているのだろう。「ハロウィンにはテリーのパーティに行くのか？」

「うん！　兄さんもほんとに来るつもりなの？　もうずいぶん会ってないけど」

「ああ。連れていきたい人もいるし」

「いいわね。兄さんのイタリア人の恋人に会えるなんてうれしいな」

「知ってたんだ？」

「うん——ママから聞いた」

「おまえはだれか連れていくのか？」

「ううん」

「よかった。アンジェロを連れていくくらいなら、だれも連れていかないほうがいいよ」

「もう！　みんな彼のことを言うのはやめてもらえないかな」

「大丈夫。やつのことはおれのメモリから消されたから。ところで、今度のお祭り騒ぎでは仮装したほうがいいのかな？」

「テリーとブリットがよろこぶわよ。何か簡単なものをさがせばいいじゃない。ふたりで仮装したとき、すごくおもしろかったのを覚えてる？　ねえ、またわたしとコンビで仮装したい？」

「そうしたいところだけどな、ライ、おれには感心させたい女性がいるんだよ。おまえといっしょにソニー&シェール（一九六〇年代から七〇年代に活躍した夫婦デュオ）とか、そんなばかばかしい扮装なんかしたら——」

「ソニー&シェールはすてきよ！」

「それでもだめだ」

「わかったわよ。つまり、その女性を感心させたいのね？　今度の人は、兄さんにまとわりついて、愛情のおこぼれにあずかろうとするかわいそうな人たちとはちがうんだ」

「彼女はちがう」兄は言った。

両腕の毛が逆立った。「すごい、ついに見つけたのね！　わたしも好きになれるかしら？　意地悪な人じゃないわよね？　兄さんが選ぶ人ってたいてい意地悪なんだから」

彼は笑った。「いや、意地悪じゃない。おまえも気に入るよ」

「よかった。会うのが待ちきれないわ」

「で、何かほかにニュースは？」

「実は、ちょっと気になってる人がいるの。でも、彼はわたしの存在なんて気にしてないみたいだから、とくに心配することはないわ」

「へえ？　だれなんだ？」

わたしはため息をついた。「土曜日のビンゴ大会で、うちの教区の女性が殺されたこと、ママから聞いた？」

「なんだって？　いや、そんなことは聞いてないぞ！」

「まあとにかく、みんなの目のまえで急死したの——毒を盛られて。わたしが思うに——」

「ちょっと待ってくれよ。だれかがみんなのまえで死んだのか？　教会のイベントで？」

「そう。毒はシアン化物だと思うけど、まだ正式発表はないわ」

「思うって、おまえは名探偵かよ？」

「現場に来た刑事さんは、チリコンカンに毒がはいってると思ったみたいだった。だから近づいてにおいをかいでみたの。アーモンドみたいなにおいがした。ネットで調べたら、シアン化物はそういうにおいがするらしいの」

少しのあいだ沈黙がおりた。やがてキャムは言った。「それで、おまえの目のまえで起きたっていう、シアン化物による女性殺害事件は、おまえが気になっている人とどういう関係があるんだ？」

「気になってるのは、事件の捜査を担当している刑事さんなの」

「こりゃ驚いた！　おまえの物語はいつだっておれのよりおもしろいよ」

「実際はもっといろいろあるんだけど、電話では話したくないわ」

何かをかむ音が電話から聞こえてきた――おそらくポテトチップスだろう。キャムは電話しながらものを食べる癖があり、みんなにいやがられているのだ。「そうか、それならもっとたびたび会いに行かないといけないな」

「ええ、そうして。たまにはわたしのつつましい家にディナーを食べに来てよ。兄さんが恋しいわ、このろくでなし」

「わかったよ。夏が終わって、出張も多くなくなったから、これからは時間を作れると思う」

「うれしい。そういえば、イタリア旅行のおみやげをもらった記憶がないんだけど」

「まだわたしてないよ、がめついやつだな。美術館のギフトショップで買ったネックレスだ。きれいだぞ」

「それなら全部忘れてあげる。金曜日には会えるのよね？」

「ああ、そうだよ。じゃあな、ライ」

「またね」

微笑みながら電話を切ったとたん、また電話が鳴った。

「もしもし？」

「こんにちは。えーと――ライラ？」

声で、そして〝えーと〟ですぐにわかった。わたしが面倒をみている、パインヘヴン高校の女子生徒、シェルビー・ジャンセンだ。あの夜、彼女もビンゴ大会の会場にいた。秘密のフードビジネスをはじめるまえ、わたしはお金のためにあらゆる半端仕事をしていたが、そのひとつがシェルビーの英語の家庭教師だった。仕事の契約が終わってからも、シェルビーとわたしは連絡をとりつづけており、ときおりフェイスブック上でメッセージを送り合ったり、電話で他愛もない話をしたりしていた。

「あら、シェルビー！　久しぶりね」

「土曜日の夜に見かけたでしょ」

「たしかに――でもあいさつもできなかったわ」

「そうね」彼女の声は少し震えていた。

「大丈夫？」

「うん、大丈夫。実は、土曜日のことを蒸し返したいわけじゃないんだけど、気になってることがあって」

「そう。どんなこと？」

「おたくに行ってもいい？　クッキーを焼いたところなの。どっちにしろ、あなたのところに持っていこうと思ってたのよ。わたしにママで作ったハロウィン・クッキーよ」

「〝ママとわたしで〟ね」つい家庭教師モードに戻ってしまう。

「そういうこと」とシェルビー。

「いいわ、いらっしゃいよ。ミックがあなたに会いたがってるし」

「ありがとう。ジェイクも連れていっていい？」

ジェイクはシェルビーのボーイフレンドだ——大柄で頭はあまりよくないが、悪い子ではない。「もちろん——多いほうが楽しいわ」

「ありがと、ライラ。すぐ行くね」シェルビーは言った。

冷蔵庫のなかを引っかきまわして、クッキー持参のティーンたちに出せるような飲み物をさがした。スキムミルクの一クォートパックを見つけ出して、においをかいだ。まだ大丈夫だ。いくぶん中毒気味ということもあって、ダイエットコークは常備している。さまざまなネット情報によると、早死にする成分が含まれているらしいが、やめられそうにない。

コンロのそばでくつろいでいるミックを見た（彼のお気に入りの場所だ。肉を焼いているときはとくに）。「さんざんな日だったわね、相棒？」

ミックは前足の上にあごを乗せていたのでうなずかなかったが、開いた目は同意しているように見えた。まばたきがゆっくりになって、今にも眠りこみそうだ。ときどきミックのおだやかなライフスタイルがうらやましくなる。食べる物は充分与えられ、心地よい寝床がふたつあり、いくつもの楽しい散歩ルートを持ち、季節を問わずにおいを探求できる裏庭があり、自分を愛してくれるとても魅力的な飼い主がいるのだから。彼は〝犬の生活(ドッグズ・ライフ)〟(「みじめな生活」の意)という表現に、まったく新しい意味を与えていた。

ため息をついてダイエットコークのふたを開け、ひと口飲んで、外の黄金色の葉を眺めた。

8

シェルビーのクッキーはすばらしかった――カボチャ味のカボチャ形クッキーで、クリームチーズのフロスティングがかかっている。「これを食べてたら二キロは太っちゃいそう」わたしは二枚目を口に入れながら言った。

「すごくおいしいでしょ？　わが家のレシピなの」とシェルビーが言うと、ジェイクがうれしそうにうなずいた。彼は身長が百八十センチ以上あって肩幅も広かったが、顔は若々しく、片方の目の上に金茶色の髪をたらしているせいで半分隠れている。見えている部分の表情は心配そうだった。

ふたりがわたしに何を話したがっているにせよ、せかさないことにした。シェルビーは慎重にミルクを注ぎ、ジェイクは熱心にミックの背中をマッサージしている。ミックは大よろこびだ。

「今年の英語の成績はどう？」口の端についたフロスティングをぬぐいながら、シェルビーに尋ねた。

「うん、ますます。じゃなくて、まずまず」彼女は訂正し、ぐるりと目をまわした。「今の

ところBよ。Bかそれ以上を維持するとママに約束したの。ブランソン先生は質問する子たちをとても親切に指導してくれるのよ」

「そう。それは教師に必要なことね」

「うん」シェルビーは皿に手を伸ばしてクッキーを並べ替えた。ジェイクはパインヘヴンの命運が彼女の行動にかかっているかのように、その姿を見守っている。サスペンス映画でヒーローが爆弾のワイヤーを一本だけ切らなければならない、〝赤いワイヤーか青いワイヤーか〟のシーンのような緊張感だ。

「オーケー、何があったの？」わたしの声が緊迫した沈黙をプツンと切った。

シェルビーは驚いて顔を上げ、茶色の目を見開いた。「えっ？　何かあったってどうしてわかるの？」

「そうね、まず、ここに来た。最後の家庭教師の授業以来、わたしとは会って話をしていないのに。それにふたりとも、だれかを殺して、死体をどこに埋めればいいかわからないって顔してる」

このぞっとするジョークは、期待したような効果をもたらさなかった。ふたりともひどくうしろめたそうな顔をしたのだ。

「何があったの、シェルビー？」わたしはもう一度きいた。

彼女は小さな片手を上げた。「ちがうの。あなたが考えてるようなことじゃないの。ただ——ビンゴ大会の夜、わたしたちふたりともあそこにいたのよ。あなたも見たでしょ」

「ええ」

「あなたは、みんなの話を聞いてたあの刑事さんと友だちみたいだった」

「パーカー刑事のこと？　彼とはあの日初めて会ったのよ。友だちじゃないわ」

「でも、とにかくあなたは彼を知ってるみたいだし、彼はあなたのことが好きみたいよ。あの夜、あの人が微笑みかけたのはあなただけだもん。あとはずっとおっかない顔してた」

ジェイクはそのことばにうなずいた。片目はまだ髪に隠れている。

「彼は自分の仕事をしてただけよ、シェルビー。女性がひとり殺されたんだから」

シェルビーとジェイクは目を合わせた。「実は――刑事さんに言ってもらえないかと思って――わたしたちは事件とは無関係だって」

これを聞いてわたしは一分ほど黙りこんだ。さまざまな考えが頭をよぎる。なぜ十六歳の子たちが、殺人容疑をかけられることを心配しているのだろう？　なんらかの負い目があるから？　アリス・ディクソンの死について何か知っているとか？　でも、だれかに毒を盛るなんてことが、このティーンエイジャーふたりにできたのだろうか？

「ほら、あなたも疑ってる顔してる！」シェルビーが叫んだ。「わたし、ジェイクに言ったの。あの刑事さんはわたしたちを疑ってるって」

わたしは両手を組んだ。「最初から話して。自分たちは無実だって言ってるの？　それとも罪を犯したの？　だって、あなたたち、すごくやましそうな顔をしてるわよ」

「人殺しなんかしてない！」シェルビーは言った。顔いっぱいに目を見開きながら。

「罪悪感に苦しんでるだけなんだ」ジェイクがわかりやすく言い換えた。

「オーケー。どうして罪悪感に苦しんでるの？」

ふたりは目を合わせた。

わたしはため息をついた。「別の質問をするわね。そもそもなぜあそこにいたの？」

これなら答えられるとジェイクは判断したようだ。「奉仕活動をして学校に申請する必要があるんだ。大学に提出する願書に書けるように。シュミット神父はとても親切で、教会の行事を手伝うと、奉仕活動証明書にサインしてくれる。それで、ホームレスシェルターのイベントや、秋祭りや、ビンゴ大会で、セント・バーソロミュー教会の手伝いをしてるんだ。ビンゴに来る人たちは恵まれない人たちというわけじゃないから、厳密に言えば奉仕活動じゃないけど、シュミット神父はいいと言ってくれた。ぼくたちは信仰を同じくする共同体のために働いているんだからって」

ジェイクにしては長いスピーチだった。思ったより聡明な男の子だ。

「つまり、あそこで奉仕活動をしていたってわけね」

「そうよ」シェルビーが笑顔でうなずきながら言った。

「オーケー。でも罪悪感を覚える理由がわからないわ。アリス・ディクソンに関係することなのよね？」

またもやふたりは目を合わせた。わたしはうんざりしてきた。まるで連続ドラマだ。ふたりは気づいていないようだけど。

「どうしてアリス・ディクソンが関係してると思うの？」ジェイクがきいた。ミックをなでていた手が止まったせいで、ふだんはたれているミックの耳が、奇妙なアンテナのように立ったままになっている。

「だって、アリスは殺されたばかりだし、あなたたちはここに来て、捜査している刑事のことを気にしているからよ」

「そうだよね」ジェイクはうなずいて認めると、ありがたいことにミックの耳を放し、ようやく目の上の髪をかきあげて、顔全体をあらわにした。秀でた白い額とアーモンド形でハシバミ色の目をしたハンサムな少年だった。「実は、ぼくたちはあの夜、アリス・ディクソンと話をしたんだ。喧嘩したというか」

これは興味深い。「三枚目のクッキーが必要だわ」わたしはクッキーをひとつ取ってかじり、舌の上でクリームチーズとバターがとけるにまかせた。「アリスと口論したってこと？」

ジェイクは説明しようと口を開けたが、シェルビーが口をはさんだ。「別に喧嘩したかったわけじゃないのよ。ジェイクとわたしが厨房で洗い物をしてたら、アリスがはいってきたの。作ってきたケーキにデコレーションをするためにね。ナッツの袋を持って、フロスティングの上にナッツを飾ってた。わたしたち、動物の話をしてたの。ジェイクとわたしはパインヘヴン動物保護クラブのメンバーだから。会長はミス・グランディなのよ」

わたしはため息をついた。もちろんそうだろう。グランディ姉妹の多岐にわたるボランティア活動のリストのなかには、地元の学校もふくまれる。アンジェリカはセント・バーソロミュー教会でサッカーのコーチをしているし、ハーモニアとペットは高校でボランティア活動をしていた。動物保護クラブについては初耳だが。

「それで？」

「ミセス・ディクソンが飼っている犬の話をしたの。名前はアポロよ」

これは驚きだった。アリスが犬好きとは思っていなかったし、アポロのことは聞いたことがない。

「ほんとうはミスター・ディクソンの犬だったんだ」ジェイクが言い添える。

「なるほど」それならまだわかる。

「離婚したあと、ミセス・ディクソンが飼うことになったらしいの。ミスター・ディクソンのアパートでは犬を飼うのは禁止されてたから。でも、アポロが吠えてばかりいるのが気に入らなかったみたい。近所迷惑だって言ってた」シェルビーの目は今や憤慨していた。「吠えないようにさせるつもりだって」

わたしは笑った。シェルビーはときどきこういうおもしろいことばを使う。

「いや、ほんとにあるんだよ」ジェイクは言った。「飼い主が吠えないようにさせたいとき、獣医が犬に施す手術がね。麻酔をかけてのどを切開し、声帯を切除するんだ。そのあと犬は大きな声で吠えることができなくなる」

「なんですって？」

シェルビーはうなずいた。「動物保護クラブで声帯切除について学んだの。たくさんの飼い主が犬にその手術を受けさせてる――ご近所に吠え声がうるさいと言われた人たちや、犬をドッグショーに出場させる人たち、攻撃用の犬たちを静かにさせておきたいドラッグディーラーまでが」彼女とジェイクは激怒しているようだった。おそらくあの夜もそうだったのだろう。「手術はとてもむずかしい場合もあるの。瘢痕組織を切除しすぎて、呼吸に影響が出たりとか。死ぬこともあるわ」

わたしは鳥肌が立った両腕をさすった。「うーん、それはあまりいいことじゃないわね」かなり控えめに言った。

「わたしたちもそう思ったの。それに、犬にまつわるミセス・ディクソンのエピソードはいろいろ聞いていた。犬が好きじゃないのよ。一度なんか、小さな犬に足首をかまれて――皮膚を破ってもいなかったのに――飼い主に安楽死させろと要求したの。それを避けるために、飼い主は犬をよそにやらなくちゃならなかった」

シェルビーの目に十代特有の怒りの炎がゆらめいた。「わたしたちはミセス・ディクソンに、声帯切除は人道的ではない、アポロに手術を受けさせるべきではないと思う、ありったけの理由を話しはじめた。でも彼女は話を聞こうとせず、口を出すな、黙れと言った。それでジェイクが激怒したのよ」シェルビーは畏敬の念と誇りをこめてボーイフレンドを見た。

「彼女をどなりつけたの」

ジェイクは首を振った。「実際はどなりつけたわけじゃない。あなたの犬はしゃべることができないから、代わりにぼくたちが話してるんだと言っただけだよ。犬から声と個性を奪うのは、残酷で不必要な処置だし、自分勝手だとね。彼女は顔を真っ赤にして、他人のことに口を出すなと言った」

ふたりは一分ほど黙りこみ、どちらもわたしと目を合わせなかった。

「でも、他人のことに口を出しちゃったのね」

ジェイクのハシバミ色の目がわたしの目を見た。「あなたは自分の犬にやろうとしているのと同じやり方でだれかに傷つけられるべきだ、そうすれば思いとどまるかもしれないから、と言ったんだ」

「あらら」

「そうなんだ。そしたら、一時間後に彼女は死んだ」

わたしはため息をついた。「で、あなたたちはこの話をパーカー刑事に話さなかったのね？」

シェルビーは激しく首を振った。「話せないわよ！　ジェイクは暴力的な人間だとか、彼がミセス・ディクソンを殺したとか思われるかもしれないもの！」

わたしはジェイクを見た。「あなたがミセス・ディクソンを殺したの？　あなたがチリコンカンに毒を入れたの？」

彼の顔がショックで白くなった。「まさか！　自分が食ってかかったことさえ信じられないんだよ。ぼくはだれも傷つけたりしないし、ふだんは大人とあんなふうに話したりもしない。ただ——アポロの姿を想像して、そしたらすごく腹が立って……」

わたしはミックに視線を向けた。賢そうな金色の目でこちらを見て、ジェイクに首をマッサージしてもらいながら微笑んでいる。ミックは吠えるのが大好きだ。ほかの犬たちを見たときはとくに。わたしはずっとそれが一種のあいさつで、友だち（または敵）に声をかけているのだと思っていた。ミックはいくつかの異なる声音（こわね）を使い分けている。脅威となりそうな相手には、大きな声でのどから吠える。ドッグパークや散歩中に出会う多くの人たちのためにとってあるのは陽気な吠え声だ。わたしが長いことえさをやれなかったときなどには、甲高い小さな声を発することもある。そして〝食べるときの声〟。彼がときどきえさのボウルのなかであげる、うれしそうな小さなうめきがそれだ。キャムは〝モグモグ声〟と呼ぶ。ミックの声は個性の重要な部分であり、それを奪うなど想像できなかった。

「信じるものがあるというのはいいことよ、ジェイク。年上の人たちに注意されたからといって、抑えつける必要はないわ。あなたが動物のために、アポロのために立ちあがったのは立派なことだと思う」

ふたりはほっとした顔で、わたしに微笑みかけた。

「でも」とわたしはつづけた。「このことはパーカー刑事に話すべきよ」

「どうして？」シェルビーがうめく。

「理由はね。こう考えてみて。彼は大きなパズルをしているところなの。だからすべてのピースが必要なのよ。あなたたちの会話を聞いていて、それに同じように腹を立てた人がいたらどうする？　たしかに、犯人がしたことはいいことじゃないわ、それは認めましょう。でも、そのつもりはなくても、あなたたちが動機を提供していたとしたら？」

これは衝撃だったようだ。今まで考えたことがなかったのだろう。すぐにわたしは自分の偽善に気づいた。チリコンカンを作ったのは自分だと名乗り出ないことで、特大のパズルのピースを隠しているのはわたしのほうなのでは？

「ライラ、なんか動揺してるみたいだけど」シェルビーが言った。

「あなたたちの話を聞いてちょっと心配になったの。ご両親にこの話はしたの？」

ふたりはまたやましそうな顔をした。「してない」とジェイクが認めた。

「あのね」わたしは言った。「だれもあなたたちを刑務所に入れたりしないわ。あなたたちは思っていることを言っただけで、明らかに罪はないから。でも、親御さんといっしょに警察に行って、わたしに話してくれたことを話せば、気が楽になるし、それが正しいことだと思う」

「ぼくたちが毒を盛ったと思われない？」

「たまたまポケットに毒がはいっていたっていうの？　だれかに動物愛護精神を侮辱されたときに備えて？」

シェルビーが手で口を覆って笑った。手を下ろし、ボーイフレンドを見る。「ライラの言うとおりよ、ジェイク。何も恐れることはないわ」

これでふたりともほっとしたらしい。そうするとさらに若く、傷つきやすそうな顔つきになり、わたしは一瞬、自分の十代のころに思いを馳せた。何もかもが複雑に思えていたけれど、実はそうでもなかったころに……。

シェルビーは立ちあがってわたしをハグした。「ありがとう、ライラ。きっと力になってくれると思ってた」

「クッキーをありがとう。でも、全部食べるわけにいかないから、残りは持って帰って。警察に話したあと、電話かメールしてね、わかった？」

ジェイクは急に大人びた様子でわたしと握手した。やがてふたりはゆっくりと歩き去った。シェルビーはクッキーを抱え（取り外し可能の持ち手つきケーキ&クッキー・キャリアーは、ヴィンテージのタッパーウェア製で、マニア垂涎（すいぜん）の品）、ジェイクはさりげなく彼女の肩に腕をまわしていた。ふたりを見送りながら、とてもお似合いだと思った。早い時期にふさわしい相手と出会う人たちもいるのだ。


ミックと午後の散歩に出かけ、深く空気を吸いこんで、いま一度どこかの屋外炉のにおいを楽しみ、ずっと昔、両親とキャムといっしょにキャンプ旅行に出かけて、野外炉でホットドッグを焼いたときのことを懐かしんだ。

歩道のまんなかで緑色に光る、危険な割れたビールびんの残骸に出くわした。立ち止まって脇にのけながら、どうしてみんな町じゅうでガラスを割ってばかりいるのだろうと思った。証拠はしょっちゅう目にするのに、割っているところは見たことがない。「なんて軽率なのかしらね」わたしはミックに向かってつぶやいた。わたしたちは散歩をつづけ、薬局チェーンの〈ライト・エイド〉と第二次興行の映画館を通りすぎ、ディケンズ・ストリートの反対側にわたった。うちに着くころには、ミックは元気がなさそうだった。変だ。ミックはまだ四歳で、いつも散歩のときはわたしが追いつけないほどなのに。

「疲れたの、相棒？」ドアの鍵を開け、リードをはずしながらきいた。彼は廊下を進んでバスケットに向かった。そのとき、血に気づいた。犬の足型をした赤い血の跡が、右前足を置いた場所にもれなくついている。わたしはそれを見て悲鳴をあげ、駆け寄った。「止まって、ミック！」

前足を持ちあげると、案の定、薄茶色の肉球のひとつに緑色のガラスの破片が刺さっていた。そっとガラスを引き抜いた。ミックがキャンと鳴いた。「ごめん！」ガラスを引き抜くと、出血がひどくなった。バスルームに走って小型タオルを見つけ、それで前足を包み、サイドテーブルの引き出しから引っ張り出したマスキングテープで留めた。

「たしかに不格好ね。でも、ずっとこのままってわけじゃないからね。さあ、行くわよ、いい子ちゃん」バッグを肩に掛け、ミックを持ちあげた。ずんぐりした犬なので、両手で抱えなければならなかった。外に出てなんとか戸締まりしたあと、車の助手席にミックを置いた。

獣医のところに向かう途中も、ずっとミックから目を離さなかったが、彼はわたしといっしょに車に乗っているだけでうれしそうだ。いつものように賢そうな金色の目で景色を眺めていた。

運よく入口付近の駐車スペースが空いていた。ラブラドールと格闘しながら、車から友愛動物医療センターに運んだ。「こんにちは」わたしは銀髪の受付係に言った。「予約はしていないんですけど、犬がガラスを踏んでしまって、診ていただきたいんです。どこかに割りこませてもらえませんか？　いつもはドクター・ハークネスにお願いしているんですけど」

女性は微笑んで、コンピューターに何やら打ちこんだ。「ドクター・ハークネスは一日手が空きませんが、ドクター・トレントでしたら診られます。第一診察室にどうぞ」

わたしに抱えられたミックは、大きな頭をわたしの肩に預け、今にも昼寝をはじめそうだった。よろよろと診察室に向かい、なんとかミックを慎重に診察台の上にのせた。「まったく、重いわね」わたしは言った。「おこぼれにありつきすぎなんじゃない」

ミックは脚を伸ばして、診察台に腹ばいになった。そして、けがをしていないほうの前足に頭を乗せた。頭をなでて「大丈夫だからね」と言ってやったが、彼はすっかり満ち足りた様子だ。不安を感じているのはわたしのほうだった。床の血痕を見たことがまだトラウマになっているのだ。

ドアが開いてタミーがはいってきた。ハンクのガールフレンドのタミーだ。「あら、こんにちは、タミー」わたしは言った。

彼女は白衣のポケットに両手を入れて微笑んだ。「こんにちは、ライラ！」

「あなたがここで働いてるなんて知らなかったわ。獣医だったことも」仕事を持っていることさえ知らなかった。タミーが夫あさりのプロのような女性だと、どうして決めつけていたのだろう？　自分が恥ずかしい。

「ええ、八カ月ほどまえからここで働いてるの。そのまえはシカゴ動物福祉協会にいたのよ」

「そうなんだ」

「わんちゃんの名前は？」

「ミックよ。散歩してたらこんなことになって。足にこれが刺さってたの」ポケットに入れておいたガラスの破片を見せた。

「うわ。鋭いわね。傷口に破片が残っていないか調べましょう。いい、ミック？」タミーはミックの顔のまえにかがみこんで、大きな四角い頭をやさしくマッサージした。ミックがお返しに鼻をなめた。「まあ、かわいい子ね」彼女は小型タオルの不格好な包帯をすばやくはずすと、やさしい声で話しかけながら、ミックの前足を調べた。わたしはミックがリラックスしたままでいられるように背中をなでた。

タミーは肉球のあいだのあらゆる面を注意深く調べたあと、うなずいた。「完全に取り除いてあるみたいね。でも、刺さった角度のせいで傷が深いから、出血がひどいわ。何針か縫えば、きれいに治るでしょう」

「痛がるかしら？」

「大丈夫。局部麻酔をするから、痛みはそれほど感じないわ。ちょっと圧迫感がある程度よ。でもまず傷口を洗浄しなくちゃ。これだけはちょっと痛むかも。奥でリッチに洗浄してもらってから、わたしがささっと傷口を縫って、あなたにお返しするわ。それでいい？」

「ありがとう、タミー」わたしはその手際のよさに心底感銘を受けた。ミックも彼女を気に入っているようだ。

タミーはミックの鼻にキスをして、またもやわたしを驚かせると、流れるような動きでミックを持ちあげた。「奥が見たいの、相棒？　じゃあ奥の部屋を見にいきましょう。いい？」

ミックはうなずいた。わたしは一瞬嫉妬を覚えた。

約束したとおり、タミーは三十分後に、前足に清潔な白い包帯を巻いたミックを返してくれた。「ああ、ミック！」わたしはゆっくりと走ってきたミックに言った。

「とてもいい子だったわ」タミーは言った。「エリザベスカラーはつけなかったけど、包帯にひどい味がするものを付着させてあるの。それでも、おそらく朝までにははずしちゃうでしょうけど、気にすることないわ。そのころには包帯なしでも大丈夫だから。縫い目に気をつけておいてもらえれば」

「わかった。ありがとう。ほんとにありがとう」わたしたちはまだ小さな診察室にいた。わたしは椅子に座って、ミックを膝のあいだにはさんでいる。ミックは軽くよだれをたらしてはあはあ言っていた。わたしは思い切って個人的な質問をすることにした。「すべて順調なのかしら――あなたとハンクは？」

タミーはため息をついてぐるりと目をまわした。「警察はハンクを尋問したあと解放したけど、彼は何をするにも監視されているような気がするって」

「犬は……返してもらったの？　アリスがあんなことになったあと――」

彼女は目をまるくした。「アポロを知ってるの?」

「知らなかったけど、たまたま会った教会関係の女の子に聞いたの。アリスはアポロをええと——吠えなくさせ（デバーク）たがってるって。こんな用語ほんとにあるの?」

タミーはため息をついてうなずいた。「咆哮抑制ね。声帯切除と呼ばれることもあるわ。それについて話すわけには——まあ、いいか。ハンクは気にしてなかったんだけど、アリスが……」彼女は首を振った。「ハンクとわたしがどうやって出会ったか知ってる?」

「えっ?」

彼女は時計を見たあと、わたしの隣の椅子に座った。「八カ月ほどまえ、アリスはその手術のことをききにここへ来たの。不必要だし非倫理的だと思うので手術はできません、とわたしは言った。犬のふるまいを正すためなら別の方法がありますと。それは彼女が求めていた返答ではなかったみたい。アポロのカルテの飼い主欄にアリスの名前はなかったから、わたしはハンクに電話をした。彼女がしようとしている処置について知っているかと尋ねたら、彼は激怒したわ。自分たちは離婚したばかりで、アポロは当面彼女に預かってもらっているだけだと言った」

タミーは椅子の背にもたれ、壁の額装されたペルシャ猫の写真を見た。

「彼は翌日やってきて、元妻が自分を通さずに何を言ってきても同意するつもりはないと言った。とても……情熱的だったわ。立派な態度だとわたしは伝えた。すると彼は、ディナーに誘ったら不都合だろうか、ときいてきたの」

彼女はきれいな目をうっとりさせてわたしに微笑みかけた。「あんまりそうは聞こえないかもしれないけど、すごくロマンティックだったわ。そしてすぐにおつきあいがはじまったの」

「それでアリスは――自分の希望が通らなかったうえ、あなたがハンクとつきあうことになって、裏切られたと思ったのね」

タミーは肩をすくめた。「アリスがわたしを嫌っていた理由はたくさんあるわ。わたしのほうも彼女を知れば知るほど同じ気持ちになった」

「彼女がまだ咆哮抑制を考えてたって、知ってた？　殺されたあの夜にも？」

タミーの口が引き結ばれた。「どうして知ってるの？」

「教区の女の子が――あそこで奉仕活動をしてた十代の子なんだけど、彼女とボーイフレンドがそのことでアリスと口論になったのよ」

「ほんと？」タミーは急に恐ろしい形相になった。彼女とアリスが戦ったとしたら、どちらが勝つか予想できなかっただろう。

「ええ。ふたりが今日話してくれたの」

「アポロは九死に一生を得たってわけね」表情は控えめだったが、声には勝ち誇ったような響きがあった。彼女はポケットに手を入れて携帯電話を取り出し、ボタンを押しはじめた。やがて、バラの格子垣（トレリス）のまえに座っている、なんとも美しいジャーマンシェパードの写真を掲げて見せた。「これがアポロよ」

「優雅な子ね」わたしは言った。

「もうすぐわたしと暮らすことになるわ。彼もハンクもね」

わたしはうなずいた。アポロが自分を嫌う人とではなく、愛してくれるふたりと住むことになるとわかってうれしかった。

ミックが体を傾けて床のにおいをかいだ。タミー――ドクター・トレント――はくすっと笑って頭をなでた。「ミックはいい犬ね。縫ったところに何か問題があれば電話して。一週間後ぐらいに抜糸の予約を入れるといいわ」

わたしは立ちあがって握手をした。「タミー、ほんとうにありがとう。とても腕がいいのね」

「ありがと。たまにはいっしょにコーヒーでも飲みに行きましょ。わたしたち、何かと縁があるみたいだから」彼女は言った。ほんの一瞬、その顔に、わたしがときどき鏡のなかの自分の顔に見るもの――ひとりではどうすることもできない淋しさが認められた。

「いいわね。電話して」

ミックとともに診察室を出ると、カウンターに行ってつぎの予約を入れた。今のところミックはまだ包帯をかじっていないが、やたらとにおいをかいでいた。「放っておきなさい、ミック」

支払いをし、ミックを連れて車に戻った。もう午後も遅いが、やっておきたいことのリストはまだあった。運転しながら、頭のなかでリストのチェックをしたが、ドクター・タミー・トレントと、アポロの〝命拾い〟について話したときの彼女の得意そうな表情が気になってしかたがなかった。タミーがアリス・ディクソンの死を望む動機はひとつだけではなさそうだし、あの死でだれよりも得をしたのはおそらく彼女だろう。

帰宅すると、病気の赤ん坊のようにミックをバスケットに寝かせた。ミックは明らかにちやほやされるのを楽しんでいた。すぐにいびきをかきはじめ、わたしは血の足跡を掃除するために、掃除道具を持って廊下に行った。漂白剤のにおいが家のなかに充満しないように、玄関ドアは開けたままにしておいた。「消えておしまい、忌まわしいしみ」わたしは床に向かってシェイクスピアを引用した。

「マクベス夫人ね」玄関口で声がした。

ぎくりとして振り向くと、テリーのガールフレンド、ブリット・ハンセンがいた。カジュアルな錆（さび）色のセーターにジーンズという姿にもかかわらず、いつものように垢抜けている。

彼女は手を振って言った。「待って、ほかにも思い出せるかしら？　〝アラビアじゅうの香料をふりかけても、この小さな手のいやな臭いは消えはしまい〟」

「よくできました！　英語専攻だったの？」

彼女は微笑んだ。「美術史専攻よ。振り返ってみると、その後の人生で勤め人として食べていくのはむずかしいと気づくのは、決まっていたようなものね。ギャラリーとインターネットのおかげで、お客を引き寄せる機会はいくらでも提供してもらえるし」

わたしは立ちあがった。「はいって！　ミックがつけた汚れを落としてたところなの。前足を切って、床に血をつけちゃったのよ」

「まあ――かわいそうに！　大丈夫なの？」ミックをさがしてあたりを見まわしながら、ブリットがきいた。

「耳を澄ませば、あの子のいびきが聞こえるわよ。お花畑みたいなにおいのするとっても美人の獣医さんとわたしに甘やかされて、今はきっと幸せな夢を見てるのね」

ブリットは笑った。「終わりよければ全てよし。あら――頭のなかにシェイクスピアが居座ってる」

「キッチンに来て。コーヒーをいれるわ」

ブリットは家の奥に向かうわたしについてきたが、こう言った。「でも長居はできないの。今夜はテリーと資金集めパーティに出ることになってるのよ。エマニュエル市長も来るわ。まだ一度も会ったことないけど」

驚きを顔に出すまいとした。「えっ――だれだって会ったことないわよ、ブリット！　あなたたちってほんとにセレブなのね」

彼女は手を振ってその意見を退けた。「ところで、あなたの知恵を借りたいの。いつもはケータリングを使うんだけど、明日テリーは午前中にクライアントをふたり招いてるのよ。朝食でもなく昼食でもない時間にね。それで、何かちょっと食べるものを出したいんだけど、こんなに短時間で何ができるかわからなくて。わかってるのは、あなたがうちに来るときは、いつもすばらしくおいしいものを持ってきてくれるってことだけ――何かいいアイディアはないかしら？」

ブリットはキッチンのスツールに座って、細い脚を組んだ。

「うーん、そうねえ。買い物にはいつ行くの？」

「たぶん明日の朝早く。だから今夜は早く帰らせてよってテリーに言ってるの」

「そうなるといいわね」テリーは出かけるのが大好きで、睡眠時間は五時間あれば充分だと豪語している。

「ほんと。明日の会食のことはわたしに任せきりなんだもの。急に言われても、わたしなら洗練されたのをを提供できると思ってるのよ」

わたしは頭を働かせた。ブリットには贔屓（ひいき）のケータラーがいるが、明日はたのまないつもりでいるらしい。これはチャンスだ。「ねえ、あなたの力になれると思う。まず、うちに冷凍のズッキーニブレッドが二本あるの。みんなに好評なのよ。いま一本持っていって。そのまま置いておけば、朝までに解凍できるわ。カロリーを上乗せしたければ、お皿に入れたバターを添えてね。これで一品。それと、ブランチ用フリッタータの超簡単レシピがあるの――実はわたしのオリジナルレシピなんだけど、これもとても評判がいいのよ。今夜生地を作っておくから、あなたはオーブンに入れるだけ。あとはおいしいコーヒーと紅茶をいれて、ジャムとスコーンを添えれば、出来あがりよ！　スコーンは二十分もあれば焼いてあげられるし」

「ライラ、愛してるわ」ブリットは飛びあがってわたしをハグした。彼女の香水はエキゾチックで、明らかに高価なものだった。彼女の一九二〇年代風のヘアスタイルと顔、そして香りは、いつも過ぎ去った時代の息吹を感じさせる。「充分な金額を払わせてもらうわ」

「あら、材料費だけでいいわよ」わたしは言った。

「そんなのだめよ。あなたはその労力を、こんなぎりぎりになってから親切にも提供してくれるんだから、お金をもらうだけの価値があるわ」ブリットは財布を取り出すと、充分な枚数の紙幣をつかみ出して、カウンターに置いた。

「いつ取りにくる？」わたしはきいた。

ブリットは一瞬、きれいに赤く塗った唇をとがらせた。「それが問題ね――今夜テリーがいつわたしをパーティから帰してくれるかわからないのよ」

「全部うちのキッチンに用意しておくから、あなたは鍵を使って、いつでも帰ってきたときにそれを持っていくというのは？　わたしは寝るのが早い人だから」

ブリットは手をたたいた。「それいいわね！　ほんとにありがとう、ライラ！　あなたは命の恩人よ、わかっていたことだけど。いつだって創造力にあふれてるんだから」そこでわたしの顔をじっと見る。「でも、早寝するばかりじゃだめよ。近いうちにあなたを女子会のために街に引きずっていかなきゃ。一週間か二週間以内にね。とりあえず今はハロウィン・パーティの準備があるから」

わたしは声に羨望が表れないようにしながら言った。「いつも人を楽しませなくちゃならないのはたいへんでしょうね」

ブリットはしなやかな美しい髪をなでつけた。「いい面もあれば悪い面もあるわ」彼女はもう一度わたしをハグしてから体を離すと、着替えをしなければならないと言った。シカゴ市長と会うことになる資金集めパーティに、彼女はどんなきらびやかなものを着ていくのだろう。

わたしはため息をついて卵を十二個出し、ボウルに割り入れはじめた。ブリットのために作るものはすべて最高でなければならない。もしかしたらいつか、現在のケータラーの手伝いをしてもらえないかと、さりげなくきかれるだろう。そう、それが作戦だった。

それから一時間は、かき混ぜ、泡立て、和え、焼くことに没頭した。念のため、フリッタータの生地と書いたラベルを貼り、冷蔵庫に入れた。スコーンを冷まし、ブリットとテリー宛のメモとともに包んだ。ブリットが気前よく払ってくれた代金を、売り上げの引き出しにしまい、ミックを外に出してまた家に入れてから、疲れた足取りで階上に向かった。

翌朝になって階下に行くと、食べ物は消えていたが、にこにこマークが描かれた付箋が冷蔵庫に貼られていた。

9

翌日の午後は、半ば心ここにあらずの状態で、電話に出たりファイルを作成したりしながら、不動産屋のオフィスでシフトをこなした。五時ごろ車で家に向かい、〈ピッツァ・パレス〉を通りすぎると、ウィンドウに〝ケータリングもご相談ください〟と書かれた手作りの看板が見えた。マーカーは色あせ、文字は斜めになっている。定規を使おうとも思わなかったらしい。その看板を見てわたしは腹が立った。判読できる宣伝文も書けないケータラーを、だれが雇いたがるだろう？　パソコンで広告を作れず、工業用マーカーを見つけることさえできないビジネスパーソンを、だれが求めるだろう？

憤慨してラジオをつけると、ニュースのアナウンサーが言った。「この男性はパインヘヴンで毒殺された、この一週間でふたり目の犠牲者です。パインヘヴン警察がリポーターに語ったところによると、関係者数人を調べているということですが、どちらの殺人事件についても容疑者を逮捕するには至っていない模様です」

ハンドルの上の両手が硬直した。あらたな死人が出た。殺人だ。またしても。「ああ、なんてこと」とつぶやき、だれだかわからない犠牲者にささやかな祈りをささげた。

帰宅して家に駆けこみ、ミックを裏庭に出した。やはり包帯をはずしてしまっていたが、経過は良好そうで、縫合した傷を気にしている様子はなかった。彼が床に残していったガーゼを捨て、留守番電話の録音を聞いた。母の声がした。「ライラ、時間ができたら電話してちょうだい。バート・スピールマンが殺されたのよ！」

「うそ」わたしはキッチンの壁のブルーのタイルを見つめて言った。クラシック音楽が頭のなかで鳴り響いていた。自分では気づいてもいなかったが、おそらく人生のある時点で脳はそれを聞いて、保存しておいたのだろう。〈葬送行進曲〉と思われるものを。

バート・スピールマンは中央図書館の主任司書だ。これはまずい、いろいろな意味でほんとうにまずい。とくにペット・グランディにとっては。教会や高校などであらゆるボランティアをしているにもかかわらず、ペットはパートで働いている場所がひとつあった。それがたまたまパインヘヴン図書館なのだ。毒殺されたふたりは、どちらも明らかにペット・グランディとつながりがあったということになる。

母に電話すると、当然ながら動揺していた。「バート・スピールマンよ！　いったいだれが図書館司書を殺したいなんて思うの？　急な死だったらしいわ」

「〝急な死〟ってどういうこと？　アリス・ディクソンみたいにってこと？」

「それは――図書館で料理本を見ていたアニー・プリンスから聞いたのよ。料理の棚はメインデスクにとても近いでしょ？」

たしかに近い。

「バートは軽い夕食をとるためにデスクに戻っていたんですって。彼がミートボール・サンドイッチをひと口食べたとき、アニーがとある質問をしたら、彼がかっと目を見開いたそうよ。最初は質問にショックを受けたのかと思ったけど、すぐに気分が悪くなったのだと気づいた。顔色がひどく青くて、駆けつけようとしたときには、彼はすでに倒れていたの」

「ひどい」

「でしょう。だって、あんな無害な人なのよ。この町に敵なんているはずないわ。もしアリスのように毒殺だったとわかれば、警察は頭のおかしい人か連続殺人鬼のしわざだと考えなくちゃならないでしょうね」

ぞっとする考えだった。「ママ――そのとき現場にペットはいた？」

「ペット？　知らないわ。ああ、なんてこと。ああ、かわいそうなペット」母は言った。

「まさか、警察は彼女を疑ったりしないわよね？」

「疑うに決まってるでしょ！　同じ種類の毒だったらどうするの？　彼女が夜間勤務をしていたら？　正気を失った殺人者だと思われることになるわ！」

母は黙ってそのことについて考えこんだ。「ペットにほんとうにふたりを殺す機会があったなんて思わないわよね？」

「ママ、何言ってるのよ！　ペットよ。雨水の排水管に閉じこめられた子猫を助けようとして、腕をつっこんで抜けなくなった女性なのよ」

母はくすっと笑った。「あれがニュースで流れたときのこと、覚えてる?」

「例年になく寒い冬だからと、セント・バーソロミュー幼稚園の園児全員のために、かぎ針編みでイヤーマフを作った女性でもあるわ」

「そうそう。おかしな人よね。かわいそうなペット。彼女を助けるためにわたしたちにできることは何かしら?」

いい質問だ。彼女に容疑がかからないようにするのはまず無理だろうが、何か力になれる方法があるはずだ。

「わからない」わたしは言った。

母はため息をついた。「もう切るわね、ハニー。パパとわたしは今夜やらなきゃならない仕事があるの。お願いだから全部のドアの鍵をたしかめてね。頭のおかしい毒殺魔に殺されてほしくないから」

「元気が出る考えだわ」わたしは冗談を言ったあと、さよならを告げた。それでも、母のせいでいささかパラノイア気味になり、冷蔵庫を開けて、不審なものがないかたしかめた。そのあとドアと窓の鍵を確認した。ふたたび電話が鳴って、わたしは三十センチほど飛びあがった。

「もしもし?」

「あの、ライラ?　アンジェリカ・グランディよ」

「ああ——ハイ、アンジェリカ」

「あのね、聞いてるかどうかわからないけど、バート・スピール――」

「聞いてるわ。ペットはどんな様子？」

「すごく動揺してる。姉を囲んで気晴らしをさせようとしてるんだけど、何か思うところがあるようなの。あなたに電話してくれっていうのよ。うちに来てもらうことはできるかしら？」

「うーん……いいけど、どうしてペットは――」

「あなたは姉の友だちだし、あなたのユーモアのセンスに元気づけてもらえると思ったのよ」

これはふたつの理由で奇妙なことだった。第一に、ペット・グランディがわたしを友だちとして見ているとは思えなかった――持ち寄り料理の秘密を共有する共謀者というほうが近いだろう。第二に、自分はユーモアのある人間だと思いたいが、ペット・グランディは今までわたしのジョークに受けたことがなかった。一瞬、グランディ家に誘いこまれて毒を盛られるのではないかと思ってひやりとした。そして、それがいかにばかげた考えかに気づいてこう言った。「わかった、すぐに行くわ、アンジ」

念のため、ミックを連れていくことにした。グランディ家の人たちはみんなミックを知っていて彼のことが好きなので、いてもいやがられないのはわかっている。ミックは明らかに足を引きずりながら車までついてきた。助手席のドアを開けてやると、いつものように優雅に飛び乗った。それから車はおおむね静かなパインヘヴンを、オレンジ色のライトが輝き、ぞっとする骸骨やミイラが窓からのぞいているディケンズ・ストリートを走った。ラジオをつけると、たまたまオールディーズ専門局〈フロム・ザ・フィフティーズ・トゥ・トゥデイ！〉になっていて、シナトラの歌う〈今宵の君は〉の最後の部分が流れた。一瞬、ミックの席に男性が座っていればいいのにと思った。そうすればふたりで気楽におしゃべりし、秘密を打ち明け合い、欲望に満ちた視線を交わせるのに。だが、すぐにため息をついて、ミックのほうがいいと思った。男性はいつだって最後にはわたしを失望させるが、ミックは絶対にそんなことはしない。

ポーチに人間の等身大の案山子がいる白い二階建ての家に着き、階段をのぼって玄関をノックした。そして、人でいっぱいの部屋に招き入れられた。ハーモニアもアンジェリカもそれぞれ〝ボーイフレンド〟を招いており――テッド・パーソンズとカール・ブースだ――わたしがくるまで、四人は暖炉のそばでおしゃべりをしていたらしかった。アンジェリカが椅子に戻るのを、わたしはドア口に立って待った。「この人たちのことは知ってるわよね、ライラ？」

わたしはうなずいた。テーブルの上のピザのにおいに引き寄せられて、ミックは勝手に部屋にはいった。いつものようにハーモニアがミックに飛びつき、大きな両手でなではじめた。

「あ、ええ、知ってると思う。どうも、テッド、カール」

テッドは酒飲みの赤い鼻と木こりのような茶色の口ひげをたくわえた、五十がらみの男性で、薬局の〈ライト・エイド〉に勤務し、教会では案内係をしていた。禿頭で細身のカールは、パインヘヴン唯一の洗車場のオーナーで、たいへんなお金持ちという評判だった。ふたりとも手を振ってくれたが、どちらも椅子をゆずってはくれなかった。ようやくテッドが気の毒そうに言った。「ペットはバスルームで顔を洗っているよ。ちょっと……涙の発作に襲われてね」

「そう」気まずさを感じながらわたしは言った。廊下の写真ギャラリーを眺めようと向きを変える。そのほうが、混み合ったリビングルームにはいるより、はるかに好ましく思われた。廊下の左側にずらりと並ぶ、百年ほどにわたるグランディ家の歴史を写した写真を鑑賞する。よく撮れているもののひとつに、幼いグランディ姉妹――現在の状態のまま縮んだように見えるので、幼いながらも、ペットとハーモニアとアンジェリカだとはっきりわかる――が雪に覆われた丘で橇遊びをしている、エイト・バイ・テンの写真があった。赤いコート姿のペットは、橇を引こうとしている。アンジェリカは小さな猫のように得意げに橇に乗っており、多色使いの毛糸の帽子の下の顔はバラ色だ。いちばん小さなハーモニアは、泣きながら反対方向に橇を引っ張ろうとしていた。引き伸ばされているということは、家族のお気に入りの写真なのだろう。

廊下のもっと先、リビングルームに近いところには、三姉妹の最近の写真があった。ヘアスタイルがわずかに今とちがうので、おそらく一、二年まえに撮られたものだろう。だれが撮ったのだろうか。いい写真だった。デパートでポーズをつけて撮る記念撮影のようなところがなく、それぞれの人柄をうまくとらえている。姉妹はそれぞれ小道具を持っていた。アンジェリカはオニユリの花束を持って、夢見るように遠くを見つめている。ハーモニアは小さな黒い犬を抱いて、笑顔で犬の顔をのぞきこんでいる。ペットは木製のスプーンを持って、料理好きらしい家庭的な表情を浮かべている。写真が撮られたのは、わたしとチリコンカンの契約を交わしたあとのことらしい。壁の写真から目を離して、部屋のなかの話し声に耳を澄ました。ペットはバスルームから出てきて、炉辺の左側の赤いフラシ天の椅子に座っていた。

「ペット、警察に仕事をさせてやれよ」カールが言った。「ちゃんと捜査すれば、きみが今度のことや、アリスのこととは無関係だとわかってくれるさ」

アンジェリカが同意した。「昨日は図書館にいさえしなかったのよ！　現場にいなかったのに、どうすればバートに毒を盛れたっていうのよ？」

ペットはうなずいた。「バートはいい友だちだった。エジンバラについて話しただけだったけど。わたしが行ったことがないと言うと、彼は二回行ったことがあると言って、その町の写真が載った本を何冊か見せてくれたの。もしこれから行くことがあれば、観光客がよく利用するものよりいい旅行ガイドをくれるって」彼女は目をぬぐった。

根っからのセラピードッグであるミックは、ペットのところに行って、膝に頭を乗せた。これに思わずペットは微笑み、その頭を本格的になではじめた。「あなたはいい子ね。この子を連れてきてくれてありがとう、ライラ」

「あら——いいのよ。気分はどう、ペット？」

「まだ信じられない。この町で起こっていることが理解できないわ。それに、なぜそのすべてがわたしのせまい行動範囲内で起こるの？　こんなにもの静かな人間で、ひっそりと暮らしているのに」

ハーモニアがペットの椅子の肘掛けに座って、姉の短い髪をなでた。それから手をおろし、ミックをなではじめた。「そのとおりよ。心配するのはやめなさいよ、ペット。警察は手を出せないわ、あなたは無実なんだから。無実に防御は必要ないわ」

みんながこの意見に感じ入ってうなずいた。わたしはドアの近くの椅子に座って、なぜわたしはここにいるのだろうと考えていた。ようやくペットがわたしに秘密めいた視線を送ってきて言った。「新鮮な空気を吸えば、少しは気分がよくなると思う。ライラ、いっしょに犬の散歩をしてもいい？」

ますます興味をそそられた。「いいわよ。ミックは夜の散歩が大好きなの」わたしは立ち上がってミックを呼んだ。はずしたばかりのリードをつけて言う。「ブロックをひとまわりしない？　このあたりはすてきなハロウィンの飾りつけが見られるわよ」

ペットはうなずいた。残りの四人は、助言者の役割から解放されて、ほっとしているようだった。わたしたちが出ていくとき、テッドはテレビをつけようとしており、カールはサイドボードに置かれたピザを取ろうとしていた。

今わたしは、ミックが徹底的ににおいをかげるように、一本の木のまえで立ち止まっていた。ペットを見ると、小さなジャケットにくるまった姿は、やはり子供を思わせた。白髪交じりの短い髪は、櫛を入れておらず、房状に立っていた。「ペット、どういうこと？」

「わからない。わたしはやってないってことをあなたに知ってもらいたいの。だれがやったにせよ、それはわたしじゃないわ」よその庭のライトというわずかな光のなかでも、彼女の目に涙が見えた。

「もちろんわかってるわよ！　でも、どうしてそれをわたしに言うべきだと思うの？」

「あなたも巻きこまれてるからよ！　わたしが自分のチリコンカンに毒を入れたと警察が確信したら、わたしを取り調べて、だれが作ったのか白状させるかもしれない。そうしたくないけど、警察は何をするかわからないし」

彼女は心底びくついているようだった。「ペット、警察は理由もなくあなたを取り調べたりしないわ。妹さんの言ったとおり、あなたはバートが死んだ日に現場にいなかったんだもの。警察はだれがその日図書館にいたのかに注目するはず。図書館に防犯カメラはあるの？」

ペットは驚いた顔をした。「ええ、あると思う。正面入口の脇に」

「論理的になりましょう。わたしが刑事なら、防犯カメラのビデオを見て、その日に来館した人全員の身元を調べるわ。目撃者と話をし、バートがお弁当をしまっていた奥の部屋に行った人たちをつきとめる。そして、そのふたつをもとに、犯人が見つかるまで候補をしぼっていく。でも、この不快な話題から離れるまえにきいておくわ……バートに恨みを持っていた人をだれか知ってる？　最近彼が喧嘩をした利用客は？」

ペットは眉をひそめて首を振った。「バートはみんなに好かれていたわ。ちょっときずむその……なんて言うか……」

「気むずかし屋？」

「そう。愛すべき気むずかし屋だった」

「オーケー。バートは犠牲者になるはずじゃなかったのかもしれない。彼のお弁当をだれか他の人のものとまちがえた、ということはありうる？」

またもやペットは首を振った。「いいえ。バートが持ってくるお弁当は、例のふたが赤いタッパーウェアにはいってて、まちがえようがなかった。外に出て、地元の商店で食べるものを買ってくることもあったわ。昨日の夜がどっちだったのかはわからないけど」

わたしはため息をついた。「ほかにもいろんな可能性があると思うけど、もう一度考えてみましょう、ペット。バートに毒を盛った人物は——ほんとうに毒を盛られたんだとしたら——だれの食べ物でもよかったのかもしれない。とにかく人を殺したかっただけなのかもしれない」

「なんで？」ペットは憤慨してきいた。

「頭がどうかしてるか、だれかを——たとえばあなたのような人を——はめたかったかのどちらかね。いずれにせよ、警察も同じシナリオを想定するでしょう」

ペットは両手をポケットにつっこんでうなずいた。今ので少し元気が出たようだ。「あなた、あの担当刑事とつきあってるのよね？」

「えっ？」わたしは驚きのあまりミックのリードを落とした。

「このまえの晩、ハーモニアがディケンズ・ストリートを車で走っていたとき、お宅のドライブウェイで彼を見たのよ。公務で来ているようには見えなかったって」

「つきあってないわよ！」

ペットがにやりと笑いかけてきた。

「わたし――みんなと同じで――彼のことをほとんど知らないのよ」

「ねえ、もし彼にきかれたら、わたしはいい人だって言っておいて」

「それならもう言ったわ、ペット。あなたがいい人なのはみんな知ってる。このことで疑心暗鬼にならないで。悪い人がこの町で悪いことをしている。そしてどういうわけか、そのどちらもあなた個人にかかわる事件だった。でも、それはただの偶然よ。偶然はつねに起こりうるって、警察はわかってると思う」

彼女はうなずいた。「ありがとう、ライラ」しばらく落ち葉のなかで足を引きずっていたが、やがて明るい顔で言った。「ところで、わたしたち、新しい仕事がはいったわよ！」

「ええ、聞いてるわ。いつわたしに話してくれるのかと思ってた！」

「聞いてるの？」

「トリクシーとテリーザからね。クロックポットを取りにいったときに。あなたの代わりに取りにきたって言っといたわよ、教えられたとおりに」

ペットは明らかにほっとした様子で、フリースのジャケットのなかに身を埋めた。「わたしは何か別のものを作るって言ったのよ――大皿のマカロニチーズとか、焼きエンチラダか何かを。でも、ご婦人たちはみんなチリコンカンを作ってもらいたがってるんですって。トリクシーに言われたの、みんなわたしを信じてるし、伝統を変えたくないんだって」

「それはいいアイディアかも。わたしがすごく気をつけて作るのはわかってるわよね、ペット。そしてそれをあなたに直接わたす。そのあとは食べる準備が整うまで、あなたがそばで見張るの。疑心暗鬼になれって言ってるんじゃないのよ。でも、食べるときまで目を離すべきじゃないと思う。ご婦人たちに交代で見張りをさせて」

ペットはみじめな様子でくすっと笑った。

「冗談で言ってるんじゃないのよ、ペット」

彼女はうなずいた。「わかったわ。トリクシーと相談して手配する。あなたはいつものように教会に持ってきて。そのあとはわたしたちで見張るわ、約束する」

「それと、ペット――同時進行でいろんなことをやっているのはわかるけど、こういうのは直前でなくイベントの少しまえに知らせてくれたほうが助かるってことは忘れないで。わたしだってときどきは働いてるし、ぎりぎりになって抜け出して、材料を買う時間がいつもあるとはかぎらないから」

ペットはしゅんとした。「わかってる、わかってるわよ！　ごめんなさい。いろんな活動に関わってるから――でも、つぎのイベントで料理してほしいとたのまれるとうれしくて。わかるでしょ。誇らしくて幸せな気分になるの」

「わかるわ」

「でも今は怒ってるみたいね。困ったわ。だってわたしたち、この一年でこんなにいい友だちになったんだもの！」

彼女の妹たちが言ったことは、ジョークではなかったのだ。ペット・グランディはわたしを友だちだと思っている。教区のビジネスウーマンではなく、友だちだと。思い返してみた。たしかにわたしたちは、秘密の料理を（聖杯をわたすような厳かさで）ペットのせっかちな手にわたすために、何度も秘密の逢瀬を重ねてきた。わたしはたびたびこのことでペットをからかったが、彼女にはユーモアが通じなかった。もしかしたらわたしのささやかなジョークを好ましく思いながら、あまり表に出さないのかもしれないが。「ええ、もちろんよ、ペット」

「シュミット神父のためにカラオケで歌ったこと、覚えてる？」彼女はわたしににっこり微笑みながら言った。レンタルしたカラオケ機材を教会のホールに運ぶのを手伝ってほしい、そのあと使い方を教えてほしいとペットにたのまれたときのことだ（わたしはたびたびテリーのところでカラオケを歌ったことがあり、基本的な知識があった）。その過程でペットとシュミット牧師のためにクリーデンス・クリアウォーター・リバイバルのヒット曲〈プラウド・メアリー〉を歌っているので、ふたりとも熱心に手拍子をとってくれて、聖歌隊に加わるべきだと言ってくれた。わたしはペットにマイクを持っていてもらい、さまざまなコードと差し込み口を見せた。おそらく彼女の記憶のなかでは自分も歌っていたのだろう。わたしはペットの歌声を聞いたことがなかったし、音をはずさずに歌えるのかどうかも知らなかったが。わたし自身は自分の人生が退屈だと思っているのに、ペットはおもしろ味を感じてくれていたなんて。なんとなくうれしく思うと同時に悲しくもあった。わたしはとっさに彼女と腕を組み、そのまま家に戻りはじめた。

「あなたはいい友だちよ、ペット。ペット・グランディはどこまでも善良な女性で、虫も殺せないだろうし、排水管から子猫を救出するような人だって。だから何も心配することはないわ。警察だって教区のみんなからそう聞くでしょう。そういえば、あの子猫はどうなったの？」

ペットがわたしを見あげた。「知らなかったの？　わたしたちが引き取ったのよ。名前はストライピー。うちに戻ったら会えるわよ。ふだんは人と話すのが好きなの。今夜はきっと犬が怖かったのね」

「そうだったの。それだってあなたのやさしさの表れよ。排水口から子猫を救出したうえ、その子猫を引き取るなんて」

ペットは「わたしたち、あの子を愛してるの」とだけ言った。

わたしはうなずき、彼女の肩をぎゅっとつかんで角を曲がると、ジェイ・パーカーと黒いスーツのビンゴ大会の日に見た女性が、ペットの家のドライブウェイに立っていた。暗闇のなかでも、ペットとわたしがいっしょにいるのを見て、パーカーの眉が上がったのがわかった。「こんばんは」わたしは言った。

「こんばんは、ミス・グランディ、ミス・ドレイク」ジェイは同行者のほうを示した。黒髪で控えめな感じの美人だ。薬指にさっと目をやると、指輪はなかった。「グリマルディ刑事だ」

「こんばんは」わたしは言った。「ペットを元気づけていたんです。ここ数日ひどいショックを受けてきたから」

刑事たちは無表情のままだった。「たいへんなときなのは理解しています」グリマルディが感じはいいけれど、動じていない声で言った。「ですが、いくつか質問させていただけますか、ミス・グランディ？　場所はここでもかまいませんし、署のほうが都合がよければそれでもけっこうです」

「彼女の家族も同席するんですか？」子羊のようなフリースにくるまったペットを守らなければと、わたしは尋ねた。

「もしかまわなければ、あなたとわれわれだけで話がしたいのですが」ジェイ・パーカーがペットに言った。

わたしは彼らの態度にむっとした。ペットが震えているのが腕から伝わってくる。

「だれか――家族か弁護士――の同席なしに警察と話す必要はないと思いますけど。ちがいます？」

ジェイ・パーカーはわたしに驚きとわずかに敵意のこもった目を向けた。

「たしかにミス・グランディには事情聴取に弁護士を同席させる権利がある。でもぼくらは図書館での彼女の仕事について、二、三確認したいことがあるだけなので、その必要はないと思いますが」

このやりとりで、自分が完全には警察を信用していないことに気づいた。警察は自分たちの仕事をしなければならないし、それは簡単なことではないのだろう。殺人犯は自分を守るためにうそをつくものだし、ペットが正気を失っていて、ふたりの人物を毒殺したという可能性もないわけではない。だが、わたしには、ペットは困った状況に置かれて、世間知らずなので心底びくついており、ふたりの刑事がさらに怖がらせているだけのように見えた。

わたしは肩をすくめた。「それなら、彼女の妹たちや友人たちのまえでその質問をしてもかまわないと思いますけど」

「教えてくれてありがとう、ミス・ドレイク」パーカーの声は水を凍らせるほど冷たかった。「ぼくたちだけにしてもらえませんか？」

わたしは彼らのまえでペットを抱きしめた。「大丈夫よ、ペット。様子を知りたいから明日電話するわ、いい？　気を落とさないで」

「ありがとう、ライラ。ほんとにありがとう」ペットは言った。

パーカーとグリマルディを従えて家にはいる彼女を見守った。グリマルディは歩き方も優雅だ、とむっとしながら思った。

車に戻ると、ミックはいそいそと車に乗りこんだ。少し寒かったのかもしれない。「ごめんね、相棒」と彼に言って、ヒーターをつけた。彼は助手席に落ちついて目を細め、みじめさをつのらせていたわたしを笑わせた。

いつか、殺人事件が解決したら、ジェイ・パーカーがまたうちに食事をしにくるかもしれない、あの青い目を暗いポーチで月長石(ムーンストーン)のように輝かせて、などという想像をしていた。だがもう、ジェイ・パーカーが夜遅くうちに来るのではと心配する必要がないことはたしかだ。どんな時間だろうと、もう二度と。わたしは人まえで、権威にたてついた。彼はそれを裏切りと感じただろう。

だが、ペットの子供のような顔を思い浮かべると、そうするしかなかったのだと思った。警察はすべての人を疑わなければならないが、わたしが自分の知り合いを疑う必要はない。ペット・グランディは罪のない女性であり、そうではないと言う人たちに情けをかけるつもりはなかった。

10

翌日、仕事のあとで食料雑貨店に行き、ペットのあらたなチリコンカンのための材料を仕入れた。イベントには約五十人の女性たちが出席するというメールをもらっていたので、正確な量を把握することができた。材料費は高額だった。ペットはどうしてこれほど頻繁に代金を支払うことができるのだろう。おそらく図書館でもらえるのは最低賃金と変わらないだろうし、教会活動からは当然何も得られないのに。母は以前、グランディ家にはかなりの蓄えがあり、それはおそらく訴訟で勝ち取ったものだといううわさを聞いていた。

興味がわいて、うちに着くと母に電話した。食料品を袋から出せるよう、頬と肩のあいだに電話をはさみながら。「もしもし、ママ？　まえにグランディ家の相続財産のことを話してくれたの、覚えてる？　そのお金があるからあの人たちは裕福なんだっていう話」

母は小声で何かの歌をハミングしていた。やはり作業中なのだろう――わたしは花を活ける母の姿を思い浮かべた。今はハミングをやめてきかれたことについて考えている。「ああ、思い出したわ。おじいさんが鉄道で働いてて（ワーキング・オン・ザ・レイルロード）――」

「まる一日じゅう（オール・ザ・リブロング・ディ）（日本では〈線路は続くよどこまでも〉として知られるアメリカ民謡〈鉄道稼業〉の歌詞）？」

母はふふっと笑った。「おそらくね。とにかく、だれに聞いたのかは覚えてないけど、けがか何かしたのよ。それで、訴訟を起こして大金を手にしたんじゃなかったかしら。あなたのお父さんによると、彼は倹約家のアイルランド人だったから、それを使わずに増やしたの。やがておじいさんは亡くなって、お金はつぎの世代に引き継がれた。だからあそこの娘たちはみんな、趣味に打ちこんだり、教会の仕事やなんかをしていられるのよ。ある程度お金があるから。いくらなのかは知らないけど」

「ふうん」

「ついでに言うと、それがだれも結婚を急がない理由でもあるわ。共稼ぎをしなきゃいけないわけでもないのに、結婚する理由なんてある？」

それを聞いて、わたしは三十秒間黙りこんだ。自分は幸せな結婚をしてるくせに、ママの口からそんな皮肉な意見が出てくるとは思ってもいなかったわ。

母は鼻を鳴らした。「ええ、幸せよ。でも二十三歳に戻って、銀行にたんまりお金があったら、急いで結婚しようという気にはならなかったでしょうね。それが現実というものよ。マルクス主義よ」

うなずいているミックをじっと見た。「あなたはだれ？　オリヴィア・ドレイクはどこに行ったの？」

母はまたくすくす笑った。「あなたもいつかわかるわ。身を固める準備ができたらね」そこで母の声が変わった。「何を悩んでいるの？　殺人事件のほかに」

「たいしたことじゃないわ。ミックの足にガラスが刺さって、縫ってもらわなくちゃならなかったの」

「まあ、かわいそうなわんちゃん！」

「もうだいぶよくなった。獣医さんはタミーだったの。ハンク・ディクソンの恋人の」

「彼女、獣医なの？」

「わたしも意外だった――でも、腕はよかったわよ」

「へえ。ねえ、昨日偶然だれに会ったと思う？　教会で話をしたハンサムなお巡りさんよ。背が高くて黒髪で青い目の」

「ジェイ・パーカー？」

「そう！　彼よ」

「どこで偶然会ったの？」

「パパとスターク・ストリートにランチを食べに行ったら、彼がそこでパートナーと食事してたの。ふたりともすごい勢いで食べてたわ。きっとめちゃくちゃ忙しいのね。でも、わたしのことを覚えてて、あいさつしてくれたの。あなたは元気かときかれたわ」

「おそらくわたしは殺人事件の容疑者なのよ」

「とってもハンサムな人ね」母は言った。

「さっきも言った」

「あなたが彼みたいな人と結婚したら、どんなかわいい子供が生まれるか想像できる？　あなたのブロンドと彼の青い目をした子供よ?」

「女は結婚よりお金を選んだほうがいいって言ったばかりじゃない! だいたい、なんでわたしが彼と結婚する想像なんてしてるのよ?」

「あら、理由なんてないわ」母はあっさりと言った。

「まあいいけど。もう絶対彼に嫌われてるから」

「どうして嫌われるの?」

「ゆうべペットの妹さんたちから電話があって、ペットが落ちこんでるから来てほしいと言われたのよ」

「それはそうでしょうね。あなたたちはいい友だちだもの」そのことに気づいていなかったのはわたしだけなの?

「それで、ペットとわたしはミックの散歩に出たんだけど、戻ったら彼とその女性刑事がドライブウェイにいたの」

「〝女性刑事〟の言い方が変ね。美人だったの?」

「うんざりするほどね」

「あら、それならきっと彼とランチしてるのを見かけた人だわ。でもそんな感じには見えなかったわよ――わかるでしょ。親密そうじゃなかったってこと。単に同僚とランチしてるって感じ。結婚してるかどうか、わかってるの?」

「指輪はなかった」

「あら」母は言った。

「それで、ふたりはペットに質問をしたいと言ったの。わたしは彼女を励まそうとしてただけなのよ。いろいろあってすっかり落ちこんでたから。彼女を笑わせ、元気づけて、歩いて戻ってきたら、そこにそのふたりがいたの。例のお葬式みたいな顔でね。ペットは文字どおり震えはじめたわ」

「まあ、かわいそうなペット！」

「それでわたしは、いやがらせはやめてくれと彼らに言ったの。ペットには弁護士をつける権利もあるとね」

「ええ、ほんとうのことよね」

「そうよ。でも、そうしたら彼はすごくよそよそしく、冷たくなったの。実を言うと、わたしを殺したがってるように見えたわ。そして、消えろという意味のことを言ったの」

「まあ」

「だからね、別に気にしてるってわけじゃないのよ――孫のことを空想するのはやめてって言ってるだけ」

「もう、そんな言い方しないで。アイスクリームでも食べにこない？」

「ペットのチリコンカンを作らなきゃならないの。そのあとでもいい？」

「いいわよ！　ディナーにいらっしゃいな。パパがグリルでステーキを焼くのよ。キャムも新しいガールフレンドを連れてくるし。あのベリーニとかいう娘さんをね。ふたりとも今夜はうちに泊まることになってるの。明日のテリーのパーティに出るから」

「わあ、そうなんだ！　それなら絶対行かなきゃ！　その女性に会いたいと思ってたの。キャムが夢中みたいだから」

「そろそろ年貢の納めどきかしら」

「そうね」

母は〈線路は続くよどこまでも〉をハミングしはじめた。「もう、ライラ、あなたのせいでこの歌が頭にはいりこんじゃったわ！」と文句を言った。

「じゃあ、あとでね、ママ」

電話を切ってミックを見た。「ステーキは好きよね？」

ミックはうなずいた。

両親の家——わたしの実家——は一エーカーの敷地に建つ広々としたジョージ王朝様式の家で、今はあらゆる色合いのあざやかな秋色の葉が自慢の、二本の古い壮麗なニレの木のあいだにあった。わたしは車を停めて、木の枝や芝生やポーチの上の紅葉した葉にしばし見とれた。自然は敷地全体を秋色の毛布で包んでいた。気分をさわやかにする眺めだ。

ミックといっしょに階段をのぼった。いつものようにリラックスした様子で、兄のキャムが、ワインのグラス片手にドアを開けた。左手はこれまで見たことがないほど美しい女性のほっそりした手とつながれていた。もっとも目を引く特徴は、日焼けした肌とチョコレート色の目だった。背中に流れる、ほとんど腰まであリそうなゴージャスな黒い巻き毛や、十二歳の少年のファンタジーから抜け出てきたアニメのキャラクターのような、ありえないほど見事なプロポーションを別にすればだが。キャムはこういう女性を見つけるのが得意だった。

「やあ、妹よ。こっちはセラフィーナ、ライラ・ベリーニだ。セラフィーナ、ライラ・ドレイクだよ」

「ワオ」わたしは言った。

セラフィーナは兄から手を離して、がばっとわたしを抱擁した。「まあ、なんてかわいいの！　キャムから聞いてたけど、ほんとうね！　わたしの妹のアビアにそっくり！　ちょうどあなたみたいなブロンドなの。金色の天使みたいな！」

わたしは彼女の肩越しにキャムを見た。「まじ？」わたしは言った。

キャムはうなずいた。「彼女、いつもこんな感じなんだ。すっごく愛情深いんだよ」

わたしは口もとをゆがめた。セラフィーナが兄のためにどれだけ愛情を示すのかは想像するしかない。それでも、彼女はすごくいいにおいがしたし、どこもかしこもやわらかくて心地よかったので、抱きしめられるのは悪くなかった。「会えてうれしいわ」ようやく解放されると、わたしは言った。「どういうわけで兄貴と出会ったの？」

セラフィーナは笑って両手を打ち合わせた。ほんとうに熱い人だ。「それがおもしろいの。キャムがローマを訪問中、さがしてた美術館への道を教えたのが、わたしの兄のカルロだったのよ。キャムがシカゴから来たと言うと、カルロは妹が数年まえからそこで勉強していると伝えた。そして、帰国したらぜひ妹に連絡してくれと言ったの。キャムは約束を守った——そしてその妹というのが……わたしというわけ！」

彼女はまた手をたたいた。話はこれで終わりだとわたしがわからないと思っているかのように。

「へえ、すごくクールね」

母がバラを活けた花瓶を持って歩いてきた。「セラフィーナはきれいでしょう？」

キャムとガールフレンドのそれぞれの長所を組み合わせて、例の〝未来の孫〟エクササイズをしているらしい。驚くほどかわいい子供が生まれるだろうと認めないわけにはいかなかった。

「ええ、ほんとね。セラフィーナ、アメリカで何を勉強してるの？」

「化学の修士課程にいるの」彼女は言った。

「ワオ」わたしはまた言った。すべてを持ち合わせた女性もいるのだ。わたしは嫉妬心としばし取っ組み合いをした。ようやく礼儀正しいわたしが勝ち、とても感心していることを伝えた。

彼女は肩をすくめた。「家族からは感心してもらえないの。兄弟も姉妹も、みんな若き日のダ・ヴィンチみたいなんだもの。だから海外で勉強したかったの。兄弟姉妹がそばにいないほうが、簡単に感心してもらえるでしょ！」彼女は完璧な歯でにやりとして見せた。

「わかるわ」わたしはそう言って、キャムを示した。「兄貴は十六歳で高校を卒業したのよ」

セラフィーナは彼を抱きしめた。その光景はゴージャスでセクシーな大蛇が、巻きついているように見え、キャムはこのまま死ねるなら本望だという顔をしていた。「キャムはすばらしいわ」

「知り合ってからどれくらいなの？」ふたりの親密さに驚いて、わたしはきいた。これまでもキャムはガールフレンドを連れてきて、その存在を証明していたが、たいてい彼女たちを無視して、父とスポーツの話をしていたのだ。

「二カ月よ」セラフィーナが言った。「昨日が二カ月目の記念日だったの。シカゴのドイツレストラン〈バーグホフ〉でお祝いしたわ」

「すてきね」母とわたしが同時に言った。

キャムは微笑んだ。セラフィーナの見事な髪で、顔が半分隠れている。

「たしかにすてきだった。最高の時間をすごしたよ」その表情はとても幸せそうで、ほとんどバカ面だった。こんなキャムはこれまで見たことがない。

わたしはうれしくなると同時に悲しくなった。うれしくなったのは、キャムがようやくぴったりの相手を見つけたからで、悲しくなったのは、同じく黒い巻き毛とゴージャスな顔立ちの、わたしがつきあっていた完璧なイタリア男は、みんなに見くだされていたからだ。

家族を弁護すれば、アンジェロは軽蔑すべきことをたくさんしていた。何日もわたしを放っておいたかと思うと、大げさな愛情表現でごまかそうとした。これは最初こそうまくいったが、数カ月もするとマンネリ化した。さらに二カ月後、わたしは彼の裏切りに気づいた。

もう底をつきかけていたわたしの家族のアンジェロに対する信頼は、それで完全に失われた。

「ねえ、わたしも同じものをちょうだい」わたしはキャムのワインを示して言った。

「ええ、いいわよ、ハニー」母が言った。グラスにワインを注ぎ、わたしの手に預けてささやく。「彼女、ちょっと唐突でしょ？　パパにあいさつしていらっしゃいな」

わたしは言われたとおり、父の壮麗なテラスに出て、ひんやりとさわやかな空気に迎えられた。わたしが十二歳ぐらいのときに、父が自分で造ったテラスで、以来風雨にさらされ、乾燥していい感じのグレーになっていた。あたりは炭と焼いた肉のにおいがした。それでかなり元気が出た。

「こんばんは、パパ」わたしは父の頬にキスして言った。

「やあ、お人形さん。今夜はすてきだね」

「ちょっと醜い継妹みたいな気分。セラフィーナという神々しい女性を目にしたところだから」

父は肩をすくめた。「彼女はセクシーだ。でも本物の女はおまえだよ」

わたしはもう一度父にキスをした。「父親のひいき目かもよ。でも、お褒めのことばはありがたく受け取っておくわ」

父はさぐるようにわたしを見た。「何か心配事があるのかい？」

「ないわ」

「ママが言ってたぞ、どこかの刑事に意地悪されたって」

「いいえ、そういうことじゃないの。ただ——わたしは友だちだと思ってたのに、彼はわたしに腹を立ててるみたいで。たいしたことじゃないわ」

「恋の駆け引きがおもしろいことはないからな」

「そんなんじゃないってば」

「もうそういうことをしなくてすんでほっとしてるよ」父は言った。わたしは父のそういう無邪気なところが好きだ。

わたしは会話の方向を変えようとした。「結婚したあともそういうことをしてる人はいるわよ」

「理由がわからないね」父は身震いして言った。「デートは大嫌いだ。おまえのママとのデートのときでさえ、神経衰弱になりそうだったよ。やたらと汗をかいていたのを覚えている」

「もう、パパったら」わたしはテラス造りつけの木のベンチに座って、父が手際よく肉や野菜をひっくり返すのを眺めた。「あの家は売れたの？　日曜日にわたしがオープンハウスを担当した家」

父はわたしを振り返って目をすがめた。「おや——言わなかったかい？　売れたよ。ハンク・ディクソンと婚約者が買値をつけて、売り手が承諾した。希望価格よりかなり高い値をつけたんで、ほかの買い手にはほとんどチャンスがなかった」

「ふうん。よかったわ、タミーはあの家がすごく気に入ってるみたいだったから」

「ああ。ちょっと変わった娘だが、心からハンクを愛しているようだ。理由はわからないがね」

父らしくなかった。いつもゴシップや批判は母とわたしにまかせていたからだ。実をいうと、母娘のトークセッションではそれにかなりの時間が割かれていた。

「どうしてそんなこと言うの？　ハンクはいい人みたいよ。ストレスでまいってるけど」

「どうだろうな。そうかもしれない。ずっと昔、おまえとキャムが小さかったころ、彼は女たらしで有名だったんだ」

「アリスと結婚してたときも？」

「アリスと結婚してたときはとくにさ」父はバーベキューグリルにふたをして、わたしのほうを見た。「ただのうわさだが、多くの人たちがほのめかすものだから、いつもほんとうなんだと思っていたよ」

「妙ね。アリスの死に心からまいってるみたいなのに。悲嘆にくれてたわよ」

「だれかを愛しながら裏切ることは可能だ」父は言った。「少なくとも、これは愛だと自分に言い聞かせることはできる」父はわたしを見なかったが、アンジェロのことを言っているのはわかった。

彼と別れた夜、アンジェロはわたしの両親の家に来て、いつものように情熱的な様子で、わたしに会わせてほしいと言った。情熱とはまるで無縁の父は、暗い庭に出てアンジェロと話をした。以来アンジェロは二度とわたしに連絡してこなかった。彼が父とどんな会話をしたのか、わたしはいまだに知らないし、知りたいとも思わなかった。

ため息をついて庭を見まわした。「ここはほんとうにきれいね。小さな聖域みたい」

父が隣に座ってわたしの手をぽんとたたいた。「まさに聖域だよ。おい——おまえの犬がグリルのにおいをかぎまわってるぞ」

「何も盗まないわよ。パパが何かくれるのを待ってるだけなんだから」

父は疑わしそうだった。「ステーキはやらないぞ」

「肉汁だけでいいの、それか、脂身でも。ミックはにおいが好きなだけだから」

「さあ、おいで」父が呼んだ。ミックが笑顔で跳ねるようにやってきて、父はさっそく頭をなでた。母は自分がどんなすばらしい男性をつかまえたか知っているのだろうか。おそらく知っているのだろう。たとえお金や独立について弁じていたとしても。

父のポケットで携帯電話がブザー音を発した。彼はそれを取り出して開き、「もしもし」と電話に出た。

真剣な顔でしばらく耳をすましてから言った。「わかった、いいとも。三十分後でいいかな？　うちに来てくれれば、車で現地まで送るよ」

わたしは眉をひそめて父を見た。「出かけるの？」

「三十分ほどだけだ。うわさをすればなんとやらで、ハンク・ディクソンからだった。彼とタミーは、あの家で早急に寸法を測りたい場所があるらしい。急いでふたりを送ったら、また戻ってくるよ。だが、ふたりが来るまで、食べる時間は三十分ある」

そこで母とキャムとセラフィーナを呼び、ひんやりとしたテラスで、ちらちら光る葉を眺め、愛や偶然やイタリアやワインについて話しながら、五人で食事をともにした。

わたしは驚くほど幸せな時間をすごし、セラフィーナがミックと目が合うまでかがんで、犬の口にキスしたときは笑った。彼女は活力に満ちあふれていた。わたしが兄に向かって親指を上げて見せると、彼はひどくほっとしてうれしそうな顔をしたので、セラフィーナこそ兄の特別な人なのだとわかった。これまでのガールフレンドたちにはこれほど気を遣っていなかったからだ。

われわれの秋の平穏なひとときにじゃまがはいったのは、ハンクとタミーが現れたときだった。家の角をまわってきて、テラスにいるわたしたちを見つけたのだ。

「あら、また会ったわね」タミーはわたしに気づいて言った。ジーンズとセーター姿なのに、また別の奇抜なハイヒールを履いている。ホリネズミの穴につまずいて脚を折るのではないかとわたしはひやひやした。

「こんばんは、タミー」

「わたしたちがあの家を買ったこと、聞いた？」

「ええ！　おめでとう！」

タミーは近づいてきてミックの様子をうかがった。「足の具合を見てもいい？」

「ぜひお願いするわ！」

タミーが呼ぶと、犬はしっぽを振っておじぎをしながらやってきた。タミーはしゃがんでミックの前足を取り、肉球を調べた。「申し分ないわ。とてもきれいだし」

彼女はまた立ちあがってハンクと手をつないだ。

ハンク・ディクソンはまだいくぶんいかめしい雰囲気だが、タミーの幸せがその顔に多少生気をもたらしており、いつものハンサムな表情の片鱗が見えた。

「無理を言ってすまない、ダニエル」彼は父に言った。「家族の集まりのじゃまをすることになるとは知らなくて」

「たいして時間は取られないから」父は言った。「子供たちがいるうちに戻れるだろう」

「急いで何カ所か寸法を取るだけだから」タミーがわたしにウィンクして言った。「引っ越しはまだ先でも、女は早めに計画を立てたいのよ。ね、ライラ？」

女性はことごとくわたしを友だちだと思うらしい。「そのとおり」わたしはそう言って微笑み返した。

父は財布と鍵をつかみ、タミーとハンクとともに角を曲がって姿を消した。母が皿を集めはじめると、セラフィーナが手伝おうと跳ぶように立ちあがり、ワイングラスと型抜きしたジェローの皿をつかんだので、ジェローがぷるぷる揺れたが、彼女自身ほどではなかった。

兄の目は彼女に釘づけだ。

「彼女をお皿にのせて食べちゃうんじゃないの？」わたしは言った。

キャムはようやくわたしを見て笑った。「そうだな。彼女は最高だよ」

「反論できないわ。ソフィア・ローレンとペネロペ・クルスをミキサーにかけたみたい」

「だろ？」

「結婚するつもりなの？」

「ああ、そのつもりだよ」兄は言った。「彼女がイエスと言えばね」

「わたしの姪と甥はイタリア語訛りの英語を話し、わたしをツィーア・ライラと呼ぶようになるのかしら？」

彼はまた笑った。「言うなあ。いや、それはないよ。セラフィーナはアメリカに住むつもりらしいから」

「よかった。兄貴がローマに移住するつもりなんじゃないかと、半分びくびくしてたの」

「セラフィーナにたのまれたらそうするよ。でも、彼女はドレイク家が少人数家族なのを知ってるからね。彼女の家は大家族で、世界中に散らばってるんだ。きょうだいのうち三人はアメリカに住んでるし」

「ふうん。彼女に似てる兄弟はいる？」

「何人かいるけど」キャムは値踏みするような顔をした。「おまえはもうイタリア男はこりごりなのかと思ってたよ」

「そうかもね」

「片思いしてるっていう例の刑事とはどうなんだ？」

「だめっぽい」

兄はわたしの頭をなでて、自分のワインをひと口飲ませてくれた。

父は戻ってくるとグリルをごしごし洗いはじめた。バーベキューのルーティンに忠実なのだ。「幸せなカップルはどんな様子だった？」わたしはきいた。

「うまくいっているようだよ」父は言った。あたりを見まわして、ほかにだれもいないことをたしかめる。「だが、タミーがメジャーを持って二階に行っているあいだに、ハンクがわたしをつかまえて言ったんだ。バートが死んだ夜、彼と話をすることになっていたと」

テラスの照明にしつこくぶちあたり、失敗から学ぼうとしない蛾を見ていたわたしは、ベンチの上で向きを変え、父と向き合った。「えっ？　どういう意味、〝彼と話をすることになっていた〟って？」

「バートから電話があって、何か伝えなければならないことがあると言われたそうだ。ハンクは仕事のあとで図書館に寄ると言ったが、着いたころにはもうバートは死んでいた」

「それで……？」

「バートはアリスの死の理由について、何か知っていたのではないか、とハンクは思っている。そして、バートは口封じのために殺されたのだろうと」

沈黙が流れた。夜間なのにびっくりするほどやかましく歌っている、アマガエルとセミの声をのぞけば。「でも——彼はそのことを警察に話したの？」

父は首を振った。「このまえの晩、警察にかなりしぼられたらしい。また警察と話すのは気が進まないんだよ。話したのはわたしだけだそうだ。悩んでいたんだろうな。そのことが頭から離れなくて、たまたまわたしがそこにいた、ということだろう」

父は人に打ち明け話をされやすく、これまで娘をふくめ、多くの人たちに悩みを相談されてきた。「でも、警察に話すべきだと思う」

「いずれ話すと思うよ。おまえがまたあの刑事さんに会うことがあれば、友だちとして話したくなるかもしれないが」父はわたしを見ずに言った。

「それはないわ、パパ」

「それなら別にいいんだ」

夕食の締めに母が約束したアイスクリームを出してきて、わたしたちはリビングルームのソファに座って、ソフィア・ローレンとケイリー・グラントの『月夜の出来事』を観た。キャムとフィーナ（兄はそう呼んでいた）、ママとパパ、わたしとミックというように、ふたりずつくっついて。母はわたしが落ちこんでいるのを知っているので、ミックがソファに座るのを特別に許可し、アイスクリームも食べさせてくれた。

ソフィア・ローレンが画面に現れた。彼女は怒って、美しく、熱っぽくケイリー・グラントに何やら叫び、彼は大いに困惑しているようだ。「二年後のキャムとセラフィーナね」とわたしが言うと、みんな笑った。すると、残りのみんなが微笑ましく見守るなか、キャムとセラフィーナはたっぷり一分間もいちゃいちゃした。ほんとうに魅力的なふたりで、ケイリーとソフィアにそっくりだった。母が父の耳元で何やらささやいた。〝孫〟ということばがたしかに聞こえた気がした。母に耳元でささやかれて、父は明らかに興奮していた。二十分後に映画が終わってミックを見ると、彼はうなずいた。帰る時間だ。

みんながわたしを見送ろうと玄関に急ぎ、セラフィーナはさよならと言いながら顔じゅうにキスしてくれた。「わお、キャム、もし兄貴たちが別れたら、わたしが彼女をデートに誘うわ」わたしはそう言うと、笑い声の波に乗って実家をあとにした。

「少なくともみんなを楽しませることはできたわ」車に向かいながら、ミックに言った。わたしはペット、母、タミー、両親の家にいた全員から笑いを引き出した。最近のわたしの態度が明らかに気に入らない様子なのはひとりだけだ。

ジェイ・パーカーの冷たい視線の記憶のせいで、暗い夜がさらに冷え冷えと感じられた。ミックが用事をすませてしまうと、小さな家の戸締まりを厳重にし、ふわふわのパジャマをさがした。屋根裏部屋の小さなテレビで西部劇を少し見たが、まぶたが閉じてきたので、テレビを消して上掛けを引きあげた。「明日は明日の風が吹くわ、ミック」わたしは言った。

彼はすでにバスケットのなかでいびきをかいていたが。

ハンクについて父が話していたことを思い返した。ハンク・ディクソンだけがアリスを殺した犯人を、そしてバート・スピールマンを殺した犯人を見つけたいと思っているようだ。だがそのとき、ハンク・ディクソンの顔を、彼の元妻の家の、二階の窓で見たことを思い出した。あのときは悲しそうに見えたが、思い返してみると、悪意のある顔つきだったような……。

「睡眠が必要だわ」とつぶやいて枕に顔をうずめた。だが、閉じたまぶたの裏に、アリスが死んだ夜に現場にいたさまざまな人たちの顔が見えた。単純で、人なつこくて、無害な人たち——そのなかのだれかが殺人者だったのだ。

11

翌朝はハロウィン・パーティのことを思うと元気になった。テリーのイベントにはいつもいかした男子がたくさん来るのだ。エルヴァイラはやめて、もっと目を引くような扮装をしようと決めていた――セラフィーナと同じくらい目を引く扮装を。もう衣装を買いにいく時間はないが、たまたまとっておきの奥の手があった。二年まえのハロウィンに、新しい運動場のための資金集めにと、教会が演芸会を催したことがあった。両親は寸劇を演じると申し出て、ふたりがバットマンとロビンを演じることになる脚本（なぜなのかはわからないし、だれが書いたのかもわからない）を与えられた。裁縫上手な母は自分と父の衣装を手作りし、ついでにわたしのぶんも作った――寸劇の最後にエキストラでキャットウーマンを演じるよう、わたしを説得したのだ。「せりふは言わなくていいのよ」母は言った。「セクシーに見えればいいの」

父がバットマンだったので、いささか問題はあったが、セント・バーソロミュー教会の裏にある哀れを誘う運動場を見せられて、結局母にうまくまるめこまれてしまった。わたしは三つの別々の演目に出演し、観客はおもしろがって拍手をしてくれた。ほんとうにひどい寸劇だったので、観客は笑うしかなかったのだ。

キャットウーマンの衣装はまだ持っているし、今こそそれを着るのにふさわしいときだ。体重はそれほど変わっていないので、レザー風衣装に体を押しこむのは可能だろう。

ミックをパーティに連れていくべきかどうか迷ったが、家に置いていくことにした。留守にするのは数時間だけだ。それくらいなら置いてけぼりにされたと感じることなく、ひとりでいられるだろう。わが家はドライブウェイのかなり奥にあるので、〝いたずらかお菓子か(トリック・オア・トリート)〟の面々が来ることはない。彼らが来るとミックが半狂乱になるので好都合だった。テリーは仮装した子供たちをことごとく迎え入れ、毎年ブリットとともに印象的なお菓子を提供していた。

正午に車でセント・バーソロミュー教会に行き、ペットのチリコンカンを届けた。ペットはいつにも増して悪そうな顔で、決して目を合わせまいとしながら、現金の詰まった封筒を持って出てきた。伝統に則(のっと)って、わたしは車から降りようとし、ペットをドイツ民話の小人、ルンペルシュティルツキンのように踊りまわらせて、彼女が元気なことをたしかめた。今回ペットは小さな車輪付きトロッコを持ってきていたので、すばやく搬入することができた。

「うちからこれを届けてくれてありがとう」彼女は大きな声で言った。わたしはこの一連の工程が好きになってきていた――ニューヨークの舞台で観たら、かなりお金を取られそうな不条理劇だ。

「またね、ペット。楽しいハロウィンを」わたしは言った。「そのチリコンカン、見張るのよね？　一日じゅう？」

「ええ」彼女は請け合った。「だれにも触れさせないわ」

ほんと、そう願うわ。わたしはもう一度さよならを言って、車を出した。バックミラーを見ると、シュミット神父が現れて、ペットのために礼儀正しくドアを開けて押さえているのが見えた。わずかに開いていた車の窓から、神父の声が聞こえてくる。「……いつもながらおいしそうなにおいですね！」ということは、シュミット神父もペットに知らせたいのだ。毒入りチリコンカンのことで悪感情は持っていないということを——少なくとも彼女に対しては。

帰宅するとメッセージが届いていた。トビー・アトウォーターからだ。五人の子供たちの父親で、ときどきフレンチトースト・キャセロール——わたしの発明料理——を作ってあげている。子供たちの誕生日や自分の記念日などのための、彼のとっておきの〝特別メニュー〟だ。土曜日の朝にそれが必要だという。わたしはペットから受け取ったお金を、いつも秘密のケータリングの収入を入れているキッチンの引き出しにしまうと、彼に折り返し電話して、注文の品は土曜日の朝に用意できると請け合い、いつもの場所——町の境界を越えてすぐの、二十三号線の高架下——で会おうと伝えた。そして、カレンダーに予定を書きこんだ。詮索好きなお客が来た場合に備えて、暗号で。〝トビーと朝食〟と。使うのは赤ペンで、赤ペンの項目は仕事を意味する。黒ペンで予定を書くのは、ほんとうのデートのときだ。

カレンダーの今日の日付の枠には、〝テリーのハロウィン・パーティ、7：00〟と黒字でメモしてあった。

まだあと五時間ある。そのあいだぼうっとしていたくはなかったので、掃除用具を出すと、徹底的に雑巾がけと掃除機がけとほこり拭きをして、小さな家をきれいにした。掃除を終えると家はぴかぴかになり、窓もきちんと磨いたので、部屋に射しこむ日光がより明るくなった。「ほら、きれいになったでしょ、ミック」

ミックはいつものように静かに同意し、そのおかげで彼は昼食にありついた。そのあとはだらけた気分になって、バスルームに引っこみ、心ゆくまでシャワーを浴びた。たっぷり時間をかけてパーティの準備をするのは楽しかった。悪魔がいたずらをする今日という日に、どんな甘いお菓子がわたしを待っているのだろう？

五時には黒い衣装に体を押しこんであった。ヘアメイクがこれからなので、仮面と猫耳はまだつけていない。髪で悩んだことはなかった。長くてまっすぐな髪で、いつもは手をかけずにそのままにしておくのが好きだった。でもときどき、ゴージャスな気分になりたいとき（たとえば、セラフィーナのような人に会ったあと）は、カールアイロンを出してきて、母とわたしが〝眠れる森の美女ヘア〟と呼んでいた髪型にする。四十五分近くかかって、ようやく弾むようなブロンドのウェーブが完成した。ちょっと美人コンテストの出場者のようで、わたしの気分にぴったりだ。

それでもまだ一時間ある。何をしよう？　本を読む？　それにはちょっとテンションがありすぎている。テレビを見る？　同じことだ。ミックが外に出たがったので、小さな裏庭に出て、新鮮な空気を吸うことにした。父が設置してくれた、レーザー光線のように明るい安全灯をつける。物置小屋に熊手が立てかけたままなのが見えた。深く息を吸いながら、そこに向かった。いい気分だった。わたしはひんやりした気候が好きで、十月も、すてきに暗いハロウィンの夜も大好きだ。子供たちがディケンズ・ストリートを走りながら行ったり来たりして、お菓子狩りを楽しんでいる声が聞こえた。思わず笑いがこぼれ、ミックも庭の奥の木立に沿ってにおいをかぎながら微笑んでいるようだった。つぎの瞬間、わたしは熊手をつかんだ。ミックが頭を上げて吠え、振り向くと、黒い人影が、悪夢から出てきた男のように、脇の小道をこちらにやってくるのが見えたからだ。わたしの叫び声があまりに大きかったので、ミックが吠えるのをやめてわたしのほうを見たほどだった。屋外の安全灯のせいで目がくらみ、大柄な体格とメデューサばりに蛇でできているような頭、それに悪魔のような角のシルエットしか見えなかった。わたしは槍であるかのように熊手を振りかざした……やがて、突然視力が戻り、訪問者がアンジェロだとわかった。彼はほんとうに悪魔の角をつけ、いつもの黒いTシャツとジーンズに、小さな赤いケープを羽織っていた。ジーンズは彼がふだんよく着ているものだった。

「ライラ」彼は懇願するように両手を上げ、セクシーな声で言った。「熊手をおろしてくれるかな？　けんかをしに来たわけじゃない」

わたしは震える息を吐きながら、武器をおろした。「何してるのよ？　暗闇でこっそりわたしに近づいたりして。飛びかかって刺すところだったじゃない」

彼はつらそうな顔をした。「こっそり近づいたわけじゃない。玄関をノックしたのに返事がなくて、裏庭の明かりがついたからだよ。信じてくれ。きみに話があって来たんだ」

「悪魔の扮装で？」

「きみは猫の扮装をしてるじゃないか。とてもセクシーな猫だね」彼は言い添えた。「今日がなんの日か考えてみろよ、おれのライラ(ライラ・ミーア)」

初めのころは、アンジェロがイタリア語で言うちょっとしたことばに魅了された——彼がだれにでもそれを使うことに気づくまでは。アンジェロは外国人であることをうまく利用する方法を知っていた。

「そうだったわ。あなたはハロウィン・パーティに行くところで、家に来る子供たちを怖がらせようとしてるわけじゃないようね」

彼は笑ったが、ちょっとみじめそうだった。「なかにはいってもいいか？　きみにたのみたいことがあるんだ」

「アンジェロ、わたしたちのことなら——」

彼は片手を上げた。「〝わたしたち〟じゃなくなってだいぶたつだろ？　ここに来たのは別のことでだ」

わたしは熊手を小屋にしまい、ミックに指を鳴らした。わたしたちは連れ立って、キッチンのドアからなかにはいった。わたしがシンクのところに行ってそこにもたれ、不意に感じるかもしれない未練と闘うために身がまえるあいだ、アンジェロは長身をかがめて戸口をくぐり、かつて毎晩そうしていたように、立ったままわたしに微笑みかけた。「何があったの？」わたしは言った。

彼はアイランドに近づいてスツールに腰掛けた。ミックがいつもの習慣で進み出ると、アンジェロは無意識に頭をなではじめた。「警察が接触してきた」彼は言った。「一度じゃなく二度も」

「どういう意味？　〝接触してきた〟って？」

「人がふたり死んで……」

「えっ？　毒殺事件のこと？　どうしてそれがあなたにつながるの？」

彼は肩をすくめた。「こっちがききたいよ。最初の事件では、きみの教区の女性が死ぬまえに食べたものを分析したらしい。警察がおれのところに来たのは、材料のなかにピーナッツバターがあったからだ――それも他でもない、うちのスペシャル・ブランドの、特別な材料を使っているピーナッツバターだ」

アンジェロは町でいちばんと言われるレストランの経営のほかに、利益率の高い副業をはじめていた――今やシカゴ地区のいくつかの店舗に置かせてもらうことになったグルメフード系のオリジナル商品の販売だ。そのなかでいちばん売れているのが、〈アンジェロズ・グルメ〉のピーナッツバターだった。おいしいピーナッツバターは、ペットのチリコンカンの秘密の材料でもあった。つまり、わたしのチリコンカンの。

わたしはびっくりして彼を見つめた。「でも、警察はだれかがシアン化物を入れたと知っているのに、どうして材料を分析するの？　どうして材料が問題になるの？」

アンジェロは肩をすくめた。「わからない。でも、きみがチリコンカンの隠し味にあれを特別な材料として使っていたのは知っている。女性が食べて死んだっていう料理を作ったのはきみなのか？」

「それは飛躍しすぎよ」無表情を保ちながら、わたしは言った。「女性が死んだのはチリコンカンのせいじゃないわ。だれかが料理に入れたシアン化物のせいよ。担当刑事も言ってたけど……」わたしは口をつぐんだ。パーカーはどうしてそんなに徹底的に調べたのだろう。警察はほんとうにそんなことをしたのだろうか？「わたしが作ったって、警察に言ったの、アンジェロ？」

彼はまた肩をすくめた。広い肩を何気なく上げるしぐさは、今でもなぜか魅力的だった。「知らないことは言えないよ。でも、図星だろ？　それできみに会いにいこうと思った。でも実行に移すまえに、警察がまたうちに来たんだ。殺された男のことで――」

「バート・スピールマンね？」

アンジェロはうなずいた。「彼はうちのレストランのサンドイッチを食べていたんだ！うちのナスのパルミジャーナ・サンドイッチを」

「ミートボール・サンドイッチって聞いたけど」

アンジェロはいらだっているようだった。「ちがう。ナスだ。警察もこのちょっとした事実に興味を引かれている。おれは引かれないけどね。ばかにしてるよ。あのピーナッツバターはだれだって買える。うちのサンドイッチもだれだって買える。うちの店のものだからって、おれが毒を入れたことにはならないのに。このことが知れたら、商売に影響が出るだろう。どちらの商売にも」ハンサムな顔は心底つらそうだった。わたしは軟化した。

「もちろんあなたとは関係ないわ。ばかばかしいったらありゃしない。意外だわ……彼がすべての石をひっくり返さずにはいられない男だったなんて」

「彼って？」

「パーカーよ。担当刑事」

「どうして彼の名前を知ってるんだ？」アンジェロがきいた。古い嫉妬の炎をわずかに燃え立たせ、目をすがめて両手を腰に当てている。

今度はわたしが肩をすくめる番だ。「彼が教えてくれたからよ。わたし自身が事情聴取を受けた夜に。それから何度か出くわすことになって」そこでことばを切る――元彼もふくめ町じゅうの人にうそをつくことになってもかまうもんですか。今わたしのチリコンカンの秘密を広めるわけにはいかないんだから。「とにかく、あなたが知っておくべきことを教えてあげる。あのチリコンカンを作った女性の名前はペット・グランディよ。うちの教区の人で、彼女のレシピは有名なの」

「つまり、彼女もなぜかきみと同じ秘密の材料を使っていると？」彼は言った。黒い目は疑わしそうだ。

「えっと――以前彼女に話しちゃったのよ。うっかりしてて」

「へえ。それで、きみの名前は警察に言うなって？」

「できればもう事情聴取されたくないのよ。わたしには関係ないんだもの」

アンジェロはミックをなでるのをやめ、わたしに近づいてきた。一瞬、キスするつもりなのかと思ったが、シンクで手を洗いたかっただけらしい。わたしはシンクから離れたが、そのまえに彼の魅力的なにおいをかいでしまった。いつもそそられてしまう、高価なイタリアのコロンのにおい。

手がきれいになると、その手を黒い巻き毛にすべらせた——これもかつてわたしを魅了した癖だ。そして悪魔の角をつけて言った。「今夜はどこに行くんだ？　もしかして同じパーティに出席するのかな？」彼は感じのいい笑みをわたしに向けた。

「それはないわね。わたしはドライブウェイを歩いて、テリーのところですごすから」

「へえ。おれはシカゴのダウンタウンに行く。〈フォー・シーズンズ・ホテル〉だ。仮装パーティを開くのが好きな、レストラン業界の友だちがいてね」

「有名人なんでしょうね。あなたにはいつだってコネがあったから」

また肩をすくめる。「とても成功してるやつだよ。おれは楽しいことも好きだけど、業界に新しい知り合いを作るのも好きでね。〈アンジェロズ・グルメ〉シリーズの販路がまたいくつか見つかりそうだ」

「よかったわね、アンジェロ。わたしはいつも使ってるわよ——少なくとも、買う余裕があるときは」

彼は腹を立てているようだった。「きみには才能がある。レストランで働くべきだ。いや、むしろ自分の店を経営するべきだよ。不動産屋のオフィスなんかであくせく働かないで」彼は〝不動産屋〟ということばにかなりの軽蔑をこめて言った。

これはわたしたちの関係において、わたしがいまだに感謝の念とともに思い返すことのひとつだった。料理で身を立てたいというわたしの夢に関して、アンジェロはとても協力的で、ヨーロッパのプロのわざを気前よく伝授してくれた。

「夢に向かって努力してるわ。だれだってどこかからはじめなきゃならないのよ、アンジェロ」

「応募書類に推薦者としておれの名前を書けよ——そうすればシカゴのどんなレストランも面接してくれる」自己中心的な言い草だが、おそらくそのとおりなのだろう。

「でも、わたしはシェフになりたいわけじゃないのよ、アンジェロ。てんてこまいの時間なんてすごしたくないし、一日じゅう厨房に閉じこめられたくもない。自営業としてやりたいし、自分がよく考えて選んだイベントにケータリングしたいの。それならいつも楽しい仕事ができるし、いつも新鮮だわ——メニューもね」

彼は首を振った。「きつい仕事だぞ。半端なく。それに、顧客はどうやって見つける？レストランなら客のほうから来てくれる」

「方法はいくつかあるわ」わたしは言った。「広告と呼ばれるものが」

「おや——猫を怒らせてしまったようだ。爪を立てられるぞ」微笑みかけられ、わたしはじわじわと彼との距離をあけた。彼はつぶやくように言った。「すてきな髪だね。日の光を浴びた滝のようだ」

「詩人なのね。パーティに遅れるわよ」

彼は笑って首を振った。「一度おれの詩を褒めてくれたことがあったね」

「一度だけね」

すると彼はまたまじめな顔になった。「その刑事を知っているんだよな。そのパーカーってやつを」

「よくは知らないわ」

「おれは二件の殺人事件とは無関係だと、彼にはっきり言ってくれ。どちらの事件にもうちの製品が関わっていたのは奇妙な偶然なんだ。製品をだれに買わせるかなんて、おれには操作できないんだから」

「もし彼に会ったら言っておくわ」

彼はうなずいた。身を寄せて、わたしの髪をひと房取り、指をからませる。「ときどききみが恋しくなるよ」彼はやさしく言った。

ときどきわたしも恋しくなる。「もう行って、アンジェロ。パーティを楽しんで」

「きみもな、ライラ・ミーア」彼はかがんですばやくわたしの唇にキスをした。逃げる間もなかった。

そして、悪魔のケープをなびかせながら出ていった。彼のコロンの香りがエロティックな夢のようにいつまでも残った。

ドアが閉まり、気が抜けたような静寂が訪れた。わたしはミックを見た。「彼って高カロリー食品みたい――体によくないのはわかってるけど、一瞬すごくそそられる」

ミックはうなずいた。わたしは頭をなでてやった。「わたしのためにここを見張っててね、いい？」

そして、家の戸締まりをし、髪をふんわりさせると、ドライブウェイをぶらぶら歩いてテリーのパーティに向かった。

12

高揚した気分でテリーの家のポーチに着いた。抑えきれないハロウィンへの愛のせいで、子供に戻った気分だった。曲線を描く石段をのぼって、印象的な木製のドアのまえに立ち、ベルを鳴らした。ドアが開いて、フラッパーの扮装をしたブリットが現れた。黒髪はいつものしなやかなボブだが、その上にラインストーンのティアラ（一九二〇年代のアンティークということも充分ありうる）をつけ、ビーズで覆われ、裾に銀のフリンジがついたドレスを着ている。彼女がフリンジを前後に揺らしながら控えめにチャールストンを踊ると、わたしは拍手した。「すてきね！」

ブリットは近づいてわたしを抱きしめた。「あなたもすてきよ！　来てくれてすごくうれしいわ」彼女は家のなかに向かって叫んだ。「テリー、パーティをはじめられるわよ！　ライラが来たから」

わたしは調子のいいことを言われて笑ったが、それは事実だった。理由はどうあれ、ブリットとテリーはわたしのことをすごくおもしろいと思っているのだ。

ブリットはわたしに向き直り、両腕をぎゅっとつかんだ。「あなたは命の恩人よ！　食べ

物は大好評だったわ。お客さんよりわたしのほうが、あのスコーンをたくさん食べたんじゃないかしら！　おいしかったわよ、ライラ。ほんとうにありがとう」

「よろこんでもらえれば本望よ」わたしはさらりと言った。彼女にもう一度抱きしめられると、魅惑的な香水の香りがした。いにしえの香りがする香水だ。なんという香水かと一度尋ねたことがある。「〈プラス・ヴァンドーム〉よ」と彼女は言った。その名前とフランス語の発音から、わたしに買える価格帯を超えているのだろうと思われた。

ブリットは今、ダイヤモンドの指輪が輝く指で示していた。「ライラ、曲を選んでジュークボックスに入れてちょうだい。全員が何曲かずつ選べば、ひと晩じゅう音楽が途切れることはないわ」わたしは広い玄関ホールの一角に押しこまれたゴージャスな〈ワーリッツァー〉社製のジュークボックスをじっと見つめた。今はフィル・コリンズの曲が流れていた。

「やったー、ジュークボックス！　わたし、これが大好きなの。パーティの半分はここですごすことになりそう」

ブリットはにやりとした。「いいのを選んでね。あら——あなたのうしろに〝いたずらかお菓子か〟の子たちが来てるわ。ちょっとお菓子をあげてくるわね」彼女はさっとわたしを通り越すと、幽霊とネズミとパワーレンジャーのそれぞれに、特大サイズのスリー・マスケティアーズのキャンディバーをあげた。わたしは小さな訪問者たちを羨ましい思いで見た。

「信じられないわ、ブリット。わたしはこの町で育ったけど、ここみたいな家はなかった。うちのブロックにいた女の人がくれたのは砂糖不使用のグラノラバーだし、十戒が書かれたラミネートカードをくれた人もいた」

シャンデリアのクリスタルがチリンチリンと鳴るように、ブリットから笑い声がこぼれ出た。「そんなのうそよ、ライラ。おもしろくするために話を作ったでしょう」

「そうだったらいいんだけど。キャムにきいてみて――ほんとだって言うから」

さらなるお客が玄関に現れ、ブリットは迎えるために去っていった。

わたしはジュークボックスに、ネオンを輝かせるく美しい友ににじり寄った。選べる曲数は膨大だったが、みんなが知っているように、わたしにはお気に入りの音楽のジャンルがあった。映画やミュージカルの曲だ。まずは『ゴッドスペル』の〈お願いします〉。キャムはこの曲が好きだった。つぎは自分用に『南太平洋』から〈ハニー・バン〉。知っている人は少ないが、わたしは高校時代、このミュージカルでネリー・フォーブッシュ役を演じたことがあった。この役に自分のすべてを注ぎこみ、作曲作詞をしたロジャース&ハマースタインと、自主練のために何度も観た映画版『南太平洋』で主演コンビを演じたミッツィ・ゲイナーとロッサノ・ブラッツィへの切なる愛をつのらせた。ロッサノは、彼がわたしに歌う失われた愛の歌のなかで、感じやすい十七歳のわたしの心を打ち砕きつづけた。わたしは中学のイタリア語教師、アバンドナート先生に手紙を書いて、ロッサノ・ブラッツィが若かったころまで時間をさかのぼって、彼を見つけて結婚したいと伝えた。つねに協力的なアバンドナート先生は、それはいい考えね、という返事をくれた。もし時間旅行ができる宇宙船に先生も乗せてくれれば、通訳をしてあげるからと。

わたしは携帯電話のカメラでジュークボックスの写真を撮ったあと、メインルームにはいっていき、この場にふさわしくサーカスの進行役の扮装をしたテリーにあいさつした。兄のキャムとセラフィーナにも。キャムの扮装は最小限で、タキシードのように見えるTシャツにジーンズだった。だがセラフィーナは予想どおり、息をのむほど見事なクレオパトラの扮装で決めていた。黒いペンシルで強調した目元、黒のドレスに金の毒ヘビ形のベルト、壮麗な黒い巻き毛にあしらった金のヘッドピースにいたるまで。部屋にいる何人かの男性が、恥ずかしげもなく彼女を見つめていた。

キャムはわたしの扮装を示して言った。「キュートじゃないか」

わたしはお尻にぶらさがっている猫のしっぽを持ちあげ、それを振りながらおじぎをした。

「ありがと。たまたまクロゼットのなかで見つけたの」

「アンジェロがここにいなくてよかったよ」キャムはふざけて言ったあと、こう付け加えた。「どうしてそんな顔をしてるんだ？　ひょっとしてやつはここにいるのか？」野生のヒョウがお客たちを襲おうとそっと近づいている、と言われたかのようにびくついた様子で、部屋のなかを見まわす。

「ううん、ここにはいない。でも、三十分まえにうちに現れたの」

「なんだって？」キャムはわずかに目を見開いた。

「きかないで。話すと長くなるから」

セラフィーナに何やらささやいていたテリーが、会話に加わった。

「アンジェロのことなら、ライラはもうなんとも思っていないそうだよ」テリーはキャムに言った。「だから妹のことは心配するな――そのうちすばらしい男性に出会うだろうから。ブリットはもうきみに紹介したい人がいるみたいだよ、ライラ。彼、今夜は来られなかったけど、きっときみのことを気にいるよ」

「すてき。待ちきれないわ」わたしは熱の入らない声で言った。

テリーは笑い、バーに変身したダイニングルームにキャムを誘った。「美しいご婦人たちのために、飲み物を取りにいこう」テリーは言った。キャムはうなずき、わたしたちに手を振ってから、到着したばかりのグループも引き連れて、テリーのあとを追った。セラフィーナとわたしだけがその場に残された。

「すごくすてきよ」わたしは言った。

「あなたもね」彼女がきれいなアクセントで返す。

彼女のしなやかな髪に触れたくなった。等身大の人形のようだ。「兄貴を愛してる？」わたしは尋ねた。

大量のイタリア語と英語が、情熱的なことばの流れが、そしていくらかは涙も押し寄せるだろうと覚悟していた。だが、彼女は落ち着いて堂々としていた。「ええ。彼が同じ気持ちかどうかはわからないけど」

「それはあてにしていいと思う」わたしは言った。

「セックスのことだけじゃないのよ」彼女は言った。「それだってとても大切だけど、永遠につづくものじゃない。でもわたしの愛は歳をとっても変わらないと思うの」

どぎついアイメイクと赤い口紅にもかかわらず、セラフィーナは若く、傷つきやすく見えた。「キャムがあなたを見るような目で女性を見たことはないわ」わたしは言った。「兄貴にはきれいなガールフレンドがたくさんいたけど」

彼女は微笑んだ。「お腹がすいたわ。食べ物がほしくない？」

「いつだってほしいわ」わたしはそう言うと、キャムのイタリア人ガールフレンドといっしょに、テリーのビュッフェを荒らしにいった。わたしたちは共通する好物がいくつかあるとわかった。そしてもうひとつ、驚くべき共通点があることも。ばい菌への恐怖だ。

「いいテーブルだわ」セラフィーナは満足げにうなずいて言った。「清潔で気遣いにあふれてる。温かい食べ物は温め、冷たい食べ物は冷やしてあるし。置きっぱなしの食べ物のなかで何が育ってるか考えるのはいやなの。わたしって、いろんな化合物を研究してきたでしょ。その多くは偶然生成されるの、食べ物を放っておいたときに。でも、もちろん、それでも人は食べる。カビの生えたパンとかね」

「だから他人のために料理するときは、ラベルと賞味期限、冷蔵しなければならないものは冷蔵にものすごく気をつけるわ。いくら用心してもしたりないくらい」

セラフィーナはコール墨で描いた眉を上げた。「他人のために料理してるの？　ビジネスとして？」

「えっと――そうじゃないわ。つまり、ほら――集まりとかパーティのときよ」

「ああ、なるほど。わたしも異常なほど注意するようになったわ、あの研究以来」

ジュークボックスが新しい曲を流しはじめた。ローリング・ストーンズの〈ルビー・チューズデイ〉だ。ミック・ジャガーの不気味で悲しげな声が部屋を満たすとともに、新しくパーティのお客が七人はいってきた。にぎやかさにかき消されることを見越して、セラフィーナに身を寄せて尋ねた。「毒物について何か知ってる？」

「もちろん。興味があるの？」

「母から殺人事件のことは聞いた？」

セラフィーナの目が関心を示してきらめいた。「聞いてないわ！　どこであったの？」

わたしたちは自分の皿を持って、リビングルームの隅にある長いグリーンのディバン（背もたれや肘掛けのない長椅子）に向かった。それはゴージャスなえび茶色のベルベットのカーテンのまえにあり、英国の殺人ミステリのセットから盗んできたようだった。あとは引っ張ればジーヴズという名の召使を呼び出せる、ロープベルがあれば完璧だ。食べながら、ビンゴ大会の夜とアリス・ディクソンのことをセラフィーナに話した。ペットと、疑われているのではないかという彼女の不安のことを。そして、バート・スピールマンのことを。

「信じられない」彼女は言った。頰に少し口紅がついていたが、そのせいで雑誌の広告ではなく現実の人間らしく見えたので、あえて教えなかった。「どちらのケースも、食べ物に毒がはいっていたの？」

「ふたつ目の事件については、くわしいことは知らないの。ビンゴ大会のときは、チリコンカンから甘いにおいがした――アリスも死ぬ直前に甘いとコメントしていたくらいよ」

「そうなの？」セラフィーナは眉をひそめた。「ジェイは毒物のことであなたになんて言ってるの？」

「何も言わなかった。どこまでもプロなのよ。そこは尊敬してる。でも、ペットとわたしに顔と手を洗えと言ったの。チリコンカンのにおいをかいだだけなのに。調べてみて、シアン化物かもしれないと思った」

彼女はうなずいた。「たぶんそうね。アーモンドのようなにおいがして、甘いというより苦いの。湯気のせいであなたたちに影響が出るのではと心配したんだわ」

「たぶんね」わたしはココナッツ・シュリンプを食べるためにひと息入れた。「うーん。テリーのケータラーはほんとに腕がいいわ」

「ええ。おいしいわね」セラフィーナは食欲旺盛だった――これも人間的な側面だ。

「どうしてシアン化物はそんなに早く人を殺せるの？」

彼女は小さなミートボールを食べて言った。「うーん」天井を見あげて目をすがめる。「シアン化物は組織中毒性低酸素症を引き起こすの」

「それってどういうこと？」

「生物の細胞が、えーと――酸素を取りこめなくなるってこと。毒物に取られちゃうの」

「そうすると人は死ぬの？」

「ええ、シアン化物のイオンがシトクロムｃオキシダーゼ（呼吸細胞において自動酸化性を持つ酵素）を抑制して、細胞の呼吸を停止させるから」

わたしは鼻にしわを寄せた。「子供向けアニメに出てくる科学者の名前みたい」

セラフィーナはくすくす笑った。「あなたってほんとにおもしろいわね、ライラ」

わたしは香りのいいラズベリー・ドレッシングをたらしたサラダにフォークを刺した。

「で、どんなふうになるの？　それが体内にはいると？」

「そうね」彼女は口を閉じた。「虚脱、意識混濁、めまい、頭痛。卒中を起こすこともある。おそらく大量に摂取すれば、すぐに心臓に働いて、倒れるでしょう」

「そんな感じだったのよ、セラフィーナ！　アリスは意識が混濁してめまいがしているみたいだった。そして、痛みがあるかのように頭やお腹に触れた。それから——膝をついて倒れたの」アリス・ディクソンへの同情がまたもやわたしのなかをめぐった。

テリーとキャムがドア口に現れて、わたしたちを見た。手を振って応えると、ふたりはこちらにやってきた。ジュークボックスではモービーの〈エクストリーム・ウェイズ〉（『映画ボーン』シリーズのテーマ曲）がかかったところだ。「あの機械がほしいな」キャムが言った。彼はビールを手にしていて、わたしがアンジェロの話をしたときに比べると、はるかに上機嫌に見えた。

「食べ物を取ってきて、いっしょに食べましょうよ」わたしは言った。「行列が長くなるまえに」

キャムは言われたとおりにしたが、テリーはお客と歓談しなければならないからと言って、飛ぶように去っていった。キャムは椅子を見つけてきて、セラフィーナとわたしに向かい合うように置いた。「きみたちふたりは余裕でこの部屋でいちばんの美人だよ」彼はへつらうように言った。「ふたりで頭をくっつけて何を話してたんだい？」

わたしは肩をすくめた。「あれやこれや」

「毒物の話をしてたの」セラフィーナが言った。「ライラから殺人事件のこと、犯罪があったことを聞いたわ。犯人を見つけるのはわけないと思う」

「どうして？」キャムは小さなミートボールを食べながら言った。

セラフィーナは肩をすくめた。「シアン化物を入手できる人はそういないからよ。最初から持っていた人か、おそらくは仕事の関係で入手できる人、わざわざ注文した人のどれかでしょ。最初の条件に合う人をつきとめるのはそう簡単じゃないけど、あとのふたつは簡単だわ」

キャムは皿の上のものをこぼしそうなほどまえのめりになった。「ライラもまえにそんなことを言ってたけど、どうしてシアン化物だと確信してるんだ？　どうせグーグルか何かで調べて、わかったつもりになってるんだろ」

わたしはセラフィーナを示した。「彼女は化学者よ。被害者の症状とかについて話したら、そのタイプの毒だって教えてくれたわ」

「そうか」キャムはうなずいて、ガールフレンドに好ましげな笑みを送った。「彼女は頭がいいからな」

セラフィーナは形のいい肩をすくめた。「うちの研究室はよく警察に協力してるの」

わたしたちはしばらく黙ったまま、料理を食べた。〈サム・ナイツ〉が流れはじめた。こんなときにパワフルなボーカルのファン（アメリカのロックバンド）の曲を聴くのは妙な感じね、と皿をじっと見ながら思った。命に関わる恐ろしいものが隠されていると気づかず、何も知らずに大好きな料理を食べるのはどんな気分だろう。毒を盛られたと気づいたときには、もうすっかり手遅れで……。

「わあ、デザートのテーブルを見て！」セラフィーナが叫んだ。

キャムが笑った。「フィーナは甘いものに目がないんだ」

「そうなの」彼女は首を振りながら言った。「そのうちすごく太ると思う」

「もし世界に正義があるならね」わたしは言った。セラフィーナは笑ってわたしの頭をなでた。

「あなたの妹ってほんとにおもしろいわね、キャム。チーズケーキをさがしにいきましょう」彼女は言った。兄は彼女のあとを子犬のようについていった。

わたしはジュークボックスのところに戻りたい思いにかられたが、テリーが部屋に駆けこんできた。あたりを見まわしてわたしを見つけると、急いで近づいてきた。

「ライラ！　きみをさがしていたんだよ、ベイブ。カラオケの準備ができたから、すぐにブリットがジュークボックスをオフにする。地下室でショーをはじめるよ。きみがトップバッターだ！」彼はわたしを引っ張って椅子から立たせた。「行くぞ。スターになるときだ！」

そういうわけで、わたしたちは地下室に場所を移した。テリーがパーティ用にリフォームした、広くてカーペット敷きの、シーダー材の梁（はり）がわたされたスペースだ。DJ用の機材とダンスフロアがあるが、今はたくさんの折りたたみ椅子が並べられ、そのまえのステージには、飛び乗って好きな曲を選んでくださいとばかりにカラオケの装置が鎮座していた。

テリーはマイクのところに行って、四十人ほどの群衆に話しかけた。「やあ、みんな！　ハロウィン・カラオケの準備ができたぞ！　まずはぼくのお気に入りのデュエット・パートナー、ライラ・ドレイクと一曲。ライラ、ここに上がってきて――ぼくたちにぴったりだと思う曲を選んでおいたよ」

わたしは申し訳ない気持ちで聴衆を見たあと、急いでステージに上がった。淋しくひとり暮らしをしていたが、テリーがこの機械を買ってから、わたしは演技過剰の役者になった。どうせ仮面をつけているので、芸人になりきるのはさらに簡単だった。キャットウーマンが歌うのだから。

テリーはわたしにマイクをわたして、彼が選んだという曲を指し示した。〈嘆きの天使〉、スティービー・ニックスとトム・ペティの偉大なデュエットソングだ。「完璧！」わたしは言った。

曲がはじまると、テリーはトム・ペティの気取った歩き方を精一杯真似て、誇らしげに歩きまわり、観客から大笑いをとった。ボーカルはわたしからで、スティービー・ニックス風に思いっきりしゃがれた声で歌った。リフレインのテリーとの合唱になると、ふたりで頭を寄せてハモった。曲の終盤には観客たちもいっしょに歌っており、わたしたちは割れんばかりの拍手を浴びた。わたしはテリーを抱きしめたあと、ステージを駆けおりた。テリーがつぎの志願者をつのると、テリーのクライアントである年配の男性がステージにあがって、シナトラの歌集を要求した。

「その扮装、似合うね」肩越しに男性の声がした。

振り向くと、知らない男性が立っていた。三十歳ぐらいで、ルーク・スカイウォーカーの扮装をしている。腰にはちゃんとライトセーバーもつけていた。わたし自身が彼のコスチュームをこれほどほしがっていなかったら、世界一のオタクと判断していただろう。だれだってルーク・スカイウィーカーになりたいわよね？

「ありがとう」わたしは言った。「あんまり着心地はよくないんだけど、ハロウィンは年に一回だから」

彼は笑った。顔はまずまずだ——丸顔でまじめそう——が、わたしはもう求婚者をつのりたい気分ではなかった。もし彼がその気ならだけど。「きみはテリーの友だち？　それともブリットの？」

「両方よ。二年まえからの知り合い」

「やるなあ」シナトラの〈夜のストレンジャー〉を歌いはじめたステージ上の年配の男性を見て、彼は言った。「ところで、名前は？」

「キャットウーマン」

彼は笑った。気まずそうな笑い。「本名を知りたいんだけど」

テリーがさっき紹介したばかりのはずだが、この男性は聞いていなかったらしい。

「ライラよ」

「ぼくはスティーヴ。スティーヴ・ラスルトンだ」

「会えてうれしいわ」

テリーがまたマイクに向かって話している。「つぎはだれかな?」

全男性のファンタジーそのものの姿をしたセラフィーナがステージにのぼった。曲の選択肢に目を通し、アデルの曲に決める。わたしがぼんやりとしか知らない曲で、その印象はセラフィーナが歌いだしてからさらに強まった。たちまち彼女がますます好きになった。やはり彼女も人間なのだということが証明されたからだ。セラフィーナはほぼ完全なる音痴だったが、自分では気づいていないようだった。観客のなかにいるキャムと目が合った。彼は顔をしかめて見せた。愛で盲目になっているキャムでさえ、ガールフレンドがまったくの音痴であることに気づいたらしい。みんながまんして歌を最後まで聞き、セラフィーナがステージからおりると、礼儀正しい拍手が起こった。わたしは彼女をぎゅっと抱きしめた。彼女が悪魔と取引して完璧な人間になったわけではないとわかって、ほんとうに、とてもうれしかったのだ。

スティーヴ・ラスルトンがこちらにじりじりと近づいていた。兄たちといっしょにいたいのに。わたしはスティーヴに親しげに手を振ったが、キャムとフィーナがカラオケ会場をあとにして上に向かおうとしているのに気づくと、すぐにふたりのあとを追った。「おじゃま虫でごめん」わたしは階段でふたりに言った。「近づいてくる男性がいたんだけど、そういう気分じゃなくて」

「それならどうやっていい人に出会うの？」セラフィーナがからかった。

「わたしには犬がいるもの」とわたしが言うと、彼女は笑った。冗談だと思ったらしい。

客間では何人かの人たちがトリビアゲームをはじめていたので、わたしたちは三人チームとして加わった。しばらく楽しい時間がつづき、兄のガールフレンドは数学と科学の分野でまさにクイズの達人だとわかった。キャムとわたしは人文系のクイズでなかなかいい成績を残したが、スポーツ部門はだれも得意ではなかった。それでもわたしたちは二位になり、突然現れたブリットが勝利チームに賞品を授与した。オレンジ色のラインストーンの首輪をつけた、趣味のいい黒猫の小像だ。アールデコ調で、どこを取ってもブリットらしさを主張していた。「ありがとう！」わたしは彼女に言った。「かわいいわ。マントルピースに飾ることにする。ずっと猫が飼いたかったんだけど、ミックは同居を許してくれそうにないから、これでがまんするわ」

ブリットは笑い、またすばやく出ていった。トリビアチーム三人は美しいデザートテーブルにぶらぶらと戻った。セラフィーナはイチゴのチョコレートがけを皿に取りはじめ、白いお仕着せを着た給仕人がまた現れて、あらたにチーズケーキとチョコレート・フォンデュらしきものを出した。さらにアーモンドトルテ、フロスティングをかけたヘーゼルナッツクッキー、ブルーベリーコブラー、カラメルソースをかけた器いっぱいのブレッドプディング、ドラキュラの頭が描かれた、驚くほどしっとりしたブラウニーも。

　給仕人が消えると、ブリットが現れて、テーブルを見わたした。「ケータリングはどこにたのんだの？」わたしはよだれを隠そうとしながらブリットに尋ねた。

「〈ヘヴン・オブ・パインヘヴン〉よ」

　町でいちばん、いやシカゴ界隈でもいちばん名高いケータリング業者だ。センスがよくて、洗練されていて、聞いたところでは価格もけっこうお手ごろらしい。

「でも、もうすぐ閉店するらしいって知ってる？」ブリットがきいた。

「うそ！」

　ブリットはピンク色の唇を引き結んだ。「オーナーが引退するのよ。あの店がなくなったら、どうしたらいいかわからないわ。パーティをよくするから」

「いい考えがあるの」わたしはよく考えもしないで言った。「今週のいつか、話を聞いてもらえる？　ランチでも食べながら」

　ブリットはしなやかにうねる髪を、ダイヤモンドのピアスをした耳のうしろにたくしこんで、明るい、問いかけるような顔をわたしに向けた。「いいわよ！　謎めいていておもしろそう！　明日電話するわ」

「オーケー、よかった」そのとき、玄関のベルが鳴った。ブリットはげんなりしているようだった。無理もない。彼女は五つもの仕事を同時にこなしているのだから。

　ブリットは言った。「ああ、もう。また〝いたずらかお菓子か〟だわ。パインヘヴンとここの人たちの気前のよさときたら。ライラ、わたしの代わりにお相手をしてもらえる？　ドアの横のバケツにキャンディがはいってるから」パインヘヴンではたいていの地方都市とちがって、〝いたずらかお菓子か〟をする時間帯が決まっていない。真夜中までにはうちに帰ることと、十三歳以下の子供は親が同伴することは決まっているが。多くの人たちが、小学生の親たちでさえ、十時ごろまでは開始しないのを伝統としていた。

「わかった」わたしは言った。玄関に行くと、ふたりの男の子を連れたマイクとモーラのサリヴァン夫妻がいた。キャットスーツのわたしが、大邸宅の玄関に出てきたのを見て驚いているようだ。

「あら——こんばんは！」モーラが言った。「ライラ——あなた、ここに住んでるの？」

「そうじゃないの」わたしは言った。「仮装パーティがあって、わたしは招かれただけ」ブリットの巨大なキャンディバーのバケツを見つけ、サリヴァン家の男の子たちにひとつずつわたした。少年たちは当然目をみはった。

「驚くわよね」わたしは子供たちに言った。「ここの家の人はキャンディに関してとっても気前がいいの。わたしも帰るまえにこっそりひとつバッグに入れようと思ってるのよ」少年たちは笑った。冗談だと思ったのだろう。

少年たちは石段をおりはじめ、父親がそれを追った。モーラはわたしに身を寄せた。

「今日アリスの家に警察が来てたわ。今はハンクの家ってことになってるけど」

「警察が？　どうして？」

彼女は肩をすくめた。「知らない。ハンクが気の毒だわ。だって、友だちでしょ？　アリスよりもよっぽどね。それに、彼がやってないことはわかってる。だって、すっかり打ちひしがれているもの。妻の死に動揺しているのよ。遺産相続の知らせを受けた今はとくに」

「そうなの？」わたしはきいた。

モーラは背後を見たあと、さらににじり寄ってきた。「アリスの家とお金をいくらか相続したのよ。まだ彼女の生命保険の保険金受取人でもあるし。五十万ドルにもなるらしいわ。とてもお金持ちになるわけよね、警察に放っておいてもらえれば。それって充分殺人の動機になると思うわ――ハンクという人を知らなかったらだけど」

「そうね」と言いつつ、わたしは考えていた。殺人事件が起こって、逮捕された人物のご近所さんにレポーターがインタビューすると、たいていみんな同じことを言う。ボブにこんなことができるなんて、考えもしなかったわ。キャロルはそんな人じゃなかった。トレヴァーは妻を殺したりしない――彼女を愛していた、熱愛していたんだ。

よくある意見だ――こんなことが起こると思っていた人はいない――おとなしく家庭的な外面の下に、わざわざ殺意を見つけようとする人はいないからだ。それでも、パーカーががんこな幽霊のようにみんなに取り憑いているということは、家庭という空間は、殺人者を隠してぱっと見わからないようにするのにうってつけの場所なのだ。声を失っていたかもしれない、ハンクの犬のことをまた考えた。タミーの話ではハンクは怒っていたらしい……。

「ところで、またあなたに会うことになりそうよ、ライラ」モーラは息子たちのあとを追いながら言った。「たぶん今度の火曜日に！」と肩越しに叫ぶ。

「またね、モーラ」なかにはいろうとしたとき、騎士の衣装――剣なども装備――を着た小さな人影が、歩道をやってくるのが見えた。片手で剣を持ち、もう片方の手にお菓子の袋。金属風の衣装の肩に彼の母親の手が置かれ、ブリットの家につづく歩道を歩くよう促している。明かりの下に来たふたりを見て、母親がジェニー・ブライドウェルの姉のマリエットだとわかった。ヘンリーの母親だ。

「ヘンリー！」わたしは叫んだ。「騎士なのね！」

ヘンリーは小さな兜（かぶと）の面頬を上げてわたしを見た。「ハイ、ライラ」

「サー・ヘンリー・オブ・ウェストンなの？」

「そう。ママが作ってくれたの。ぼくは本物のナイトだし」

わたしはマリエットを軽くハグした。彼女は言った。「ここで何をしてるの？」

「この家の裏に住んでるの」わたしは自分の家を指差して言った。「テリーが大家さん。今日は彼のパーティなのよ」

彼女は微笑んだ。「ヘンリーがすごく大きな家ばっかり行きたいって言うの。大きな家ほど大きなキャンディをくれると思ってるのよ。今までのところ予想は裏切られてるけど」

わたしは身をかがめて、ヘンリーのかわいらしい顔をじっと見た。「この家は当たりよ、騎士さん。ブリットとテリーならあなたの期待（ヒディアス）に応えてくれるわ」

「よかった！　ほかのキャンディはぞっとするやつだから」

「それはどうかしら、ヘン。あなた、その袋を絶対離そうとしないじゃない。すごく価値のあるものがはいってるような気がするけど」

ヘンリーは左右を見た。小走りする夜の〝いたずらかお菓子か〟部隊を。修道士のローブ姿の人物が闇のなかを通りすぎた。「あの人、マジックペンのにおいがする」彼は言った。

この唐突な発言に、わたしたちは笑った。わたしはヘンリーを盛大にハグすると、巨大なキャンディバーを二本あげた。ブリットは気にしないだろう。

なかにはいってビュッフェテーブルに戻ると、デザートを見つけた人びとでかなり長い列ができていた——風変わりな衣装をつけた人びとの列が。ものすごく背の高いフランケンシュタインが、チョコレート・ファウンテンにパウンドケーキを浸している。スポンジボブ・スクエアパンツは、ブレッドプディングを大量によそっているし、茶色のM&MはM&Mチョコのボウルに手を突っこんでいる。M&Mの被り物の穴から、女性がわたしに微笑みかけた。「人生は芸術を模倣する、よ」と彼女は言った。

赤いソファのところに戻ると、キャムとフィーナがまたそこに座っていた。突然室内が真っ暗になった。計算された場所に置かれた、オレンジ色のライトの光を残して。どこかにあるマイクからテリーの声が聞こえてきた。それともアンプとスピーカーの拡声システムを使ってるの？　彼は精一杯恐ろしげな笑い声をあげたあと、こう言った。「ライトがほしければ、暗闇のなかで踊るんだ！」

いきなりズンズンとベースの音が響きわたり、ユーリズミックスが〈スイート・ドリームス〉を歌っていた。みんな立ちあがって踊っている。わたしもそれに加わり、暗闇の匿名性を楽しんだ。やりたければどんなに変なダンスをしても許されるからだ。どんな動きをしても自由だと、ずっと楽しいことに気づいた。

テリーの肉体のない声は、さらに四曲ぶんわたしたちを暗闇のなかで踊らせ、明かりがまたついたころには、みんな息が上がって汗をかいていたが、気分は最高だった。セラフィーナとキャムはどうやらずっとキスをしていたらしく、今は帰りたそうにしていた。

キャムは部屋を出て、クレオパトラのためのショールを取ってくると、わたしに言った。

「フィーナとおれはもう帰るよ」

「そう」わたしは言った。「理由はわかるわ」

「にやにやするんじゃない。彼女は早起きしてレポートを書かなくちゃならないんだよ」

「へえ。じゃあ帰るついでにわたしを家まで送って。外は暗いし、わたしはか弱く美しき乙女だから」

キャムは笑った。わたしたち三人はテリーとブリットに感謝の意を伝え、巨大なオークのドアから寒い夜のなかに出た。

「外のにおいは最高だな」キャムが言った。「どこかの家の暖炉みたいなにおいがする。木のいいにおいが」

彼は片腕をわたしに、もう片方の腕をセラフィーナにまわし、人生にすっかり満足しているように見えた。

「ほんと。秋って大好き」わたしは言った。テリーの家の長いドライブウェイを歩きはじめながら、わたしは笑った。「ここからでもミックが吠えてるのが聞こえる。兄さんの大声が聞こえたのかしらね」

兄は片手でわたしの首を締めようとし、すぐにあきらめた。「きっと淋しがってるだけさ。おまえがいないといつも吠えるのか？」

「ううん」わたしは枯れ葉を踏んで、パリパリという音を楽しんだ。「いつもは完璧な紳士よ」キャムとセラフィーナを見て、家に招き入れるべきか迷った。ふたりきりになりたがっているのは明らかだが、礼儀を重んじるならやはり……。

「ライラ、止まれ」兄が言った。

「えっ？」

「止まるんだ。それ以上進むんじゃない」彼はわたしの肩にまわした腕に力をこめ、セラフィーナは息をのんだ。

「いったい何が……」と言いかけて、兄の視線を追うと、すてきなわたしの家の、正面の白い羽目板に、殴り書きのメッセージがあった。

つぎはおまえだ。

「なんてこと」わたしは言った。

キャムの顔はけわしかった。「それ以上近づくな。おれが警察に電話する。いや、セラフィーナ、きみがしてくれ。おれはちょっと見てくる」彼は闇のなかに飛び出しながら、キーチェーンにつけた小型ＬＥＤ懐中電灯を取り出し、裏庭に向かった。

セラフィーナは携帯電話で九一一にかけた。「今夜警察は忙しいと思う」わたしは言った。「ハロウィンだもの。ジェイ・パーカーに伝えるようたのんで。毒殺事件と関係があるからと言って」

ほんとにそうかしら？　このメッセージの意味は――ふたりの人間が毒殺されて、つぎはわたしだということ？　それとも、ただのたちの悪いハロウィンのいたずらで、悪ガキが大胆に落書きしたの？

セラフィーナは携帯電話に向かって、軽快なアクセントと真剣な声で話した。わたしは彼女の〝ジェイ・パーカー〟の言い方が気に入った。彼女が言うと美しいことばのように聞こえた。

数分後、キャムが戻ってきた。彼とセラフィーナはわたしといっしょに立って、わたしの家をじっと見つめた。キャムが言った。「だれもいなかったけど、きっとさっきまでここにいたんだよ。でなければなぜミックが吠えてたんだ？」

わたしは首を振った。だれかがわたしに悪意を抱いているなんて、考えたくなかった。その人物がわたしの家、大切な私的空間まで破壊したとなればなおさらだ。なぜわたしなの？　わたしが何をしたっていうの？　バートとアリスは何をしたの？　なぜこんなことが起きているの？

「気味が悪いな」キャムがわたしの考えに共鳴したかのように言った。「ライラ、この町に殺人犯がいるのは知ってるけど、おまえに関わりがあるとは思わなかったよ！」

「わたしだって思わなかったわよ！」わたしは言った。「どういうことなのかわからないわ」玄関ドアのところで、ミックがくんくん鳴いている声が聞こえた。わたしたちの声を聞きつけて、そばに来たがっているのだ。

「まだだめだ」キャムはわたしを押さえて言った。

わたしたちは数分待った。最初に現れたのはパーカーの車だった。彼は車から飛び出し、大股で近づいてきた。わたしは震えている状態だったが、彼に会えてうれしかった。

パーカーはわたしたちにことばをかけるより先に家に近づき、落書きを見て、電話に向かって話していた。それから戻ってきてわたしを見た。「大丈夫かい？」彼はきいた。

「ええ。わたしは家にいなかったの——十五分くらいまえまでテリーのハロウィン・パーティにいたから」わたしはテリーの家を指し示した。パーカーはうなずいた。そして、わたしの衣装を見て、目をぱちくりさせた。

キャムが言った。「犯人はついさっきまでここにいたんだと思う。スプレーペイントのにおいが強烈にする。その粒子がまだ空気中に残ってるみたいに。それに、おれたちがドライブウェイを歩いているとき、ミックが吠えるのを聞いた」

「何もさわらないで」パーカーが言った。向きを変えて、キャムがしたようにすばやく裏庭にはいる。戻ってくると彼は言った。「だれもいない。だが、あなたの言うように、犯行はついさっきのようだ」彼は大気のにおいをかいだ。

「ヘンリー！」わたしは叫んだ。

全員がわたしを見た。

「今なんて？」パーカーが言った。

「ヘンリー――知り合いの小さな男の子よ――彼がさっき言ってたの。〝いたずらかお菓子か〟をしていた子たちのひとりから、マジックペンのにおいがするって。たぶん、ペンキみたいなにおいの、業務用の強力なマジックペンのことを言ってたんだと思う。わたしたちはそれを聞いて笑ったけど」

「きみはその子が言っていたその人物を見たのか？」

「暗闇のなかを通りすぎた人影だけね。修道士の扮装をしていたわ」

パーカーはボイスレコーダーに向かって何か言ったあと、またわたしたちを見た。「防犯カメラの映像でその人物をさがせる。ライラ、きみは今夜泊まれるどこか別の場所をさがす必要がある。うちのチームにこれを調べさせなきゃいけないし、ぼくはきみが――その、ひとりでいるべきじゃないと思うんだ」

「ひとりにはさせない」キャムが言った。「おれたちといっしょにいればいい」

「いいえ」わたしは言った。「ママとパパのところに行くわ。そのほうが近いし。そこまで送ってくれるわよね、キャム？」

キャムはわたしをぎゅっと抱き寄せた。「もちろん送るよ。この件が解決するまでそこにいるんだぞ」彼はパーカーを見た。暗闇のなかでも、これが妹の言っていた男だと気づいたのがわかった。彼は上手に自分の反応を隠した。「犯人はもう捕まりそうなんですか？　この小さな事件は、犯人を割り出すのに役立つんですか？」

パーカーは両手をジャケットのポケットに突っこんだ。「それを話すわけにはいかないんですよ、ミスター……？」

キャムは片手を差し出した。「キャメロン・ドレイク。ライラの兄です」

暗くなっていたし、わたしたちを照らしているのはテリーの家の屋外ライトと、家の窓にあるカボチャのランタンの明かりだけだったので、おそらく気のせいだろうが、彼はほっとしたようだった。「ぼくに言えるのは」彼は仕事用の声で兄に言った。「ご近所に何を見たのか話を聞きにいき、現場で証拠をしらみつぶしにさぐることだけです」

「でも、大勢の人がそこらじゅうを走りまわってるのよ。なんたってハロウィンなんだから！」わたしは言った。

キャムが急にセラフィーナをわたしたちから引き離して言った。「ライラ、ここで待っていてくれ。何があったのかテリーに話してくる」

ふたりはせかせかとドライブウェイを歩き去った。

パーカーはけわしい顔をしている。「きみの考えを話してくれ。きみに恨みを持っているかもしれないのはだれだ？」

「ひとりも思いつけないわ。ほんとうよ。ただ――」

「ただ?」

「なんでもない」

「いいから話してくれ」

「元彼がいるの。でも、お互い悪感情はないわ。彼、今夜の早い時間にここに来たの」

「どうして?」

「その――彼はわたしがあなたと親しいと思ってて、彼のために口添えをしてほしいとたのみにきたのよ」

パーカーは頭をかいた。「なんのために?」

「あなたに事情聴取されたからよ。ええと――ピーナッツバターとバート・スピールマンが食べたサンドイッチのことで」

パーカーははっとしたようだ。「あのイタリア人か?」

「ええ、アンジェロよ」

「あいつとつきあっていたのか?」

「そんなに意外?」

「いや。じゃあ、彼がやったかもしれないと思うのか?」

「ちがうわよ! 彼にできたはずがないと言ってるの。どっちにしろ、彼はダウンタウンのパーティに出てたから、立派なアリバイがあると思う」

　パーカーの顔色は読めなかった。「いいだろう。ほかには？」

「知らないわよ！　今まで自分に敵がいるなんて、思ってもいなかったんだから」

「不動産契約がこじれた相手は？」

　わたしは鼻を鳴らした。「わたしはただの受付係よ。これはもっと別の何かだと思う――それがなんなのかはわからないけど」

　パーカーは出会った日にしていたように、またあるはずのない煙草をさがし、やがてガムで折り合いをつけた。そして言った。「ライラ、震えているね」彼は上着を脱いで肩にかけてくれた。「いいか、この件はぼくが担当する」両手をわたしの肩に置いたまま、低い声で言った。「ご両親の住所を教えてくれ。この家には見張りを置く」

「犬を連れてこなきゃ」わたしは言った。ミックの悲しげな吠え声が大きくなる。のどを詰まらせながら告げた。「ひとりぼっちでここに置いておくわけにはいかないわ！」

「ぼくが連れてくる。今はだれもポーチにはいってほしくないんだ。わかるよね？　鍵をくれ」

「リードはドアをはいってすぐ、左側の釘にかかってるから」わたしは彼の腕に触れて言った。

　パーカーは暗闇のなかで一瞬わたしを見た。どういう意味かはわからなかった。そして、慎重にポーチの階段をのぼり、シャツで手をおおって指紋を残さずにドアノブをひねり、ミックを連れてきた。ミックは跳ねるようにわたしのところにやってきた。

「ありがとう」わたしは言った。パーカーにリードをわたされ、ミックに装着した。ミックは長らく会っていなかった友だちであるかのようにパーカーに跳びついたが、ある意味そのとおりだった。ようやく落ち着くと、テリーの家の菩提樹のにおいをかぎに行った。

「家にはいれればいいのに」わたしは言った。「もう二度とこんなことをして夜を台無しにされたくないわ。そうすればこのあいだみたいに、またあなたを夕食に招くことができるもの。あのときはとても楽しかったわ」

パーカーは驚いたようだった。「そうだね。この状態はすぐに解消されるよ。そうしたらまた招いてくれ。ライラ――」

遠くでキャムとセラフィーナの声が聞こえ、あることを思い出した。「ねえ――伝えておくべきだと思うんだけど、ハンク・ディクソンは自分のせいでバート・スピールマンが殺されたと思ってるわ」

「なんだって？」パーカーは固まった。

「買った家を見せてもらっているとき、ハンクが父に話したのよ。バートはアリスの死についてあることに気づき、そのことについてハンクと話したかったらしいの。それであの夜ハンクは図書館に立ち寄ったけど、バートは死んでいたんですって」

パーカーの口が一文字に引き結ばれた。「彼はこの情報を警察に届けようとは思わなかったのか？」

「どうかしら。警察に言ったら、また徹底的に事情聴取されることになるかもしれないと思ったんですって。父の話によると」

「殺人事件の捜査に踏みこむんだから、それぐらいのリスクは覚悟してもらわないと」パーカーは冷たい声で言った。

「ちょっと、メッセンジャーを責めないでよ。せっかく知らせてあげたのに」

ドライブウェイの半ばあたりから兄の声がした。「ライラ、フィーナとおれは車を取りにいって、ここに戻ってくる。二分後に会おう」

ふたりはまた姿を消し、わたしはパーカーとともに寒い寒い夜のなかに残された。彼を見あげると、ガムのミントのにおいがした。彼が「ねえ、ライラ――」と言うのと同時にわたしは言った。「アリス殺害の容疑者はいるの？」

彼はわたしを見た。暗闇のなかでもその目は月長石（ムーンストーン）のように青かった。「いいや。いない。でも、見つけるよ、すぐにも。まだそれをつけているつもり？」彼はわたしの仮面に触れて言った。つけたままだということを忘れていた。

「いいえ。あーあ、さぞかしばかみたいに見えるでしょうね」わたしは仮面と猫耳を頭から取り、パーカーの上着のポケットにつっこんだ。

「ばかみたいになんて見えないよ」パーカーは言った。その目がふたたびわたしを上から下まですばやく査定する。「きみの髪――」

ミックが吠えはじめ、パーカーはにわかに緊張した。「すぐにうちのチームが到着する。ライラ、きみは行ったほうがいい。ご両親の家に行くんだ。あとで連絡する」

「行けないわ」わたしはみじめに言った。

「どうして？」

「あなたにしっぽを踏まれてるから」

一瞬、彼はぽかんとした表情でわたしを見た。そして、いくぶん気まずそうにあとずさった。「ごめん」彼は言った。

ヘッドライトにしばし照らされ、彼の目のまわりに疲れが出ているのが見えた。

セラフィーナがキャムの車から飛び降りて、こちらに歩いてくると、わたしの腕に腕をからませた。彼女はまだいいにおいがした。「彼女を連れていくわよ、刑事さん」そして、パーカーをじっと見ながら言った。「知ってると思うけど――もし犯人が指紋を残していたら、毒の痕跡を調べるべきよ。シアン化物を扱うときは手袋をしていたかもしれないけど、これは」殴り書きの不気味な文字を指さす。「無謀な行為よ。シアン化物は肌に残ることがあるし」

パーカーは驚き、ぎこちなくセラフィーナのほうを見た。「どうしてシアン化物だと？」

セラフィーナは肩をすくめた。「そんな気がして」

パーカーは怖い目をして、クレオパトラの扮装のセラフィーナから、猫の衣装のわたしへと視線をめぐらせた。刑事に仕事のやり方を教えようとする市民にうんざりしているのだろう。とくにセラフィーナのような聡明な人びとに。わたしはミックを呼んでリードをつかみ、セラフィーナとともにキャムの車目指して歩きはじめた。パーカーの声がうしろから追いかけてきた。「連絡するよ、ライラ」

ディケンズ・ストリートに車を出すころには、最初の警察車両がすでに到着していた。

今は母がゲストルームやスクラップブックをしまっておく場所として使っている昔の自分のベッドルームで、ベッドに座り、キャットウーマンの衣装を脱いで、母のパジャマに着替えた。ラベンダーの香りがして、ハグされるのと同じくらい心地いい。キラキラの猫のトロフィーは、ベッドサイドテーブルに置かれて、首輪をきらめかせていた。

パーカーの上着を拾ってポケットから仮面と猫耳を取り出し、ベッドの横の椅子に置いたキャットウーマンの衣装といっしょにした。ミックはすでにフラシ天のカーペットの上で眠りこみ、夢を見ながら鼻をくんくんさせている。わたしは興味を覚えてパーカーのポケットを調べた。上等な上着だった。茶色の革製で、男らしいにおいがした。左のポケットにはブレスミント一本と二十五セント硬貨二枚、それにディケンズ・ストリートにあるガソリンスタンドのレシートがはいっていた。四十二ドルぶんのガソリンを入れている。満タンにはしなかったようだ。迷子になったチョコレート菓子のミルクダッズもひと粒見つけた。彼のために捨ててあげた。とけたらポケットの裏地が台無しになるから。

右のポケットには、革のカバーがついた小さなスケジュール帳、一ドル札一枚、ペン、〈カルデリーニズ〉のショップカード。アンジェロのレストランだ。当然だろう――パーカーが来たばかりだとアンジェロは言っていた。スケジュール帳を見るべきではないとわかっていたが、両手はすでにそれを開いていた。警察の秘密を知ってしまう危険性はなさそうだった。パーカーはひどい悪筆で、彼の殴り書きはほとんど判読できなかったからだ。〝セント・バーソロミュー教会〟や〝パインヘヴン[PH]図書館〟のようなことばやフレーズは、ときどき読むことができたが。

最後のページまでくると、書いてあるのはひとつの名前だけだった。ライラ・ドレイク。あとはわたしの電話番号。スケジュール帳をパーカーのポケットに戻した。彼に電話番号を教えたかしら？　教えてくれと言われたっけ？　それとも彼が自分で調べたの？　教えた記憶はなかった。それに、パーカーから電話がかかってきたこともない。もしかして番号を書きこんだのは最近？　わたしに電話するつもりだったとか？　もしそうなら、事件のことで？　それとも個人的な理由で？

わからない。パーカーの上着を椅子に置いて、上掛けの下にもぐりこんだ。自分の家にいたずらをされたことも、ペンキの缶を使ったのがだれなのかも考えたくなかった。

パーカーのスケジュール帳にわたしの名前が書かれていたことで、ちょっと気が晴れた。暗闇のなかにふたりで立ち、彼の青い目に注意深く、いかにもパーカーらしく凝視されていると感じたとき、彼はなんて言った？　また近いうちにディナーに招待してほしいと言ったのだ。

明かりを消して枕に頭を預け、パーカーとすごす妄想の夜のための手のこんだメニューを考えた。フォンデュを細長いフォークで相手に食べさせる。月の光が窓から射しこんで、彼の目を照らすだろう。

パーカーはアンジェロとはちがった。まじめできびしく、ときに不器用だ。口もうまくない。アンジェロのようなわかりやすい魅力は何ひとつない。

まさに彼のそういうところが好きだった。

13

翌朝は早起きして、パジャマのままでトビー・アトウォーターのフレンチトースト・キャセロールの準備をした。頭のなかではプレイン・ホワイト・ティーズがデライラへのラブソング（〈ヘイ・ゼア・デライラ〉のこと）を歌っていた。

父が寝ぼけ顔でコーヒーを求めて現れた。「早起きだな」としわがれ声で言った。

「仕事よ。いいにおいでしょ？」

父はそうだねと言った。「それを持ってどこに行くんだい？」

わたしはためらったすえに言った。「あの、変に聞こえるだろうけど、トビーとはいつも高速道路の高架下で会うの。ちょっと神経質な人なのよ」

父はくしゃくしゃの頭をかいた。「そうか、わたしも少し神経質になってるよ。とくに最近、だれかが娘をおどしたとあってはね。シャワーを浴びるから一分待ってくれ。わたしもいっしょに行こう」

「パパ、その必要はないわ。トビーはお得意さんだし……」遅かった。父はもう部屋から走り出ていた。

「五分くれ。銃で武装して同行するよ」まだコーヒーも飲んでいないのに、突然用心深くなって、父がどなった。

キャセロールの準備にあと十五分かかったので、父が急ぐ必要はなかった。そのあとはいつもの朝の日課をこなさなければならず、両親が〝軍隊式シャワー（短時間だから）〟と呼ぶものを終えると、急いで外に出て車に料理を積んだ。髪はまだ濡れたまま、靴の紐はほどけたままだ。ミックが置いていかれまいとして、後部座席に飛び乗った。

ようやくわたしたちは、闇のなかで駐車場ビルのモグラのようにトビーが待つ、秘密の高架下に到着した。トビーはゆっくりと日光のなかに出てくると、大きな焼き型を受け取って、やたらとわたしにお礼を言った。「天国のようなにおいがするよ」彼は言った。「これは子供たちによろこんでもらえる数少ないことのひとつなんだ。ぼくが作ったわけじゃないから、悲しいけど」

「手配したのはあなたよ」わたしは言った。「だからやっぱりあなたは立派なパパよ」

彼はにやりと笑い、わたしに代金を差し出した。わたしはまた父の車に乗りこんだ。

「こういう寂しい場所で人に会うというのはなんだか不気味だな」窓から明るい太陽を見て、父が言った。運転しているあいだに、太陽は徐々にのぼってきていた。

「絶対にだれにも言わないでね」わたしは言った。

「でも危険かもしれないぞ。今度のことが落ち着くまで、もうこういう受けわたしはしないほうがいいんじゃないか？」

わたしはため息をついた。「でも、いいお金になるのよ、パパ。かならずボディガードをつけるようにするから」

「ううむ」父は言った。ミックが後部座席からまえに身を乗り出し、父の耳をなめた。

実家に戻ると、またコンロのまえに陣取った。両親はわたしが落ちこんだときに料理をするのを知っていた。調理の工程に没頭するのが好きなのだ。いつの間にか落ちつくし、ちゃんとものが考えられるようになるから。両親はキッチンを娘に明けわたし、自分たちはリビングルームに落ちついて、心配そうにわたしのほうをうかがいながら、新聞を読んでいた。娘に敵がいると考えたがらない母は、おもてにパインヘヴン警察の車が停まり、しばらく停車する様子だとわかるとひどくほっとした。わたしはパーカーかもしれないと思って窓から外をのぞいたが、もちろんちがった。命令に従っているだけのパトロール警官で、若い女性のようだった。

わたしはふんと言って自分のキャンバスに戻った――あらゆる種類のおいしいものが広げられたカウンターに。まんなかにあるのは、ハーブで味つけした、〈アンジェロズ・グルメ〉の高級ライス。まるまるとして身の締まったピーマン二個、緑と赤ひとつずつ。皮が発光しているような白い大きなタマネギひとつ。パッケージに詰めこまれたままの新鮮な鶏胸肉。〈アンジェロズ・グルメ〉のトマトソース（母も彼のところの食品を戸棚に入れている）が、アンジェロの売り上げに協力したくない父に見つからないように隠している）、仕上げに使う赤ワインのボトルが一本。

母のいちばん切れるナイフで仕事にとりかかり、タマネギとピーマンを薄切りにした。バターの小さなかたまりをフライパンに入れ、まな板の上の野菜を移し入れて炒め、たちまちあたりに広がる香りを楽しんだ。作ろうとしているのは、多くの顧客が気に入りそうな、新しい秘密の料理だ。オリジナルの料理を求められることは多かった。レパートリーを広げるのはいつだって楽しい。

母のスパイス・キャビネットをざっと見て、よさそうなボトルを取り出し、炒めている野菜に振りかけた。つぎに少量のワインを注いだ。

「うまそうなにおいがしてるな！」父が呼びかけてきた。

「よかった！　パパのランチよ」

ガラスのキャセロール皿を見つけ、ライス、野菜、鶏肉、刻んだスイスチーズを重ねていく。それをオーブンに入れてタイマーを三十分にセットした。キャセロールは簡単に作れる。たまに苦労するのはひらめきに関してだった。以前、一語を選ぶにあたって何時間も悩んだ偉大な作家——フローベールだったかも——について読んだことがある。スパイスについてはときどきそんなふうに感じる。完璧な組み合わせを見つけるには、時間と想像力が必要なのだ。

わたしはキッチンに座って、芝生の上を風に吹かれていく黄色い葉を眺めた。アリス・デイクソンが命を落とすことになったチリコンカンを作ったときも、こんなふうに一日をはじめたものだった。愛情をこめて入念に材料を並べ、薄切りにし、さいの目切りにし、すべていをすくってひとつの鍋に入れ、ミックが絶賛してくんくん鳴くほどの、おいしそうなにおいを生み出した。ミックはわたしが彼のために取っておくチリコンカンが大好物だった。そのとき、あることに気づいてはっとした。わたしはチリコンカンを食べるミックの写真を撮っていた。もしわたしが殺人犯と結託していたとしてパーカーに疑われることになったら、その写真を見せればいい。だがもちろん、正式な証拠にはならないだろう。ミックはどんなチリコンカンでも食べただろうから。

わたしはため息をついた。おいしくて体にいいものだったはずの食べ物に、だれかが有毒な材料を加えた。この世には人を癒す植物もあれば、殺すことができる植物もあるなんて、なんて奇妙なのだろう。シアン化物ももとは植物だ。だれかが食べるかもしれないと知りながら、実際に食べ物に毒を入れることができるのは、どんな人なのだろう？　だれかが死ぬかもしれないと知りながら。なんらかの恐ろしい欲望が働いたのか、それとも破壊願望か？　あるいは、アリス・ディクソンとバート・スピールマンをどうしても黙らせたい人物が、やけになってやったことなのだろうか？　もしそうなら、なぜ？　アリスは、あるいはバートは何をしたのだろう？

父が現れてわたしの肩に手を置いた。「ちょっと気づいたんだが」そう言って肩をたたき、テーブルの向かいに座った。「おまえの家にいたずらをしたのは、〝いたずらかお菓子か〟をしていた幼い子供だったのかもしれない。毒殺事件に関係があるとはかぎらないんじゃないかな」

そのことは前夜わたしも考えたが、却下していた。父にそう言われて、少し明るい気分になった。

「だが、ママもわたしも、うちで用意したもの以外はおまえに食べさせたくない。レストランやなんかもだめだ——警察が事件を解明するまでは」

気分がまた急落した。「ええ、それがいいでしょうね」

「とはいえ、ここに閉じこめたいわけじゃない。どこかに行く予定があるなら言ってくれ。わたしが同行しよう。おまえの専属ボディガードになるよ。今朝みたいに」

手を伸ばして父の手を取った。「すごくやさしいのね。でも、いつまでこうしていられるかしら？　パパたちには仕事があるのよ」

「幸い、おまえも職場は同じだ。だからずっといっしょにいられる」

「でも——」

「一日ずつやっていこう、ライラ。今日事件が解決するかもしれないんだし」

「しないかもしれないわ」

「あの男は切れ者らしいと、おまえの兄貴が言ってたぞ」

「パーカーのこと？　ええ、そうよ」

「その笑顔はどういう意味だ？」父がけげんそうに尋ねる。

「なんでもない。彼の上着がわたしのところにあるのを思い出しただけよ。今日返しに行かなくちゃ」

「よし。出かけるときに警察署に寄って返そう。その男を見ておきたいしな」

「パパったら」

「なんだ？」

「わたしはもう大人なのよ」

「わたしのひとり娘であることに変わりはない」父はありもしないパンくずをシャツから払いながら言った。「ところで、この料理はいつ出来あがるんだ？」

わたしは笑ってキャセロールの焼け具合を確認した。きれいなきつね色に焼けている。うれしそうな両親のもとに料理が運ばれ、わたしたちは殺人事件の話題を慎重に避けながら会話をしつつ、昼食を分け合って食べた。

母が洗い物をすると言ってくれたので、父といっしょにミックの散歩にでかけた。木々の葉が黄金色に色づき、ミックにとって魅力的なにおいに満ちたブロックをひと回りした。

家に犬を残して、また父の車に乗りこんだ。助手席に乗ると、不意に十八歳に戻ったような気がした。毎日通勤途中の父に、パインヘヴン高校で降ろしてもらっていた高校生の日々に。当時わたしをいらいらさせた父の習慣は、今もまったく変わっていなかった。おそらく自分では気づいていないのだろうが、ひっきりなしにダッシュボード――ラジオ、ヒーター、小銭のコンパートメント――をいじる。運転は攻撃的で、先行車がやきもきするほど車間距離を詰める。ラジオのトーク番組が大好き。でもわたしが好きなラジオパーソナリティーはひとりもいなくて、苦痛になるときがあった。父はお気に入りの番組から多くのことを学んでいるのだと言っていたが。

最初の目的地は図書館だった。父は旅行関係の本が好きで（父と母は旅行を計画していた）、母とじっくり検討するための写真入りの本をさがしていた。わたしはペットと話がある、日曜日は教会のあとは図書館で働いているはずだから、と父に伝えた。

図書館はすいていて、ペットは暗い表情でフロントデスクにもたれ、両肘をついてじっと本を見おろしていた。近づくと、写真満載でどっしりと重い、ダイアナ妃の伝記だとわかった。

「こんにちは、ペット」わたしは言った。

彼女は驚いて顔を上げ、すぐにわたしに微笑みかけた。「あら、ライラ！　どうしてここに？」

「本をさがそうと思って。でも、あなたとも話したかったの――バートのことで」

彼女はまた下を向き、泣きそうになった。「警察に彼のことをきかれたわ。怪しまれてるのはわかってる。わたしが作ったチリコンカンでアリスが死に、死んだもうひとりの人は職場の同僚だったんだもの」

「警察もそのうち気づくわよ、当然といえば当然だもの――発見を恐れる殺人犯がそんなことするわけがないのは」

「どうなのかしらね。ほんとに恐ろしいわ――バートのことも、アリスのことも、しょっちゅう質問されることも。家族みんなが動揺してる」

「そうよね。当然よ。質問されるのはうんざりだと思うけど、わたしもいくつかききたいことがあるの。そうすれば、自分の頭で考えられるから。この場所と関係があるのはあなただけじゃないでしょ」

ペットは重々しくうなずいた。ダイアナ妃の本を閉じて言った。「何を知りたいの？」

「そうね――どうして犯人はバートを殺したかったのかしら？　彼とアリスには何かつながりがあるの？」

ペットは首を振った。「知り合いだったわけじゃないと思う。でも、ほら、バートってうわさ話が好きだったし、ミステリ小説が好きだったでしょ。それで、アリスが死んだ夜について、ありとあらゆることを知りたがったの。シャーロック・ホームズみたいに、推理で事件を解決するんだって、冗談を言ってたわ」

ぞっとした。バートが謎を解いたのだとしたら？　だれかがそれを知って、彼がそれをハンク・ディクソンに話すまえに殺したのだとしたら？　それとも、バートを黙らせたのはハンク・ディクソンで、疑いがかからないように、父には別の話をしたのだとしたら？

わたしは料理本コーナーにある赤いレザーチェアを指さした。「だれもいないから、あそこに行かない？　静かに話せば大丈夫でしょ」

ペットはそれについて考えた。「そうね。あそこからなら貸し出しカウンターを見張れるし」

わたしたちは椅子のところに行って座った。父が本をさがしてぶらりと通りすぎた。

　ペットはため息をついた。「すごく変な感じよ。いまでも奥の部屋からバートが出てくるような気がするの。いつものように背中を丸めて、必死で何か考えているせいで、むずかしい顔をしながらね。その光景にすっかり慣れていたから。彼が亡くなった日にわたしはここにいなかった。いなくてよかったわ」

「警察は図書館の利用者とか、防犯カメラとか、全部調べたの？」

「ええ、そうよ。重箱の横をつつくように調査したわ」

「〝重箱の隅をつつく〟でしょ」わたしはとっさに指摘した。

「えっ？」

「なんでもない。先をつづけて」

「二日間も閉館になったの。警察が何をしていたのかは知らないわ。奥の部屋にある冷蔵庫を持っていったけど——バートがサンドイッチを入れていたやつよ。彼は週に一度、アンジエロの店でランチを買ってたの。いつもそれを楽しみにしてたわ」

　ペットの目から大粒の涙がこぼれ、わたしたちはふたりとも驚いた。わたしは彼女の小さなまるまるとした手に触れた。「ごめんなさい、ペット」

「だれがこんなことを？　バートが何を——それともだれでもよかったの？」

　わたしはうなずいた。わたしたちは同じことを問いつづけていたらしい。殺人事件は町じゅうに不安と恐怖を植えつけたのだ。

「ペット——バートはどんなことを知りたがっていたのか教えて。彼は真相に近づけるかもしれないと思って、どんなことをきいてきたの？」

ペットはため息をついた。そして、デスクに走っていこうと身をこわばらせたが、カウンターに近づいてきた人は、そこを通りすぎて児童書のコーナーに向かった。彼女はふたたび力を抜いた。

「そうね、まず現場にいた全員の名前を知りたがってたわ。密室ミステリみたいだと言ってた。容疑者全員がわかれば、彼らについてだれも知らないことを――そして、被害者とのつながりをつきとめるだけでいいんだって。それがアガサ・クリスティーのすべての小説のプロットだって」

それはほんとうだ。すでに予想以上のことがわかっていた――アリスとハンクの結婚生活、アリスに対するみんなの憤り、タミーの職業、アリスの犬と残酷な手術の計画、ハンクの相続財産、グランディ姉妹とシュミット神父との関係に対するアリスの憤り、ビンゴ大会の後援者たちとアリスのこじれた関係。テリーザとトリクシーでさえ、話を聞けば、アリスに死んでほしいと望むだけの動機があった。何気ない会話を通してこれだけのことがわかったのだから、警察はさらにどれだけのことを知っているのだろう？　そろそろ事件を解決してもいいのではないだろうか？

「それで、バートは、だれが容疑者と考えていたの？」

ペットは肩をすくめた。「それは話してくれなかった。でも、そのことを話題にするのは好きだったわ。彼にとってはゲームだったのよ――犯行計画を推理したり、ありそうな動機を比べたりするのは。正直、彼の使うことばは半分も理解できなかった。バートはほんとに頭がよかったから」

たしかに頭がよかった。バーナード・スピールマンを図書館司書に迎えられて、パインヘヴンは幸運だった。彼はいくつも学位を持ち、文学、歴史、シカゴの民間伝承に通じていた。

「あなたが彼を最後に見たのはいつ?」

ペットはため息をついた。「死ぬ前日よ。あの日は午前中勤務で、本を棚に戻しているわたしのところに、バートは何度も来てあれこれきいていった。ハンクはアリスの遺産を相続するのかしないのか、ときかれて、わたしは知らないと答えたわ。アリスはシュミット神父か教会を告訴したことがあるのかともきいていた。やっぱり知らないと答えたけど、それはないと思うわ。もしそうなら、シュミット神父が話してくれたはずだもの。アリスにあれこれ言われたことで、わたしたちが怒っているのかともきかれた」

「どういう意味?」

ペットは赤くなった。「ときどきアリスのことでバートに愚痴を聞いてもらっていたの――教会でいっしょに仕事をしなきゃならないときにね。彼はよろこんで話を聞いてくれた。アリスのことをどうかしていると思いながらも、どこかで敬服していたのよ。バートはちょっと変わった女性が好きだったんだと思う」

わたしは鼻を鳴らした。

「とにかく、わたしたち姉妹はアリスが死ぬまえの週、彼女からひどいことを言われた。それでそのことをバートに話したの。アリスはわたしたちにいらいらしていた――いつもシュミット神父をディナーに呼ぶのがとにかく気に入らなかったみたい。神父は彼女の家に一度も行かなかったんでしょうね」ペットは妙に誇らしげだった。

「アリスに言われたひどいことって？」

「ああ、いかにもアリスが言いそうなことよ。わたしたちは真に受けないようにしていたけどね。神父を追いかけるには歳をとりすぎてる、と言われたの」

「なんですって！」

ペットは肩をすくめた。「シュミット神父は言ってたわ。アリスは子供みたいだって。だから自分が傷つくと人に食ってかかるんだって。それを聞いたあとは、彼女に何を言われてもあまり落ちこまなくなったわ。とてもおしゃれで大人に見えても、ほんとうはひねくれた小さな女の子なんだと思えば」

これはとても洗練された哲学だ。シュミット神父はどうしてそれがわかったのだろう。つぎは彼を訪問するべきかもしれない。

「ほかには何を言われたの？」

「告訴するつもりだとアンジェリカに言ったの。アリスはわたしたちに相続した一族の財産があるのを知っていた。それで、死ぬほんの一週間まえに、アンジェリカに言ったのよ。あることに関して彼女を訴えると。ばかげた話だわ。ほんとうにアリスはどうかしてた」

「あの――なんに関して訴えるの、ペット？」

ペットは勢いよく立ちあがり、ふたりのティーンエイジャーが貸し出し手つづきを待っている、貸し出しカウンターに突進した。ふたりの手つづきをし、親しげにおしゃべりして図書館のしおりをわたし、ふたりを見送った。そして、小走りでわたしのところに戻ってきた。彼女は今日もスエットスーツ姿だったが、高級な黒のベロア製で、上着の胸にはニューヨーク公立図書館のロゴの白いアップリケがついていた。どこで買ったものだろう？

ペットは軽く息を切らして座り、わたしは言った。「なんのことで訴えると言われたの、ペット？」

彼女は笑ったが、いくぶんみじめそうな笑いだった。「アンジェリカは一度、アリスが男性とディナーに出かけたのを見たことがあるの。アンジェリカとアリスはお互いに気づいた。まだハンクと結婚していたころのことよ。妹はそのことについて何も言わずにいたけど、最近アリスがハンクと彼の新しいガールフレンドのことで文句を言ったとき……」彼女は身を乗り出し、ささやき声で言った。「アリスはハンクのガールフレンドをあばずれと呼んだの」

わたしはため息をついた。驚きは感じなかった。

「それで、アンジェリカはがまんできずについ言ってしまったの。『なんであなたが気にするの？　自分は彼と結婚していたときに別の男性と会っていたくせに！』って」

それを聞いて、わたしは身を乗り出した。「よく言ってくれたわ！　それで、アリスはどうしたの？」

「怒りまくったわ。アンジェリカには関係ないことだ、事情も知らないくせに、と言った。

そして、あなたたちからすべてのお金を奪うことのできる弁護士を知っていると」

「なんてこと！　警察はこのことを知ってるの？」

「ええ、話した。でも、アリスのことは知ってるでしょ。その日の終わりには、またすっかり親しげになっていたわ」

「精神的におかしかったのかしら？」

「彼女のことが好きだったの、ペット？」

ペットは自分の両手を見た。「いいえ。すごく淋しいんだと思う」

ペットはうなずいた。「ときどきはね。アリスはいつも怒ってたわけじゃない。いい人のときもあったわ。それにいつもシックで世慣れていたし……クリスマスにはすてきな贈り物をしてくれたのよ――〈祭壇とロザリオの会〉のメンバー全員にね。わたしたち姉妹にも、教会にとってとても大切な存在だからと言って。アリスにはふたつの人格があるみたいだった」

彼女は自分が着ているスエットスーツを指して言った。「彼女はわたしがベロアのラウンジスーツが好きなことを知っていた。すごく着心地がいいから好きなのよ。もう歳だから楽なものを着たい、と彼女に言ったことがあるの。そうしたら、ニューヨークに旅行したときにこれを見つけて、わたしのために買ってきてくれたのよ。百ドル以上はしたんじゃないかしら」

わたしはこれについて考えた。たしかにアリスにはふたつの人格があったようだ。敵がいたのはどちらの人格だろう――いいほう、それとも悪いほう?

「その男性というのはだれだったの?」

「えっ?」

「アンジェリカが見た、アリスといっしょにいた人よ。だれだったの?」

ペットは驚いたようだった。「知らないわ。この町の人じゃないんじゃないかしら。アンジェリカにきいてみるわ」

わたしもきいてみよう。「アリスはほかに何か言った? ひどいことをまくしたてたとき」

ペットは貸し出しカウンターに目を走らせながら肩をすくめた。「ボーイフレンドを持つには歳をとりすぎてるとハーモニアに言ったわ。テッドと結婚するか、つぎの人をさがすべきだって。孫がいてもいい年齢なのに、三人でいっしょに住むのはばかげていると言うの」

わたしは口を開けて目をみはった。「信じられない――何様よ!」

ペットはまた肩をすくめた。少しも恥じている様子はなかった。「たしかにわたしたちはいい歳だけど、だからなんなの? わたしは三人のなかで最年長の五十歳よ。でも、わたしたちはただの姉妹というより、友だちなの。うまくいってるし、生まれ育った家を愛してる。なぜそこに住んじゃいけないの? わたしたちはチームなの。いつだってそうだったのよ」

「もちろんよ」

「母は子供を八人産んだけど、最初の五人はわたしたちよりずっと年上だった。それで母と父は――どういうわけか知らないけど――もうひとがんばりしたのね」ペットはいくぶん無邪気な表情で、わたしに微笑みかけた。「それでわたしと、アンジェリカとハーモニアが生まれたの。両親はいつもわたしたちを〝ちびたち〟と呼んでたわ。わたしたちはなんでもいっしょにやってきた。そういうわけなの。理解してくれない人もいるけど、それがわたしたち家族なのよ。アンジェリカもハーモニアもうちにいるのが好きだし、彼氏たちもそれで満足してる。うちに来て、いっしょにすごし、テレビを見るのが好きなのよ。みんな満足してるわ。だからどうしてアリスがそんなにいやがるのか想像できなくて」

「もっともな疑問ね」死ぬまえの数週間、アリス・ディクソンの頭のなかに何が去来していたのだろう？　こういう作業がいかにパーカーを怒らせることになるか、目に見えるようだ。死んだ人の秘密はどうすればわかるのだろう？

わたしはペットにお礼を言い、父の旅行本の貸し出し手つづきを見守った。二冊はイタリアの本だった。「セラフィーナからすばらしい話をいろいろ聞いてね――小さな町や、温かい人びとや、忘れられなくなる食べ物について」彼は言った。

「でしょうね。きっとパパたちを彼女の大家族に会わせたいのよ」

父はわたしににやりと笑いかけた。ペットはパインヘヴン図書館の袋に入れた本を父に手わたした。父が魅力的な声で「ありがとう、マーム」と言うと、ペットは顔を赤らめた。そして父はわたしの肩に腕をまわし、パーカーの上着が助手席に置かれている車へと戻った。

「警察署に行くのか？」父がきいた。

「そうね。じゃまに思われないといいけど」

「思いやりがあると思われるさ」

父がCDプレーヤーをいじったあげく、ようやくポール・マッカートニーの声が車のなかに満ちた。ポールは見事なまでの率直さと完璧な音程で〈ヘイ・ジュード〉を歌っていた。

「この男は歌えるな」父は言った。わたしが生まれてから、百万回もこれを言っていた——〝バターピーカンは最高のアイスクリームフレーバーだ〟や〝おまえのママは美しい女性だ〟とわたしに断言するのと同じくらいの回数だ。

父が警察署の駐車場に車を入れると、わたしはそわそわしはじめた。父が横目でわたしを見ているのがわかったので、そ知らぬふりをした。「さあ、行きましょう」わたしは言った。

「わたしを彼に会わせたくて仕方がないんでしょ」

くすんだ茶色のロビーにはいっていくと、受付係に名前をきかれた。わたしは名前を告げ、パーカー刑事と話がしたいと伝えた。

「少しお待ちください」と言って、受付係は受話器を取り、取り次いでくれた。「グリマルディ刑事がすぐに参ります」

そのことばどおり、パーカーのパートナーがブルーのスーツにすてきなローヒールの靴という姿で現れ、わたしたちに微笑みかけた。「何かご用でしょうか？　ドレイクさんですよね？」

わたしはようやく言った。「父のダニエル・ドレイクです。パパ、こちらグリマルディ刑事よ。ママとわたしはビンゴ大会の夜にお会いしてるの」

「別の夜にもグランディさんとごいっしょのところをお見かけしました」グリマルディ刑事はにっこり笑って言った。

「ええ。ペットは友だちです」

父はうなずいた。「わたしどもはパーカー刑事にお会いしたくて来たんですが」

彼女はまだ微笑んでいた。「残念ですが、彼は今ここにいないんです。事件のことで何か質問でも？」

わたしは上着をにぎりしめた。彼女にはわたしたくない。その思いをこめて父を見つめたところ、たちまち誤って解釈されてしまった。「娘は彼の上着を届けにきたんです。昨夜捜査現場に置いていかれたそうで」

グリマルディ刑事はつややかな黒髪のほつれを耳のうしろにたくしこんだ。「届けに寄ってくださってありがとうございます。彼にわたしておきます」彼女は巧みにマニキュアが施された手を差し出し、わたしは手放すまえにもう一度ひそかににおいをかごうとしつつ、パーカーの上着を手放した。

「彼は手がかりを追っているんですか？」父がきいた。

グリマルディは刑事らしい無表情で彼を見た。「それについてはお答えできません。犯人を見つけるために全力を尽くしていることは保証します」

「犯人って？」わたしはきいた。「毒殺魔ですか、それともわたしの家に落書きしたグラフィティ・アーティスト？　三件とも同一人物のしわざだとほんとうに思っているんですか？」

「わかりません。でも、それをつきとめることが第一の目標です。今はそれだけにしぼっています。信じてください、ライラ」彼女はわたしの腕に触れた。その動作は〝わたしはあなたのために働く公務員です〟と言っていた。

彼女はともに車で移動して犯罪と闘いながら、パーカーの腕に触れたことがあるのかしら、と思いながらわたしはうなずいた。「ありがとう。そのあいだ両親はわたしが何か食べるたびに心配することになりそう」

するとグリマルディは少し沈んだ顔つきをした。「もちろん、用心するよう地域全体に呼びかけています。しばらくはご家庭で作ったものだけを食べて、ドアはつねに施錠してください。とくにあなたはねらわれているわけですから、あなたの家には警官をひとり派遣しています。警備は万全です。信じてください――だれもあなたには近づけません」

グリマルディのほうがだいぶ美しかったが、その目もパーカーと同じだとわかった――疲れて落胆していた。

パーカーの上着を奪われたわたしは、父の運転でうちに戻るあいだ、口をとがらせていた。ユーリズミックスの古い曲〈フーズ・ザット・ガール？〉が頭に浮かぶ。やがて同行者がカーラジオをつけると、ロックバンドのトレインが歌うポジティブな曲が頭のなかの曲を押し流した。父は会話がしたいらしく、何度かわたしを横目で見ていた。まるで十六歳のわたしに、打ち明け話をしてほしがっているかのように。そうはさせまいと、わたしはミックのことや、彼が先週したおもしろいことを話しはじめた。父はわたしの気持ちを察したのか、警察署への短い旅については何も言わなかった。

五分後、父は自宅のドライブウェイに車を入れた。家に戻ると、パンプキンブレッドのにおいと音楽に迎えられた。母がネットで新聞を見ながらギターをかき鳴らしていたのだ。わたしは母の豊富な才能にあらためて感心した。母はギターをとても上手に弾くが、レッスンは一度も受けたことがない。以前聞いたところによると、キャムとわたしが小さいころ、歌を聴かせたくて独学で身につけたらしい。努力は報われた。当時はいくつかのリフレインを静かにかき鳴らす程度だったが、キャムもわたしも鎮静剤を打たれたように眠りに落ちた。

「おやつを作ったわよ」とわたしたちに告げたあと、母は伴奏つきのビートルズの〈ヒア・ゼア・アンド・エブリホエア〉のハミングに戻った。音楽過剰になりつつあった。

父がうれしそうな声をあげた。「これまでに書かれた最高の曲のひとつだ」わたしの上着を受け取り、自分のも脱ぐと、廊下のクロゼットに掛けにいった。

母は忙しいようなので、わたしはキッチンに行って温かいパンプキンブレッドをひと切れ口に詰めこむと、二階の父のオフィスに行った。黒い合成皮革の椅子に座ってトリクシー・フリスにダイヤルし、電話を耳から三十センチほど離した。

「もしもし?」トリクシーの声がとどろいた。

「トリクシー、ライラよ」

「あら、いい子ちゃん! 何かご用?」

「ひとつ質問したいことがあって――」

「ライラ！　そばにコンピューターはある？」

「ええ、でもどうして――」

「ライラ！　つづきはスカイプにして」

「えっ？」

「テリーザとわたしはスカイプのオンライン通話のやり方を学んでいるところなの。子供たちにずっとせっつかれていてね。だから練習中なのよ」

「つづきはスカイプで！」うしろからテリーザの叫びが聞こえた。

ため息をついて、コンピューターを立ちあげ、父のスカイプのアカウントでサインインした。「この電話は切るわね、トリクシー。そうすればもうひとつのほうであなたにかけられるから。いい？」

「いいわよ！」トリクシーが怒鳴った。テリーザは明らかにまだ説得モードで叫んだ。「つづきはスカイプで、ライラ！」

わたしは電話を切り、オンラインでトリクシーの番号を入力した。すぐにつながり、あらたなネオンカラーの口紅をつけたトリクシーが画面に現れた。ブロンドの髪が少し乱れている。予想どおりカメラではないところを見ており、トリクシーの背後から未知のものをのぞきこんでいる小柄なテリーザも同じだった。

「おふたりさん。カメラを見て。ていうか、わたしを見て」

ふたりは視線をずらして同時に感謝のことばをまくしたて、ふたりとも何を言っているかわからなくなった。トリクシーが先に口を閉じたので、テリーザのことばの最後のほうが聞こえた。それは「スカイプをしろっていつも言われてるから……」だった。

「こんにちは、おふたりさん」

「こんにちは、ライラ。今日のあなたはきれいね」トリクシーが言った。「あなたのお母さんの若いころ、髪はそんなにブロンドだったかしら」

「そうだったと思う。今もいくらかブロンドよ、銀色が交じってるけど」

「美しい色だわ」テリーザが明るく言った。彼女は〈コールズ〉のジュニア洋品売り場にあるような、デニムのオーバーオール風の服を着ていたが、彼女には似合っていた。

「あのね」わたしは言った。「おふたりは、アリス・ディクソンが夫以外の男性と会っていたかもしれないって、聞いたことある？　まだハンクと結婚していたころのことなんだけど」

トリクシーとテリーザはカメラで撮られていることを忘れて、意味ありげな視線を交わしたが、何も言わなかった。

「見えてるわよ」わたしは思い出させた。

テリーザは飛びあがり、トリクシーはすまなそうに微笑んだ。「そうよね。ええ、うわさは聞いていたわ。でも、教区の男性じゃなかった。知ってるのはそれだけよ――どこかの男性といるところを目撃されたってこと。ハンクが知っていたのかどうかはわからないけど、そのせいで、ふたりが離婚することになったとき、たくさんの人がハンクの側についたわ。みんなそのうわさを覚えていたから。とくにアリスが、夫婦仲がこじれたのはハンクのガールフレンドのせいだと言おうとしたときにね。ハンクが彼女と出会ったのはもっとあとになってからだから」

「ええ——ふたりの出会いについては最近聞いたわ。ちょっとロマンティックね」

「彼女は女医さんなのよ」不動産屋のオフィスのファイルをめぐるわたしの強敵、アンドリユースさんのような声でテリーザが言った。

「女医さんというか、お医者さんね。実際は獣医さんだけど」

「ええ。立派よねえ」トリクシーはうなずいて言った。「最近の若い人たちはほんとうに有能ね。アリスがしたことといえば、ただ座ってみじめになる方法を考えただけ。ハンクは別れて正解だったと言わなくちゃならないわね」

そこまで言わなくてもと思ったが、ゴシップを引き出したのはわたしなのだから、文句は言えなかった。

「もう切らなくちゃ」わたしは言った。「でもこれだけはきかせて。わたしに——恨みを持ってる人をだれか知ってる?」

女性ふたりの目はまんまるになった。「あなたに?」トリクシーが叫び、その大きな声でマイクがバリバリいった。「どうして? 何かあったの?」

「たいしたことじゃないの。関係ないのかもしれないし。父はただのハロウィンのいたずらじゃないかって思ってる。でも、わからないじゃない？　人が死んでるんだもの」突然のどが痛んだ。気をつけないと、トリクシーとテリーザのまえで泣きだしてしまいそうだ。

「あなたに恨みを持っている人なんて、だれも思いつかないわ」テリーザが温かい祖母のような声で言った。「あなたの家族は教区でも親切で心が広いし、いつだってよろこんで手を貸してくれるもの」

「ペットもシュミット神父もあなたがお気に入りなのよ」トリクシーも言った。「なんておもしろい若者なんでしょうって、いつも言ってるわ」

「よかった」わたしは言った。「ねえ、もう切らなきゃ。両親と早めのディナーなの。ふたりとも、いい一日を」

「またね、ライラ」

画面が暗くなる直前、ふたりの婦人の顔から笑みが消えるのを見てしまった。もう映っていないと思ったかのように。何が急にふたりを真顔にさせたのだろう――わたしがした質問だろうか？　それともわたしが被害に遭ったという事実？　あるいはひょっとして、わたしにうそをつかなければならなかったこと？

町を自由に走りまわっている殺人犯のおかげで、すっかり疑心暗鬼になっていた。教会の婦人たちが邪悪に見えてくるほどに。

その夜のディナーのあと、母と映画『シャレード』を観た。わたしたちはふたりともケイリー・グラントびいきだ。どこがいいのかわからない、と父は言うが。男はみんなグラントの力の抜けた男らしさに嫉妬してるのよ、と母はわたしに断言した。これが父を怒らせ、父はぷんぷんしながらキッチンに行って、洗い物をした。電話が鳴って、もしもしと言う父のこもった声が聞こえ、そのあと短い沈黙があった。やがて父がふきんを肩に掛け、片手で通話口をふさぎながら戸口に現れた。「ライラ。警察署にいるおまえのボーイフレンドからだ」

「彼はボーイフレンドじゃないわよ、パパ」口調も気分も十五歳ぐらいに戻ったように感じながら、わたしは言った。そして、子供っぽくなったついでに父に駆け寄り、その手から受話器を奪って、両親に聞かれないように階段を駆けのぼった。裏切り者への道を選んだミックは、母の足元で丸くなったまま、目を開けているにもかかわらず、軽くいびきをかいていた。

「もしもし?」安全な自分の部屋にはいり、息を切らしながらわたしは言った。

「何かの最中だった? ジャンピングジャックでもしていたのかな?」パーカーはふざけて言った。

「いいえ。階段を駆けあがったから。どうしたの? 犯人を見つけたの?」

「いや。期待を裏切って悪いね。ただ……上着を届けてくれたお礼が言いたくて」

「ああ、いいのよ。あれを着せてくれてありがとう。すごくあったかかった」

古いドレッサーの上の鏡をちらりと見ると、落胆した顔が映っていた。なんてさえない返答なの! どういうわけか、アンドリュースさんと彼女のこんもりした白髪が思い出された。

彼女の時代には、おそらくみんな電話での正しい会話のし方を教えてもらっていたのだろう。

パーカーの声はいつもと変わらなかったが、わたしには以前よりいくらかセクシーに感じられた。「会えなくて残念だよ。いやその、残念だったよ。署に戻って、きみが来ていたとマリアから聞いたときは」

「マリア？」嫉妬が内臓を貫き、鏡のなかの顔をしかめさせた。鏡から顔をそらし、部屋の奥の窓のほうを向いた。

「パートナーのグリマルディ刑事のことだよ」

「ああ、そうか。彼女、きれいよね」

「えっ？　ああ。とにかく、きみに会えなくてがっかりしたよ。だから電話しようと思ったんだ」

「ありがとう。電話をもらえてうれしいわ――犯人をつかまえたと言われたら、もっとうれしかったけど」

「つかまえるよ、ライラ。すぐにね」

「ほんと？」わたしの声は冷たく響いた。

「ほんとさ。だから心配しないで」今やパーカーの声はまじめだった。わたしは出会った日に彼がしていた教師のようなきびしい顔を思い浮かべた。

「言うは易(やす)し、おこなうは難(かた)しよ」

「この事件は最優先で捜査している――マリアとぼくは一日十二時間働いてるんだ。みっちり訓練された情け容赦ない捜査チームから、逃れられる犯罪者はそういない」

「あなたが働き者なのは知ってるわ、ジェイ。あなたがすぐに犯人をつかまえてくれると信じてる」

「つかまえるよ」彼の声にはたしかに熱意があった――だがもちろん、仕事に情熱を感じているだけなのだ。

「とにかく、電話してくれてありがとう、パーカー刑事」

「つねに状況を知らせると約束しただろう？　また近いうちに電話するよ」彼は言った。

わたしはさよならを言って電話を切った。そして、明かりを消して階段をおり、電話を架台に戻した。

「何があったの？」油断を怠らない母がリビングルームから尋ねた。いつもながら思いやりのある母は、わたしが何も見逃さないように、映画を一時停止にしていてくれた。

わたしはソファのもとの位置に戻り、クッションを抱きしめた。「ふたりとも、じろじろ見るのはやめてよ」

「なんでそんな浮かない顔つきをしてるんだね、きみ？」大恐慌のころまでさかのぼれるのではないかと思われる古めかしい口調で、父が尋ねた。

わたしは肩をすくめた。「彼は警察の用事で電話してきただけよ。それと、上着を届けたお礼を言うために」

父は顔をしかめて母と視線を交わした。「ライラ、いつもなら娘の恋愛問題に首をつっこんだりしないんだが、おまえはあの青年がほんとうに好きらしいから、男の視点から意見させてもらうよ。彼は上着のことでおまえに電話する必要などなかった。事件について新しい情報を知らせるのは部下にでもまかせられたはずだ。そもそもおまえ以外の人間に自分の上着を貸したりはしなかっただろう。言っていることがわかるか？」

「ううん」

「ライラ、彼は夜、家にいるおまえに電話してきたんだ。おそらく自宅から」

「彼は長時間働いてるのよ」

「彼はおまえに連絡をとりつづける必要はないんだよ、ライラ――そうしたいからしてるんだ」

「なんですって？」

「見え見えじゃないか」父はぐるりと目をまわして言った。

「見え見えだわね」母も同意した。

「その男のどこがそんなにいいんだ？」父がきく。

「すごくハンサムなのよ」すぐそこにわたしが座っていないかのように、母が父に言った。「それにとても礼儀正しいの。アリスが死んだ夜、彼に話をきかれたんだけど、あの丁寧な態度には感心したわ」

わたしはクッションを抱きしめた。「映画を観ましょうよ。でも音を少し大きくして。ミックのいびきがうるさくなってきたから」

「はいはい、わかったわよ」母が言った。

父の話は終わっていなかった。「それにもうひとつ。彼は明らかにおまえと連絡をとりたくてしかたがないらしい。公的な理由で電話したと言われたのかもしれないが、それはよくある戦略だ。どうせまた電話すると言われたんだろう」

そのとおりだ。また近いうちに電話すると言っていた。

「そう、その笑顔よ！」母が言った。

わたしはどちらの親も無視した。「いいから映画を観ましょうよ」

14

翌週になると日常はいつものリズムに落ちついた。朝には両親と車で不動産屋のオフィスに向かう。夜は秘密のケータリングビジネスをつづけるために実家のキッチンを使う。まえもってパーカーの許可を得て、恋しくてたまらないわが家まで父に同行してもらい、仕事に必要な予定表やさまざまなキッチン用品や食器を持ってきたのだ。不愉快な落書きは消して、壁を塗り直すよう、テリーが取り計らってくれていた。小さな家の正面は新品同様に見えた。

わが家に住むことはできないながらも、生活はいつものパターンに戻った。日々のサウンドトラックに、エミルー・ハリス（アメリカのカントリーロックシンガー）の悲しげな曲が加わり、繰り返されるようになった。どの曲も歌詞は知らなかったが、不動産屋のオフィスで流している素朴なBGMで何度かかかると、忘れられないメロディが多くて夢中になったのだ。そのうちの一曲に〝氷のような青いハート〟という歌詞があって（〈アイシー・ブルー・ハート〉のこと）、これがとくに頭のなかで鳴りひびきつづけた。

ハロウィンのあとの木曜日は、愛煙家の顧客、ダニエル・プレンティスにあらたなキャセロールを届けた。前回クミンを加えたのがことのほか気に入ったらしく、つぎのポーカー・

パーティにも〝まったく同じものを〟作ってほしいと注文してきたのだ。

いつもの場所で落ち合うと、彼女ははずむような足取りで料理を取りにきた。「ライラ、これは言っておかないとね――あなたの料理は癖になるわ！　わたしだけじゃないわよ。ポーカー・パーティに来る人みんなが、わたしのことを料理の天才だと思ってる。あなたの功績にならなくて残念だけど」

「お代はちゃんともらってるわ」

「そうだけど」彼女はわたしが匿名でいなければならないのが残念でたまらないというように首を振った。もう一度お礼を言ったあと、彼女は車で去っていき、わたしは配達の相棒、ミックのもとに戻った。

車でわが家に行き、外から物欲しげに眺めた。ミックもドライブウェイを歩いていって、いつものバスケットに収まりたがっている。「今日はだめよ、相棒。ブリットに話があって来ただけなんだから」

ケータリングのことでブリットと話をする約束をしていた。相手は友だちだというのに、ドアをたたいたとき、ミックのリードを持つわたしの手は汗ばみ、心臓が早鐘を打っていた。いつものように落ちついて元気そうなテリーが玄関に現れた。不意にテリーのライフスタイルをうらやましく感じた。昼寝や美しい場所への気まぐれな旅のようなことをし放題なのだろうから。「やあ、ライラ」彼は言った。「会えてうれしいよ。パーティは楽しかったかい？　あんなことが起こるまえはってことだけど」

「あんなに楽しいパーティはなかったわ。それにあなたたちは最高のホストだった」

彼の目つきには愛情といくらかの懸念がこもっていた。ついてくるようにと合図され、彼のあとから広いキッチンに向かった。天井の金属製フックから掛かっている、五千ドルはするぴかぴかの鍋やフライパンの下の、脚が銅製の二脚のスツールに座る。テリーに高級コーヒーを勧められたが、断った。カフェインなしでも充分興奮していた。彼は自分のために少し注いでひと口飲んでから、わたしの手を軽くたたいた。「きみの家の壁はすっかりきれいにしたよ。新品同様だ」

「ええ、このあいだ父と家のなかにはいったの。とても感謝してるわ、テリー」

「大丈夫だよね？　その――怖がってないよね？」

「ええ、怖いというのとはちがう。つまり、まだひとりであそこに住む気にはなれないけど、町じゅうどこにいても怖くて震えてるってわけじゃないわ。今夜はミックとふたりで、いつもしてたみたいにお使いをしてるし」

「よかった」彼はもう一度わたしの手をたたいた。「だれかのせいできみが自活できなくなるのはいやなんだ。大事なことだからね」テリーの誠実さに、わたしは一瞬口がきけなくなった。うなずいたわたしを、彼が引き寄せて抱きしめた。

ブリットがはいってきて、大げさにため息をついた。「ちょっとよそ見をしてたら、もうライラと浮気をはじめるなんて」

「誘惑されたんだよ」わたしを離してウィンクしながらテリーが言った。

わたしは目をぬぐい、テリーはスツールから飛びおりた。「座れよ、ブリット。ぼくは請求書の支払いをしなきゃ」彼はわたしに手を振り、ブリットの唇にキスすると、何かのレジャー——庭で花のにおいをかぐとか、自転車に乗るとか——に向かおうとしている人のような気楽さで、ぶらりと出ていった。

ブリットは彼を見送った。「彼って貴重よね？　しかもすごくやさしいのよ」

「そうね。テリーみたいな人には会ったことがないわ」

「これから先も会うことはないわよ」ブリットはおどけて言った。わたしたちは笑った。すぐに彼女はまじめな顔になった。「たぶんテリーが言ったと思うけど……何か必要なときは、わたしたちがいるから。それはわかってるわよね？」

「ええ。ありがとう」落ちつくために息をひとつついてから言った。「でも、ここに来たのはそのためじゃないの。わたしがここ一年ばかり手がけてるちょっとしたビジネスのことを話したいのよ」

ブリットは驚いて眉を上げた。わたしは秘密のケータリングビジネスのことを話した——どんな料理を作るのか、顧客は何人いるのか、これまで受けてきたさまざまなうれしい反応について。「ケータリング会社のようなものだけど、かなり規模は小さいわ。それでも、定期的に電話をくれる顧客の名前がびっしり手帳に書きこまれているし、仕事の性質上内密にしなければならないとはいえ、顧客のなかには委託契約を結んでくれそうな人もいる。もちろんあなたも顧客のひとりよ。このまえ料理を作ってあげたから」

「たしかに」彼女は言った。

「それで、あなたが開くパーティで、わたしを試してもらえるんじゃないかと思ったの。小さなパーティでね。大規模なパーティを台無しにせずに、わたしの料理センスを見てもらえるように」

ブリットは笑った。「ライラ、あなたが何かを台無しにするなんてありえないわ。魔法の手を持っているんだもの」

「まさか」

「もちろんあなたを雇うわ。パインヘヴンは不況だから、これはあらたなる選択ね。実際……」ブリットの目がまんまるになった。

「どうしたの？」

「ねえ、わたし、エスター・レイノルズのことはよく知ってるの。〈ヘヴン・オブ・パインヘヴン〉を経営する天才よ。ニューイングランドから声がかかったけど、ずっと昔にシカゴこそわがふるさと（スイート・ホーム）だと気づいたの。テリーのジュークボックスにはいってる歌みたいにね。たぶんあなたのこと、彼女に紹介できるわよ」

わたしはブリットに突進するまいとしたが、無理だった。彼女の手首をつかんで言った。「会う手はずを整えてくれたら、永遠に恩にきるわ。キッチンでの働き方を知ってるエネルギッシュな若い働き手が見つかれば、彼女も事業をたたまずにすむかもしれないし」

ブリットはわたしに輝くような笑みを向けた。「あなたは彼女がさがしてる人材にぴったりかもしれないわね！」

ブリットもわたしも翌週は忙しかったが、ブリットはエスター・レイノルズと話をして、近いうちにわたしに連絡をすると約束してくれた。お返しにわたしは、永遠の忠誠を誓った。

本物のプロのような気分になったわたしは、そろそろ家に戻る時期かもしれないと、両親にそれとなく告げた。木曜日の夜、キッチンでみんなでスパゲッティを食べているときに、今一度そのことを話題にした。

「わたしは反対よ」母は言った。「犯人は何をするかわからないし、正気じゃないかもしれないのよ。それに家を知られている！」

わたしはうなずいた。「でも、警察がずっと犯人をつかまえられなかったらどうするの？　四十歳になっても実家住まい？」

父が咳払いをした。「おまえの大好きなあの刑事さんを少しは信用したらどうだ？　この件に一日十二時間取り組んでいると言ったんだろう？　もう少し時間をあげなさい。まだ一週間じゃないか」

たしかにそうだった。それに、わたしは口論したいわけではない。自分の家が恋しいだけなのだ。「いい点をついたわね、パパ。パーカーが懸命に働いているのは信じるわ。でも、犯人は天才かもしれない。男か女かわからないけど、とにかく賢くて、警察は容疑者を特定できないかもしれない。そのあいだ、わたしの家はずっと空っぽなのよ。パーカーがわたしを気にかけてくれるなら、あの家にいても守ってくれると思わない？」

ふたりは眉をひそめてこちらを見た。「これについてはよく考えて、あとでまた話しましょう」母は得意のごまかし作戦に出た。「ほら、お兄ちゃんもあなたはここにいるべきだって思ってるし」

このラウンドはあなたたち家族に勝ちをゆずるわ。「ところで、今夜はまたキッチンから出てもらうわよ。仕事の注文がひとつはいってて、明日届けなくちゃならないの」

「いいとも」父が言った。「わたしは目を通さなくちゃならない帳簿があるし、ママは裁縫の計画があるんだったな」

「ええ、そうよ」母は言った。「セラフィーナのためにキルトを作ってるの。まんなかにイタリアの国旗を入れてね。きっときれいよ」

「そうでしょうね、ママ」母はミシンも巧みにあつかう。母の創造的表現方法には際限がない。「つぎはわたしがキルトを作ってもらう番よね。キャムは前回の誕生日にもらったでしょ？」

「そうね、ハニー。ちっちゃなラブラドールの絵柄のキルトなんかどうかしら？」

「最高」わたしはテーブルの下に座っているミックにミートボールをひとつやった。彼は歯を見せずにそっと受け止めた。ミックは必要なときにはひそかな行動もできるのだ。

わたしたちはすぐにテーブルを離れ、母はミックのボウルに残り物を入れてやった。ミックが学んだ食べ物をたくさんもらうコツは、辛抱と愛嬌だった。

母といっしょにキッチンを片づけたあと、オーブン料理がボーイスカウトの仲間内で評判になっている、サリヴァン家用のあらたなキッシュロレーヌ・キャセロールの準備をした。作業をしながらキャムとフィーナについて考えた。兄が初めて彼女のもとを訪ねたとき——ローマで出会った友だちの妹として——どんな感じだったのだろう。ひと目で恋が芽生えたのだろうか？ 自分のなかに稲妻が走るのを感じたのかしら？ もしそうなら、彼女も同じ思いでいてくれて、なんて幸運だったのだろう。そう、たいへんなことなのだ。両思いになるということは。わたしはとくに力をこめて生地をかき混ぜ、スプーンで皿に移した。

すべての作業を終えるころには、おもてはかなり暗くなっていた。料理の梱包をはじめたところで、背後に父がぬっと現れた。「やあ、ライ」

「あら、パパ」

「過保護にするつもりはないんだが、それは明日の朝に配達したらどうだ？ オフィスに来るのは遅くなってもいいから。上司にはうまくとりなしてやろう」父は冗談を言った。

用心棒がいても、配達に行くのはたしかに怖かった。恐怖は暗闇だとますますひどくなった。

「いいわ」わたしは言った。「もしこれが冷蔵庫にはいったらね」

はいった。

家族はまた映画を観るために居心地のいいリビングルームに集まった。今日は『マスク・オブ・ゾロ』だ。わたしがまた実家にいることを両親が楽しんでいるのはわかっているし、それを楽しんでいる自分もいた。わたしはパーカーがすぐに事件を解決してくれると信じることに決めた。そうすれば、実家でわたしがやっかいなお客になるまえに、この滞在は終わる。わたしはミックの頭を膝に乗せて映画を鑑賞し、キャサリン・ゼタ＝ジョーンズの完璧な美に見とれた。

「アントニオ・バンデラスはアンジェロを思い出させるわ」母が言った。「すごくハンサムで」

「この家でその名前を口に出すな」めずらしく父が感情を爆発させた。

兄とわたしがイタリア人へのあこがれとともに成長し、ふたりともイタリア人の恋人を見つけたことの皮肉に気づいて、わたしはため息をついた。兄の恋人は、母がキルトを作ってあげるほど好かれているが、わたしの元恋人は、その話題に父が耐えられないほど嫌われていた。

翌朝、サリヴァン家にキャセロールを届けた。マイクが前庭で落ち葉を掃いており、わたしが車を停めると手を振った。少し伸びた彼のダークヘアが、強い秋の風が吹いて顔にかかった。ブルージーンズにノートルダム大学のスエットシャツしか着ておらず、少し寒そうだ。ミックを車のなかに残して、彼のほうに歩いていった。ミックは車のなかで満足しているようだった。冷たい空気が好きではないのだ。

「やあ、ライラ」マイクは熊手に寄りかかってわたしに声をかけた。「またぼくらの評判を上げてくれるみたいだね」

「そう願ってるわ」わたしは笑顔で言った。

彼は熊手をかたわらに放り、鍋を受け取った。「これをなかに運んで、代金の封筒を持ってくるよ」そう言うと、矢のように階段をのぼり、家のなかに消えた。十一月にはいったのに、大きなドラキュラがまだ玄関に飾られていた。

歩道に目をやると、だれかが犬を散歩させているのが見えた。わたしは視線をはずしたあと、また戻した。犬に見覚えがあった。飼い主にも……わたしの年下の友人、シェルビー・ジャンセンだ。驚いて彼女に手を振ると、犬の相棒とともに小走りでこちらにやってきた。

美しい犬で、すばらしくハンサムな顔立ちをした、長毛のジャーマンシェパードだった。鼻面はほぼ黒だったが、毛の色は黒と黄褐色とクリーム色が混ざっている。はあはあと息をしており、わたしに微笑みかけているように見えた。ひざまずいてなでてやると、車のなかでミックが不満そうにくんくん鳴くのが聞こえた。だが、ミックは紳士だった——ほかの犬たちのように、鳴きつづけはしなかった。

「この子はだれ、シェルビー？」わたしは尋ねた。

「こんなところで会うなんて、意外よね？」彼女はまくしたてた。「この子はアポロ、ミスター・ディクソンの犬よ」

「へえ。どうしてあなたが散歩させてるの？」

「ああ——学校の動物保護クラブの活動のひとつなの。クラブのことはまえに話したよね。

働いてる人たちのために、ボランティアで犬の散歩を代行してるの。交代でね——わたしたち生徒とミス・グランディで」

「それで、どうしてここを散歩することになったの？」

シェルビーは肩をすくめた。「ミスター・ディクソンはあの家に住んでるの」アリス・ディクソンが住んでいた青い家を指し示す——ハンクが相続した家を。

わたしは目をすがめて家を見た。

「ハンクがあの家に住んでる？　つまり、戻ってきたってこと？　てっきり売るつもりなんだと思ってたわ」

彼女はまた肩をすくめた。

「わたしはあの家に来るようにと言われただけよ。鍵とお金と散歩道具は置いてあった。でも……あの家、人が住んでるみたい。男の人がね。男性の持ち物が置いてあるから。だって、今は彼の家なんでしょ？　住んでいて当然じゃない？」

たしかにそうだ。買ったばかりの大きくてゴージャスな家にタミーと引っ越すまで、一時的にここに住むつもりなのかもしれない。それならなぜ、今までタミーのところに住んでいなかったの？

「ライラ？」

「えっ？」

「アポロはあなたがほんとに好きみたいと言ったのよ！」

わたしは微笑み、アポロの美しい首筋をマッサージした。「わたしもこの子が好きよ。でも、うちの犬が嫉妬しはじめてるから、このくらいにしておいたほうがよさそう」

わたしはアポロの美しさに見とれながら立ちあがった。マイク・サリヴァンが家から出てきて、わたしたちのほうに歩いてきた。「やあ、アポロ」彼は言った。「ええと、きみは？」

シェルビーを見ながら明るく言い添える。

「パインヘヴン高校の動物保護クラブの者です」シェルビーは言った。「地域への奉仕として、犬の散歩を代行しているんです。散歩をさせてもらいたい動物がいれば、高校に電話すればグランディさんに伝えてくれますよ」

「いや、けっこう」マイクはにこやかに言った。「うちにはハムスターしかいないから。でも、アポロが戻ってきてくれたのはうれしいね」彼はしゃがんで、さっきわたしがしていたことをした。アポロは堂々としており、そうされて当然という態度だ。

「もう行かないと」シェルビーが言った。「一・六キロのコースを散歩させないといけないんです。あとでジェイクと映画を観にいくことになってるし」

「楽しい時間を」わたしは言った。マイクとわたしは歩道を行くシェルビーを見送り、マイクが封筒を差し出した。

「はい、どうぞ」彼は言った。「いつも、ありがとう」

「どういたしまして」わたしは肩から斜めがけしている旅行用のバッグにそれをつっこんだ。母がミシンで作ってくれたもので、上に小さなジッパーがついた、茶色とオレンジ色の秋らしいバッグだ。「ねえ、マイク――ひとつきいていいかしら？」

「いいけど。なんだい？」

「教会のご婦人たちと話をしたんだけど――ペット・グランディとも――どちらもアリス・ディクソンはまだハンクと結婚しているころにほかの男性と会っていたと言ったの。彼女がほかの男の人といたのを見たことある？」

これに対してマイクは三つの反応を見せた。驚いて顔が真っ赤になり、つねに見せている微笑みが消えた。そして急に向きを変え、熊手を取りにいった。戻ってくると、顔はいつもの陽気さを取り戻していたが、そのころにはわたしにも察しがついた。

「あなただったの？」

「ちがうよ。どうしてそう思う？」

「だって、あなたの態度がそう言ってるんだもの」

わたしたちは少しのあいだ見つめ合った。突風が吹いてきて、三つ編みにした髪が顔に当たった。それを押しやって、やましそうなマイクの目をじっと見た。

彼はため息をついた。「わたしたちは不倫をしていたわけではない。結論に飛びつかないでくれ」

「オーケー」

「真相は――ときどき配偶者の愚痴を言い合いたかっただけなんだ。それで何度か食事をした。たいしたことじゃない――ただのご近所さんとのディナーだよ」顔がまた赤くなった。

マイクはうそが下手だった。

わたしは両手をポケットにつっこんだ。おもては気温が何度か下がってきたようだ。

「なぜあなたがアリスに惹かれたかはわかるわ。彼女はきれいでスタイリッシュだったもの」

「さっきも言ったように、食事をしただけで、それ以上は何もなかったんだ」

だからといって、マイクがそうしたくなかったということにはならない。「わかったわ」

「妻には何も言わないでいてくれるとありがたいんだが」

「もちろん言わないわよ。どうして言わなきゃならないの？」

「だいたい、どうしてそんなことが知りたかったんだ？」マイクがきいた。また笑みが消えている。

わたしは目にかかる髪をまた払った。しつこい風だ。

「実は、最近おどされたの——毒殺魔かもしれない人物に」

「なんてことだ。知らなかったよ。たいへんだったね、ライラ」

「大丈夫よ——それで、その謎の男とアリスを殺した犯人には関係があるのかもしれないと思っただけなの」

マイクは片手を上げた。「待ってくれよ。まず、わたしはきみの友人たちの言う、その男かどうかさえわからないんだぞ。彼女と食事をしたのは認めるが、それも二回だけだ」

「それはわかったわ」

「だがアリスは共鳴板のような人だった。話し相手にはもってこいの。正直に言えば、家庭から離れた場所に出かけられるのは楽しかった――ああそうさ、妻でない人とね。いや、そんな目で見ないでくれ――モーラはわたしが腹を割って話すことのできるただひとりの人だった。今でも連絡を取り合っている男の友人はいないし、女の友人もいない。アリスも同じだった。ふたりで出かけると、そのことについて話した。つまるところわたしたちはどちらも、結婚という小さな島のなかにいるようなもので、配偶者をのぞけば外の世界とのつながりがないのだと。結婚とは自分たちの一部を失うようなものだ」

「ふうん」

マイクも目にかかった髪を払わなければならなかった。そのとき、彼が整った顔立ちの男性だと気づいた。焦茶色の髪、薄くそばかすの散った血色のいい肌、まっすぐな白い歯、つねに微笑んでいる顔――多くの女性が魅力的だと思うだろう。

「だが、わたしはアリスの死とは無関係だ。ほかのみんなと同じように、ショックだったし悲しかった」彼は真剣な表情でわたしと視線を合わせた。

お金と情報のお礼を言って車に戻ると、助手席のミックは口をとがらせているように見えた。寒かっただけなのかもしれない。彼はシートのなかで縮こまっていた。

「ごめんね、相棒――思ったより時間がかかっちゃって。ヒーターをつけてあげるわね」エンジンをかけてヒーターを入れた。ミックの体がいくらかゆるんだ。

わたしは彼の頭をなでた。「アポロのことでちょっと嫉妬してたんでしょ」

ミックはうなずいた。

「アポロはハンサムな犬だけど、ミック・ドレイクじゃないわ。ちなみに、これがあなたの名前よ。今までラストネームつきで呼んだことはなかったと思うけど。なんか変だもの。ミック・ドレイクって」わたしはミックに微笑みかけ、彼も微笑み返してくれたようだった。一瞬、わずかに歯が見えた。

車を道路に戻し、またもや行き止まりだと気づいた。秘密があばかれてうしろめたそうだったとはいえ、マイク・サリヴァンは殺人者には見えない。それでも、妻の耳に入れてほしくないということに関しては、ひどく真剣だった。もしアリス・ディクソンがマイクとデートしたことをモーラに話したいと思ったとしたら？　マイク・サリヴァンは自分の結婚生活という小さな〝島〟を守るためにならどこまでやれただろう？

実家に戻り、自室に駆けあがってジェニーの家に電話した。

「もしもし？」ジェニーが明るい声で言った。

「ジェン」わたしは言った。

「あら、ずいぶん久しぶりじゃない！　もう何年も話してなかった気分よ！」

「そうね。来週出かけましょう。今週は予定がいっぱいなの」

「わたしもよ」彼女は言った。「お互いなんて退屈な生活なのかしら」

「ねえ、お願いがあるの。お姉さんのマリエットの電話番号を教えてもらえないかしら。ヘンリーにききたいことがあるの」

「ヘンリーに？」

「うん。ハロウィンのとき彼に会ったの。あの子はわたしの家に落書きしたかもしれない人物について情報をくれた。それで……追跡調査をしたいと思って」

ジェニーは笑った。「なんか刑事みたい。あなたの天職かもよ」

「まさか。わたしなんか臆病すぎてとても」

「そんなことないわよ。どうして最近そんなに自分を卑下するの？」わたしが何も言わないので、彼女はため息をついた。「オーケー、マリエットとジムの家の番号を教えるわよ」

わたしは番号を書き留めて言った。「ありがとう、ジェニー。来週は絶対出かけましょうね。仕事中毒トークは禁止よ」

「無理だって。じゃあね、ライ」

電話を切って、ヘンリーの両親の家にかけた。「もしもし？」ヘンリーの父親のジムだ。

「こんにちは、ジム。ジェニーの友だちのライラ・ドレイクです」

「ああ、ライラ。去年うちのクリスマスパーティにすばらしくおいしいクロックポット料理を持ってきてくれた人だね。あのレシピはマリエットにわたしてくれた？」

「ええ。作ってくれてません？」

「そのようだね」彼は怒っているような声で言った。わたしは笑った。

「あの、変に思われるかもしれませんけど、息子さんにききたいことがあるんです」

「くまの子ヘンリーに？」

電話の向こうでくすくす笑いが聞こえ、なんらかの理由でヘンリーがこの呼び名をよろこんでいるらしいとわかった。

「ええ——ハロウィンで会ったとき、捜査中の事件に関して警察の役に立つかもしれないことを、彼が話してくれたんです。それで、あといくつかききたいことがあって」

「それは興味深いね」ジムの声が耳にとどろいた。「このくまの子を持ちあげさせてくれ。そうすればカウンターに座ってきみと話ができる」さらなるくすくす笑い。「ヘンリー、ジーラという名前の人を知ってるかい？」

ヘンリーはさらに大きな声で笑った。「ライラだよ！」彼は叫んだ。

男同士の絆はとにかくうるさい。わたしはふたりがさらにふざけるあいだ待たされ、ようやくヘンリーが電話口に出た。

「こんにちは、ヘン。ライラよ」

「知ってる」ヘンリーはもどかしげに言った。

「ハロウィンのときのこと、覚えてる？　マジックペンのにおいがする人がいたって、あなた言ったわよね？」

「うん。お城にひとりで住んでる聖人みたいなかっこした男の人」

「どうして〝男の人〟なの？　ほんとに男の人だった？」

「うん。おっきくて背が高かった。見えてたところはね。それに、男みたいな歩き方だった。悪いことをするのは男でしょ、女の人じゃなくて」

「そうかしら？　ポイズンアイビーとか、キャットウーマンとか、ハーレイクインは？」

ヘンリーはうめいた。「それはみんなバットマンの敵でしょ。ほんとにいるわけじゃないよ」

「そっか。ほかにその修道士みたいな人のことで何か思い出せる？」

「ううん。速く歩いてたことだけ」

それはそうだろう。そして、わたしたちの目と鼻の先から逃げてしまった。

「力になってくれてありがとう、ヘンリー。パパとランチを作ってたの？」

「うん。サンドイッチを作ってるんだ。ママは宿題してる。宿題は退屈だよ」

「でも、宿題をすると頭がよくなるのよ。ママはあなたに追いつきたいのよ。あなたはすごく頭がいいから。まだ六歳なのに――二十歳になったらどんなに頭がよくなることやら！」

「そうだね」ヘンリーは同意した。

「さあ、サンドイッチを作りにいきなさい。またお話ししましょうね、サー・ヘンリー」

「ミックによろしく」ヘンリーが甲高い声で言うと、父親は彼をさっと電話から遠ざけ、さよならのあいさつをしてから電話を切った。

男の人だとヘンリーは言った。アリスと不倫関係に突入していたかもしれないマイク・サリヴァンだった可能性はあるだろうか？　あるいは、だれも知らないさらなる動機があったのかもしれない、アリスと離婚した元夫のハンク・ディクソン？

あるいは、アリスの結婚生活とはなんの関係もなかったのかもしれない。今のところ、アリス殺害はまさに謎だった。人があれほど残酷になり、あれほどのリスクを冒すだけの明確な理由を、わたしは思いつけなかった。

15

ひとりで配達をして少し自信がついたので（警護のために捜査員が距離をおいてついてきているのはわかっていたけど）、父の言うとおり、家の落書きは気味の悪いハロウィンのいたずらで、まったく無関係な人のしわざなのではという気がしてきた。充分な時間を与えられれば、人はなんにでも順応するものだと、亡き祖母がよく言っていた。そのときは老齢について話題にしていたのだが、祖母は自分がそれにしっかり順応していると感じていたのだ（わたしには歳をとるなと助言していたが）。今、その考えを恐怖の夜に活用してみた。問題の事件とのあいだにもっと時間と距離をおけば、現実味も薄まるだろうと。不快なメッセージはとっくに消され、あのすてきな家はわたしとミックが戻るのを待っているのだから。

その夜、このことを両親と話し合った。母は同意した――部分的に。「戻るのは一週間後にしたらどう？　そうすればパパとママはもうしばらくあなたとすごせるし、あなたが居心地のいいおうちに戻る日も決まるわよ」

母が避けられないことを先延ばしにしているだけなのは、みんなわかっていた。それが得意技なのだ。母はわたしが進学で家を出るのを見たくないがために、一年間家から大学に通うようわたしを説得した。同じようにキャムも、一年間実家に住めば、卒業後のための貯金ができると説得した。どちらの場合も、母は子どもたちの避けられない旅立ちを避けようとしていたのだった――だが母のために言っておくと、そのときが来ると、母は約束を守った。母は陽気に子供たちの新居までついてきて、豊富なシーツ類と余分な家具を提供した。というわけで、わたしは母の案に乗った。あと一週間。そのあとはうちに戻ると。

翌日は配達がなかったので、夜は暇だった。月に一度のホームレスシェルターの夕べがあるので（地域のほかの教会と交替で開催している）、教会に行かないかと母に誘われた。母はつねにボランティアをしているわけではないが、この活動の有用性は信じていたので、ホームレスを受け入れるための準備にたずさわっていた。〝明日はわが身かもしれない〟という考え方の熱心な支持者なのだ。

父の信条も同じで、ときどき母に同行したが、今夜は友人のサムと、コーヒーを飲みに出かけることになっていた。サムは久しく会っていなかった父の大学時代の仲間で、最近パインヘヴンに引っ越してきたのだ。彼が登場して、父に突然新しい親友ができた。父が古いインディアナ大学のスエットシャツを引っ張り出してきて、頭からかぶるのを見ながら、わたしはマイク・サリヴァンが配偶者以外の話し相手をほしがっていたことを思い出した。

「パパ」わたしは薄くなってきた髪にブラシをかける父に言った。「結婚は小さな島で、外の世界とのつながりはすべて絶たれてると思ったことある？」

父は軽く首をかしげた。「どうしてそんなことをきく？」

「このまえ、ある人がそう言ったのよ」

彼は首を振り、ジーンズについたミックの毛を払った。「わたしは小さな島にいっしょにいたいと思ったからおまえのママと結婚した。だれかを愛したとき、求めるのはそういうことだよ。それは幸福の島で、本土は必要ない。今夜わたしに言えるメタファーはこれで全部だよ」

わたしは笑って父を抱きしめた。彼は母にキスをし、鍵をつかむと、ノスタルジアの夕べへと出かけていった。

「パパはいい人ね」わたしは母に言った。

「まずまずね」母はおどけて言った。

母とわたしは母の車に乗りこんで教会に向かった。「警察の車がまたついてきてる」母は言った。「いつまでこれをつづけるつもりかしら？　かなりの残業代が発生してるでしょうに。パインヘヴン警察がこれ以上お金を出したがるとは思えないわ。そうじゃない？」

関わっている捜査員の給料のことまでは正直考えていなかったが、言われてみればたしかにそうだ。アメリカ全体と同様、パインヘヴンも町の予算というベルトをきつくしなければならず、そのことは地方紙上でうんざりするほど話し合われていた。不意にパーカーへの感謝の念がわいた。この手配をしてくれたのは彼で、おそらく反対する人たちもいたはずだ。

「警護はもういいってパーカーに言うべきかしら」わたしは言った。「これじゃ彼も警察で友だちが作れないでしょう」

「たぶんあと数日はね」と母が言い、わたしは笑った。

目的地に着くと、母は厨房で忙しく働きはじめた。ペット・グランディとシュミット神父はボランティアに寝袋をわたし、寝所の準備をするようたのんでいた。わたしは手伝いに来た十人ほどの人たちの列に加わり、洗濯したてのシーツ類がわたされるのを待った。車輪つきの大きな洗濯物かごとシュミット神父が陣取っているカウンターのあいだを、ペットが大急ぎで行ったり来たりしているのを見て、なんて至れり尽くせりなのだろう、と思った。衣類は洗濯され、食べ物は料理され、食べる必要がある人たちには食事が与えられる。だが、そういったすべては、ペットやシュミット神父やわたしの母のような人たちがいるからこそ可能なのだ。

「こんばんは、ライラ」シュミット神父が言った。「今夜はすてきですね」

わたしはジーンズと紫色のセーターに、かなりくたびれた運動靴という姿だったが、褒めことばを受け入れた。「ありがとうございます、神父さま。わたしは何をすればいいですか?」

彼はお泊まりセットを取ってじっくり見た。そして、ちょうど急いでやってきたペットに苦い顔を向けた。「ペット、ひとつ問題が」彼は言った。「なんだか〝こちらNASA。ヒューストン、問題発生!〟みたいですね」ふたりはさえないジョークに笑った。シュミット神父は笑うのが大好きだったが、説教のなかにしつこく挿入されるジョークもふくめ、おもしろかったことはなかった。そういうとき無理に笑う教区民は、何か罪でも犯してうしろめたいものがあるのではないだろうか、としばしば思った。

「どうしたんですか？」ときいたあと、ペットはお泊まりセットを受け取って調べた。そして笑った。「あらあら——やっちゃったわ！」そして、ぽかんとした表情のわたしのほうを向くと、ジョークがわからなくてお気の毒、とばかりに言った。「これはそれぞれ寝袋、体を洗う布とタオル、そして歯ブラシや歯磨き粉やせっけんといった必需品のはいった袋がセットになっていなくちゃいけないの」

「なるほど」

「でもこれを見て！」ペットが言った。「寝袋と空っぽの袋だけ！」彼女とシュミット神父はまた笑った。このひとときは、ふたりにとっては価値のあるものなのだろう。

ふたりの笑う顔を見ながら、そのいかにもくつろいだ様子に胸を打たれた。アリスは残酷にも、ペットがシュミット神父にロマンティックな下心を持っていると指摘したが、ふたりの友情が幸福でプラトニックな夫婦のあいだにあるものに近いのは明らかだった。シュミット神父が彼女を呼ぶときの呼び方も、かわいくてしかたのない妻に話しかける夫のそれのようだ。ふたりがやりとりする様子は微笑ましかった。

ペットはお泊まりセットを詰め直しにいき、シュミット神父はわたしのために、笑いのネタにはならない、新しいセットを見つけてわたしてくれた。「では簡易ベッドを見つけて、寝所を整えてください。終わったらつぎのセットを取りにきてください」彼は言った。

わたしはその場に立ったまま言った。「ペットは大忙しですね」

シュミット神父はにっこりした。「ペット・グランディを失ったら、セント・バーソロミュー教会区は崩壊しますよ」彼は誇らしげに言った。「おそらくわたしもね。彼女のおかげでどうにか立っている廃墟みたいなものですから」彼の微笑みに、わたしも笑みを返した。

集会所の北側に並んだ簡易ベッドにお泊まりセットを運んだ。部屋はビンゴ大会のときとはちがって見えた。椅子とテーブルはなくなっていた。今や集会所はホテルとなり、教区民たちは忙しく歩きまわって、ここに来る人たちにとって快適で楽しいものになるように、彼らがつらい状況をなんとかうまく乗り切れるようにがんばっていた。わたしはあいている簡易ベッドを見つけて寝袋を広げ、ジッパーを開いて上掛けのように折り返した。寝袋の足元にタオル、体を洗う布、必需品入りの袋を並べる。アンジェリカ・グランディが通りかかって枕をくれたので、それを寝袋のまんなかにきちんと置いた。さらにカードとキスチョコ入りの袋を持ったハーモニアがやってきた。わたしはそれをひとつずつ受け取り、カードを読んだ。〝神はあなたを愛しています。セント・バーソロミュー教区民より〟。

カードとキスチョコを枕のまんなかに置いた。ここはAクラスのシェルターだ――枕にチョコレートが置かれているなんて。気に入った。

さらにふたつの寝所を整えるころには、残りのベッドはほかの人たちの手によってすっかり整えられていた。たいして役に立てていない気がしながら厨房に母をさがしにいくと、みんなと夕食用のスラッピージョー（ハンバーガーのバンズにミートソースをはさんだもの）を作っていた。「手伝いはいる？」わたしはきいた。

「飲み物を注いで、そこのカウンターに置いてちょうだい」母は言った。「半分のコップには牛乳、残りの半分にはコーラを注いで。コーヒーがほしい人には自分で注いでもらうから」わたしは小ぶりの使い捨てコップを見つけ、飲み物を注いでいった。わたしが疲れて空腹だったら、なんて手厚いもてなしだと思うだろう。

わたしがコップを満たしているあいだに、シュミット神父は今夜の客たちを招き入れはじめた。シェルターを必要とする人たちを見てわたしがひどく驚いたのは、彼らがいわゆるホームレスに見えないことだった。ほとんどの人たちは、毎日ショッピングモールやレストランで見かけるような人たちだった。男性も女性もいて、みんなとびきり礼儀正しく、ボランティアたちが夕食を並べたテーブルに順に座った。自分で飲み物を取りにやってくる人たちもいた。以前セント・バーソロミュー教会に滞在したことがあり、ここでの決まりを知っているのだ。「心から感謝しますよ、お嬢さん」白いドレスシャツを着て蝶ネクタイをつけた年配の紳士が言った。

「いえいえ、どういたしまして。ディナーを楽しんでくださいね」

彼はわたしにウィンクして、目当てのテーブルに向かいはじめた。そこに何人か知り合いがいるらしい。彼らはそれぞれの皿についているカップ入りのフルーツを食べながら、静かに話していた。

ペットが掃除用品を満載した手押し車とともに部屋の隅に現れた。必要なものを配置するだけでなく、清掃部門も担当しているのだ。ペットをこれほどボランティアに駆り立てるものとはなんなのだろう。よろこびを感じるから？　天国での地位をたしかなものにするために必要だと思うから？　友人であるシュミット神父のそばにいるのがただ楽しいから？

ハーモニアがキスチョコの袋を持って近づいてきた。グランディ家特有の大きな手のなかで、袋は小さく見えた。「チョコが少し余ったの。ライラ、ひとつどう？」

「ありがとう」キスチョコを受け取って銀紙をむいた。「これだけの働きをするなんて、あなたたちは立派ね。グランディ家の人たちを見ると、罪悪感を覚えるわ」

ハーモニアは肩をすくめた。「これがわたしたちの仕事なの。幼いころからずっとこういうことをしてきて、今もしてるというだけのことよ。きっと好きなのね」食事客のひとりにふざけて声をかけられ、真っ赤になっている姉のアンジェリカに向かって微笑んだ。「すべてがあるべき状態に戻ってよかったわ」

わたしはうなずいた。「いろいろたいへんだったものね」

母が近づいてきた。「さあ、洗い物係の人たちがきたから、お役御免よ」

「手伝いに来てくれてありがとう」ハーモニアが言った。好色な食事客から逃れたアンジェリカもやってきた。ふたりとも繊細な銀の鎖に通した十字架のメダルをつけている。

「それ、きれいね」わたしは言った。

ハーモニアがネックレスを持ちあげた。「ペットが去年のクリスマスにわたしたちにくれたの」

　ペット・グランディ。わたしは感心しながらその場をあとにした。彼女はだれにとってもかけがえのない人であり、この教会の集会所は彼女の王国らしい。母のあとから寒くて暗い駐車場に出ながら考えた。ペットのような評判を持つ女王は、その王冠を守るためなら実際に人殺しもできるだろうか？

　いったいどこからそんな考えが出てきたのだろう？　相手はベロアのスエットスーツと秘密のチリコンカンの、あのペットなのだ。彼女はいろいろな役をこなしているが、そのなかに殺人犯の役はない。

16

月曜日の仕事中に、ブリットから電話がかかってきた。「ねえ、ライラ。今日、仕事場にあなたを迎えにいってもいい？　エスター・レイノルズと会えることになったのよ」

「えっ？　どうしよう。もっといい服を着てくるんだった――」

ブリットは笑った。「女王に謁見（えっけん）するわけじゃないんだから。エスターは気取らない人よ。でも、あなたは彼女の厨房を見る必要があるわ」

「ええ、もちろんそうよね。ああ、ブリット、あなたは最高の友だちよ」

ブリットはくすくす笑った。「じゃあそっちに――そうねえ――四時でいい？」

「ええ、いいわ。ほんとにありがとう」

〈ヘヴン〉の創設者に会うのだと思うとすごくわくわくして、アンドリュースさんが詰め寄ってきて、退屈な話をはじめたときも、腹が立たなかった。ドットプリンターとやらがかつてオフィスの標準だったらしい。彼女の白髪の巨大なヘアスタイルを眺め、このなかに鉛筆を隠せるかしらと考えていた。

ファイルフォルダーを手にした父が現れた。「シーリア、これを最新の決算ファイルに入

れておいてくれるかな？」

アンドリュースさんはこれ見よがしにそれを受け取り、香水のライラックの香りを残しながら去っていった。

「ライラ、いくつか電話をかけて、この客たちがまだ物件に興味を持っているか確認してくれ。もし見込みがありそうなら、わたしに電話をまわしてほしい」

「了解、不動産王のドナルド・トランプさん」

父は顔をしかめた。「あいつといっしょにするな」

「冗談よ、パパ。どうしてそんなに機嫌が悪いの？」

父はあくびをした。「ゆうべよく眠れなかったんだ。ママが窓を少し開けておきたがったものだから、それはそれは寒くてね！　かの女性とベッドをともにするのはつねに挑戦だよ」

「かの女性は早起きしてパパにコーヒーをいれてくれるけどね。それに、新鮮な空気はパパの体にいい」

「ママもそう言ってたよ。でも、ゆうべの気温は七度だったんだぞ、ライラ」

わたしが笑って父の髪をくしゃくしゃにしたので、父はまた顔をしかめた。さっそく電話にとりかかった。ほとんどが空振りだったが、最後のひとりになんとか興味を持ってもらえたので、父に電話をまわした。これが売り上げにつながるかもしれない――そうなったら父も元気になるだろう。

ブリットがシーグラスブルーのフォルクスワーゲン・パサートで迎えにきた。テリーから贈られた車だ。そう、これがブリットやテリーのような人たちの暮らし――お互いに車を贈り合い、豪華なパーティをするのが。でも、ふたりともすごく親切で気取らない人たちなので、彼らのぜいたくに腹をたてることさえできない。別世界の人間が王族を崇めるようなものだ。

「ヘイ、ライラ！　あら、かわいいじゃない、そのニットセーター！」

母が編んでくれたものだった。子供時代を懐かしく感じるとき、これを着ることが多い。子供のころのわたしの衣類は（キャムのもだが）ほとんど母の手作りだったからだ。今日のセーターは秋らしい色合いの多色毛糸で編まれていた。かわいいセーターで、これを着るといつも褒められる。これに茶色のコーデュロイパンツとコンフォートシューズメーカー〈エアロソールズ〉の茶色のフラットシューズを合わせた。魅力的な服装だと思っていたが、ブリットのめずらしい紫色のエレガントなブラッシュスエードのジャケットと、その下に着ている控えめなブルーのパンツスーツの足元にもおよばなかった。ダークな色合いの髪はつややかでかぐわしい薄布となって、きれいな顔の両側にたれている。

「ありがとう。あなたは、はっとするほどすてきよ」

「うれしいことを言ってくれるじゃない」ブリットはフロントガラスのワイパーをいじくった。冷たい雨が降っていた。

「今日彼女に会うの、やっぱりやめようかしら」

ブリットは笑った。「それは気後れってやつね。わたしは認めないわよ。エスターはわたしたちを待ってるの。ジンジャーブレッドケーキを焼くって言ってたし」

「わあ」ブリットと口論できる人はいない。たとえどんなに不安を感じていても。

しばらくして、車は〈ヘヴン・オブ・パインヘヴン〉のまえに停まった。ヴィレッジホールの隣にあるかわいらしい店先には、手描きの白い文字と、グラフィックアートのナイフとフォーク、それに微笑んでいる顔が描かれた緑色の看板が出ていた。〝ヘヴン・オブ・パインヘヴン：折々のケータリング〟と書かれている。

敷居をまたいだ瞬間、自分はいま至福の場所にいるのだと思った。香りだけでそれとわかる。ジンジャーブレッドの香り――バターの香りの下にシナモン、ジンジャー、ナツメグ、そしてベースにかすかなバニラの香り――だけではない。ほかにもことばにできない、郷愁と幸福と悲哀を同時に感じさせる材料の香りがした。食べ物の香りほど感情を――そして思い出を引き出せるものはない。エスター・レイノルズの厨房にはいったとたん、痛切にそれを感じた。

そこは緑色のタイル貼りの小さなロビーで、目のまえに白くて長いカウンターがあり、その上にはキャッシュレジスターと、料理の写真でいっぱいの分厚い見本帳がのっていた。見本帳を開いてページをめくりはじめながらも、わたしの目はカウンターの向こうの巨大な厨房に始終引き寄せられた。すべてステンレス製で、実に清潔だった。部屋の中央にある巨大なアイランドにたまらなく羨望を感じた――あれだけの作業スペースがあれば、さまざまな料理を準備するのがどんなに簡単か！　鍋、フライパン、ボウル類は、アイランドの下の多様な木の棚に収納されていた。この仕事を念頭に置いてデザインされた家具なのは明らかだ。目のまえの見本帳に戻り、〝ハイ・ティー〟と見出しのついたページまでめくった。食べ物が置かれた長い木のテーブルの写真の下に、さまざまなオプションメニューが書かれており、そのなかにはサンドライトマトとアスパラガスのマフィンや、スパイス・ブルーベリー・スコーン、プレッツェルブレッドにのせたオリーブとクリームチーズのサンドイッチ、キャラメリゼしたパイ生地のヘーゼルナッツプラリネ・ムースリーヌクリーム添えのようなものも……。

「あら！　いらっしゃい。ベルの音が聞こえたと思ったのよ。こんにちは、ブリット」エスター・レイノルズがわたしたちのまえに現れた。落ちついていて眼鏡をかけており、髪は白いが年老いた感じではない。彼女は温かな笑みを浮かべてブリットを抱擁した。そしてわたしを見た。「あなたがライラね。とても料理が上手だとブリットから聞いているわ」

「いえ――あの――そうありたいと思っています。いろんなイベントであなたの料理を楽しませてもらってます。どれもすばらしいです。なんだか畏れ多いわ――おたくはこの町いちばんのケータリング会社だもの」

彼女はわたしに微笑みかけた。「うれしいことを言ってくれるのね。自分の店には自信を持ってるわ。顧客は上得意が中心だしね。でも、最近は夫とわたしがメインシェフなの。娘のマリアンとその夫も手伝ってくれていたんだけど、すばらしい機会を得てフィラデルフィアに引っ越したのよ。息子たちは料理に興味がないし——マークはコンピューターの達人で、ルークは教師よ。それでこのありさまなの。わたしたちは引退を考えてる。フロリダやカリフォルニアに住むのはどんな感じか知るのもいいと思ってね」

「それか、経験があってたよりになる助っ人を見つけるのもいいかもよ。ライラみたいな」ブリットが言った。うれしいことに、本気でわたしを売りこもうとしてくれているらしい。

「まあ座りましょう」エスターが言った。

カウンターを抜けて、脇の部屋にはいると、白いリネンのテーブルクロスがかかり、繊細な磁器のティーカップが置かれたテーブルが用意されていた。ティーポットは五十年はまえのものに見え、淡いピンクのティーローズ模様が描かれている。「すてきだわ」わたしは言った。

「ありがとう。座って、座って。ジンジャーブレッドケーキと紅茶はご自由にどうぞ。わたしは食べながら話すのが好きなの。あなたたちは？」

「好きです」ブリットとわたし同時に答えた。エスターに勧められて、ジンジャーブレッドケーキをいただくと、たちまちわたしはうっとりする香りが約束したとおりの、すばらしい物を味わうことになった。

「何これ、すごい！」わたしは言った。「ひとつをのぞいてあとの材料は言い当てられると思います。ジンジャーでしょ、ナツメグに、バニラ、バター、シナモン——」

「クローブ」エスターがにっこりして言った。「それとモラセス。夫のジムの手作りアップルソースも少し。あとはアーモンドペースト」

「アーモンド！　それだわ！　わたしだったらここにアーモンドは合わせなかったでしょうけど、なんと言ったらいいか――すっごくおいしい」

しばらく無言で食べた。ブリットも小さなバラ柄の皿からケーキをつまみながら、同意のしるしにうなった。

「ほんとうにありがとう、エスター」ブリットが言った。「紅茶とケーキ――外で冷たい雨に降られたあとで、魂から温まるごちそうだわ」

「たしかに食べ物は魂を温めるわ」エスターは微笑んで言った。そして、わたしのほうを見た。「あなたはどんなものを作るのが好きなの、ライラ？」

わたしは畏怖の念に打たれて彼女を見つめた。そして、数日まえにブリットにしたように、秘密のビジネスについて話した。最初は少なかった顧客を広げていったこと。サービスの一環として顧客の秘密を守らなければならないこと。学校行事やビンゴ夕食会、ボーイスカウトの会合など、ニーズに合わせてさまざまな秘密の料理を開発してきたこと。

エスターは自分の紅茶に砂糖を入れてかき混ぜ、うなずいた。「考えたわね」彼女は言った。「とても革新的だわ。ニッチな顧客を見つけるなんて。でも、いつまでもクロゼットに隠れていたくはないでしょう。自分の名前を世に出したいわよね」

「はい、それが目標です」わたしは言った。「でも、わたしが何をしようと、顧客の多くはついてきてくれると思います。たいていはプライベートな時間に彼らのための料理を作っていますから——夜と週末に」

「ふむ」エスターはさらに何切れかケーキを切り、ブリットとわたしにひと切れずつ勧めた。わたしたちは受け取った。「試しに〈ヘヴン〉で働いてみたらどうかしら。それを双方のための試用期間にするの。ジムとわたしは引退したいのかしたくないのか、まだよくわからない。その一方で、このあたりの人に手伝ってもらえるなら、そんなに急いで店を閉めることを考えなくていいかもしれない」

「ぜひやりたいです！」口のなかはケーキでいっぱいだったが、がまんできずにわたしは言った。「エスター、やらせてください！　いつからはじめればいいですか？　それと、両親にやんわりと打ち明けるための時間を少しいただけますか？　両親は自分たちの不動産屋のオフィスでわたしが働くのを気に入っているんです。でも、わたしのためによろこんでくれると思います。ほんとです。その考えに慣れてしまえば」

エスターはうなずいた。「祝日にはかなり注文がはいるの。すぐに忙しくなるわよ。二週間以内にははじめてもらえる？」

「わかりました。いつがいいですか？　車を持ってるから、配達も手伝えますよ。あ、それと、犬を飼っていて、ミックっていうんですけど、配達のときはいつも警護役をしてくれてるんで、もしかまわなければ——」

彼女はくすっと笑った。「犬は好きよ。猫もね。そのドアを抜けて——」そう言って、テーブルの向こうの明るい赤に塗られたドアを指さす。「奥の住まいのほうにはいったら、まるで動物園なんだから。今は犬たちが吠えまくってないから驚いてるの。きっとお昼寝してるのね」

わたしはびっくりした。「ここに住んでるんですか?」

「そうよ。この建物は掘り出し物だったの。奥にクランダル・クリークを望める広い居住スペースがあるから。それに、たまたま売り手が早く手放したがっていたから、お手頃な価格だったの。売り手はサクラメントで仕事を見つけてね」

「まあ」わたしは言った。

「この建物の造りは見事だわ」ブリットが彫刻家の目であたりを見まわして言った。「あの奥のレンガの壁――ゴージャスよね!」

エスターはうなずいた。「たしかにわたしたちは幸運だったわ。いい場所を手に入れた。住まいとしても文句なしよ」

ティーパーティはさらにつづいたが、エスターが査定するような顔つきでわたしを見ているのに一度ならず気づいた。おそらくわたしも同じように彼女を、そしてこの環境を見ていたのだろう。わたしにとって、〈ヘヴン〉はその名のとおりの場所かもしれない。

得意げな顔のブリットに、両親の家で降ろしてもらった。ミックはドアロで待っていたが、母によると散歩をさせて水を飲ませたということだった。「ただいま、坊や」わたしは玄関ホールで彼の隣に座った。芳香用ポプリのボウルが、横でカボチャとスパイスの香りをさせている。

ミックはささくれた気分が落ちつくまで、しばらくわたしになでられていた。

「機嫌は直った？」金色の誠実な目に見とれながら尋ねた。

ミックは一分待ってから、がまんできずにうなずいた。

「いい子ね」わたしは彼を抱きしめて言った。

夕食のあいだ、椅子の下に座っているミックに、ときおりこっそりハンバーガーのかけらをやった。そのあと、みんなでテレビを見ているうちに、父も母も読書をしながら眠りこんでしまったので、ミックを呼んで二階のベッドに行った。忠実な犬の友人や、手編みのセーターや、約束された新しい仕事にもかかわらず、どういうわけか、自宅に殴り書きされたことばが、そして、チリコンカンがどこかおかしいと言ったアリス・ディクソンのことが、思い浮かんでしかたがなかった。

暗闇のなかに横たわり、灰色の雲の塊の上にある、青白い三日月を眺めた。現在が闇でかすんでいるというのに、どうして未来を追い求めることができるだろう？　いったいいつになったら犯人は見つかるのだろう？

17

翌日、仕事から帰る途中、セント・バーソロミュー教会に寄った。クリスマス・ブティック（クリスマスグッズなどを売るチャリティーイベント）のプランナーのひとりになった母が、教区秘書のエリン・ハートリーに届けなければならないものがあったからだ。「急いでこの封筒をエリンにわたしてくるわ」と言うと、母はせかせかと車から降りて姿を消した。父もわたしも十分は待たされることになるだろう。父の手がラジオのダイヤルに伸び、局さがしをはじめた。わたしは教会脇の芝地で花壇のまえにひざまずいているシュミット神父の様子をうかがった。

「ねえ、ママはエリンと話しこんでしばらく戻ってこないだろうから、シュミット神父と話をしてくるわ」わたしは言った。父がうむとうなると、わたしは車を降りて教区神父に近づいていった。神父はジーンズにノートルダム大学のスエットシャツ姿で、ガーデニング用手袋をはめ、紫色のキクのあいだに顔を出した雑草をせっせと抜いていた。十一月の初めだというのに、しぶといキクはまだ元気で、巧みに庭にはいりこんできた植物の侵入者も同様だった。

「こんにちは、ライラ」神父は言った。

「こんにちは、神父さま。神父さまのお仕事には際限がないですね」

「ええ、ほんとうに。もっとも、これは仕事というよりセラピーのようなものでね。ときどき地面に手を触れる必要があるんです。祈りのようなものですよ。そう思いませんか？」

これまでそんなことは考えたことがなかった。「すてきな表現のしかたですね」わたしはしゃがみこんで言った。「神父さま、わたし、アリス・ディクソンのことを考えていたんです」

彼は悲しげにうなずいた。「わたしたちみんながそうですよ。アリスは日々の祈りのなかにいます。アリスは神に身を委ね、今は神と共にいることでしょう」

「そうですね」そこで間を置いた。「よく考えるんです。生きていたころの彼女について、そして、だれが彼女に毒を盛ろうと思ったのかについて」

神父は顔を上げてわたしを見た。「鼻の上の眼鏡を上げてくれますか、ライラ？　両手が泥で汚れているもので」

言われたとおりにすると、彼は微笑んだ。「よし。これでちゃんとあなたを見ることができます。サイズが合うように眼鏡を調節しなければいけませんね」彼は正座をし、汚れた手を草でぬぐった。「ペットから聞きましたが、あなたはアリス殺害事件を捜査している刑事さんと親しいそうですね」

わたしはため息をついたが、わざわざ否定はしなかった。これがセント・バーソロミュー教会のうわさ製造機の威力だ。「教えてほしいんです、神父さま。アリスに害を与えようとする人に心当たりはありますか？」

彼は首を振った。「いいえ。わたしたちみんなが知っているとおり、アリスはつきあいやすい人ではありませんでした。まるでバラのようだった――上品で美しいが、手を触れるととげが刺さる。ええ、そうです、教会のコミュニティでもよく問題を引き起こしました。でも、敵を作ったとまでは言えません。アリスのことは知っていますね。彼女は……むずかしい人でした。多くの点で、少女のころのままでした。彼女とわたしはともにシカゴで生まれ育ったのですよ、知っていましたか？　カンバーランドとフォスターにほど近い、同じ通りで。神学校にはいったばかりのころ、アリスはまだ幼い少女でした。たしか小学一年生で、わたしは教区民の家を訪問するとき、そのブロックで走ったり遊んだりしている彼女を見かけたのを覚えています。当時でさえ、彼女はとても変わっていました。遊ぶとき、汚れるのをいやがったのです。乳母車に乗せた人形を連れていましたが、汚したくなかったので、乳母車の金属と人形のドレスのあいだに毛布を置いていました」

牧師は草でもう少し両手を拭くと、眼鏡をはずして前腕で目元をぬぐった。そこでようやく、涙を拭いているのだと気づいた。わたしはポケットに手を入れてティッシュペーパーをさがした。くしゃみの発作が起きたときのために、いつも持っているのだ。見つけたティッシュペーパーを神父にわたした。

彼はお礼を言って目をぬぐった。「アリスが神のもとにいるのはわかっていますが、悲しいと感じずにいるのはむずかしいですね。あんなふうに、末期（まつご）の儀式もなく、別れのことばも、おそらくは謝罪も言えずに死ぬのは……」彼は首を振った。

「だれかに謝罪したかったのかもしれないと思うんですか？」

彼はうなずいた。「友だちのために知りたいのですね。彼は答えを求めている。そうなんでしょう？」

「わたし自身が知りたいんです。ご存じかどうか知りませんが、神父さま、わたしは最近だれかにおどされました。バートが殺されたあとのことです。家に〝つぎはおまえだ〟と書かれたんです」

シュミット神父は目をまるくし、汚れた両手でわたしの手をつかんだ。そして、汚れのことを思い出し、手を放した。「すまない——土をつけてしまった」

「洗えば落ちます」

「ライラ、なんて恐ろしい！　どうしてこんなことに。あなたは恐怖と怒りを感じているにちがいない」

「恐怖も怒りも感じています」

彼はうなずいた。「それで、だれがアリス・ディクソンに腹を立てていたと思うか、知りたいのですね。答えは、だれもが、ですよ。女性たちの団体で高い地位にいる彼女に腹を立てていた女性たちもいました。そう、恨みのいくつかは、そういう単純なことなんです。それに、事実にしろ思いこみにしろ、馬鹿にされたと恨みを抱いている人たちもいました。さっきも言ったように、アリスはかわいげのない人だった。善人だったとも言えません。でも、彼女も感情のある女性だし、感情は傷つくこともあります。本人も昔から自分が人に好かれないことを知っていましたが、その理由が理解できないようでした。ほかの人が見るように は自分を見ることができないタイプの人だった。なぜ冷たいと思われるのかわからなかった。何度もわたしのところに来ては、『神父さま、どうしてみんなわたしのことが好きじゃないの？』と言って泣いていた」

「うそでしょ」

「ほんとうですよ。わたしはいっしょに座って、彼女に助言し、もっと他人の気持ちを思いやる努力をしてほしいと言った。彼女は努力しようとしたし、それはわたしもわかっています。でも、彼女の本性がじゃまをした。もともと思いやりのある人ではなかったのです。かわいそうなアリス。中身は子供だと思うことがよくありました」

わたしはうなずいた。「ほかに彼女に腹を立てていた人は、神父さま？」

「もちろん彼女のご主人です。ふたりの結婚生活は波乱つづきで、だいたいにおいて不幸でした。あのふたりの場合、離婚がもっとも健全なことだったのでしょう」

「神父さまがそんなことをおっしゃるとは思いませんでした」

彼は肩をすくめた。「むしろ心理学者のような気持ちで話していますよ。心理学は副専攻だったのでね。ハンクはさまざまな恨みを持っていたが、そのなかには極めて正当なものもあった。ですが、彼も完全無欠というわけではありません。結婚というのはほんとうに困難な挑戦です。二艘(そう)のボートを並んで漕ぐようなものですよ。嵐が来たら、並んだままでいるのはどれだけむずかしいことか。ボートは離れてしまうかもしれない」

儒者から答えを得ようとするようなものだったが、わたしはカート・シュミット神父の哲学的側面に感心した。「教会のご婦人がたはどうですか？　グランディ姉妹や、トリクシーや、テリーザや、お手伝いさんのミセス・ブリーンは？」

シュミット神父はにっこりした。「ブリーンさんはアリスをひどく嫌っていましたよ。どちらも仕切るのが好きな気の強い女性ですからね。どんなふうに反発し合ったか、想像できるでしょう。アリスが司祭館で何かを思い通りにしようとしたときはとくに」

わたしはくすっと笑った。そして言った。「なぜそんなことをするのかしら？　だって、みんな自分たちの生活があるでしょう？」

彼の目は思慮深かった。「いいえ、いつもそうとはかぎりません」

「はあ。では、ほかのご婦人がたは？」

彼はため息をついて、長い腕を伸ばした。「アリスはグランディ姉妹と奇妙な関係を築いていました。変わったやり方ではありますが、姉妹というものが、彼女たちの関係がうらやましかったのでしょう。アリスはひとりっ子でしたから」

「なるほど」

「でも、彼女たちを友だちとも思っていて、よくいっしょに作業をしていましたよ。けんかもせずに、だいたいは仲よくね。冗談を言うことも多かったし、アリスは気前よく姉妹に贈り物をしていました。アリスにはそういうところがあったんです。お金があって、いつでも気前がよかった。教会にも、貧しい人にも、友だちにも。彼女をけちだったと言う人はいないでしょう。あるときなど、先祖伝来の品だという美しい指輪をペットに贈りました。でもご存じのようにペットは——指輪をするようなタイプじゃない。ペットがどうしても指輪を身につけてくれないので、アリスは傷ついたと思いますよ」

「そのことでけんかになったんですか？」

「そういうわけではありません。アリスはどちらかというと氷のように冷たい人ですからね。氷河が融けるのを待つように、怒りが現れるのを待たなければなりませんでした」

「その冷たい怒りをぶつけられたことはありますか？」

「ええ、もちろん。しょっちゅうでした。でも彼女の思うようにはさせません。こう言うんです。『アリス、あなたが自分の感情を克服したあとでなら、よろこんで話をしますよ』そういう場合は、ひとりにして気をもませるのがいちばんでした」

わたしは彼をまじまじと見た。「そういう人たちにすっかり嫌気がさしたことはないんですか？　やっかいな性格や愚かさや浅はかさにうんざりしたことは？」

彼の表情は明るかった。「もちろんありますよ。それもしょっちゅうです。でも、ここに出て地面を手で掘りながら詩篇を暗唱していると、あらたな力がわいてくるのです」

「聖人みたいですね」わたしは責めるように言った。

彼は笑った。「いいえ、ちがいますよ。でも、善良であることがわたしの仕事なので、善良であるように努めています。少なくとも人前ではね。ブリーンさんにきいてみてください

──不機嫌なときもあれば、かんしゃくを起こすこともありますから」

冷静なシュミット神父がかんしゃくを起こしている姿を想像しようとした。無理だった。

「では、もし神父さまがアリスの死を調査しなければならないとしたら、最初にだれの話を聞きますか？　関係があるかもしれないと思う人はだれですか？」

彼はため息をついた。「正直を言うとね、ライラ、アリスが自分でやったのではないかという気もしているんですよ。ペットに侮辱されたと感じ、それを許せなかったアリスが、最後の意地悪として計画したのではないかとね。というのも、彼女は最後のことばで、ペットのチリコンカンがおかしいと指摘しています。ペットがどんなに自分のチリコンカンを自慢に思っているか知っていたのに」

「なんてこと」しゃがんだ状態の脚が引きつりはじめた。わたしは立ちあがって、その場で少しのあいだ体を揺らしながら、たった今シュミット神父が落とした爆弾を受け止めようとした。アリスがうつ気味で、自殺願望があったのだとしたら？　アリスが自分に毒を盛ったのだとしたら？　たしかに彼女はチリコンカンのそばに行けたし、状況全体を操作することができた。それでも──わたしは毒が効きはじめたときの彼女の顔を見ている。あれはアリスが世界一の女優だったか、純粋にパニックに陥っていたかのどちらかだ。

わたしは両手についた土をじっと見つめているシュミット神父を見おろした。

「でも、神父さま、それがほんとうなら、だれがバート・スピールマンを殺したんです？」

「わかりません。あれは無関係だったのかもしれない。模倣犯のしわざとか」

「この考えを警察に話しましたか？」

「いいえ。くわしくは話していません。アリスは不幸だったとほのめかしはしましたが」

「わたしが話してもかまいませんか？」

「もちろんいいですとも。みんな真実を知りたいのです。このところずっとそればかり考えています」

教区事務所から母が飛び出してくるのが見えた。母があまり歩かなくてもいいように、父は車を空いたばかりの場所に移動させた。「もう行かないと」わたしは言った。「話をしてくださってありがとうございます、神父さま」

シュミット神父はそのことばを受け入れてお辞儀をした。「どういたしまして、ライラ。気をつけるんですよ。あなたのために祈りつづけましょう」

わたしはが乗りこむと、父は車を縁石から離した。わたしはシュミット神父が花壇のなかにひざまずくのを見守った。目は閉じられているようだ。毎日どれだけの人たちのために祈るのだろう。彼のささやかな嘆願は運命の判定にどれだけ影響力を持っているのだろうか。

一週間後、母がうるさく心配するにもかかわらず、小さな家に戻った。十一月半ばの気候は氷のように冷たい空気とたまの暴風をもたらし、最後に残った葉を木々から吹き払った。車で通りを進むと、わたしの家のあるブロックからは色が奪われており、裸の木々が荒涼とした様子で迎えてくれた。

キャムとセラフィーナはわたしを家まで送り届けると言い張り、最初の晩はリビングルームにある、引き出すとベッドになるソファで寝るとも主張した（おそらく両親にそうしろと強要されたのだろう）。わたしの〝スペアルーム〟であるリビングにお客がいるときは、水兵のキャビンのように、ベッド部分はたいていしまいこまれているのだが、兄たちがいてくれてわたしはうれしかった。

ミックも戻ってこられてとてもうれしそうだった。暖炉のそばの自分のバスケットまでまっすぐ歩いていって、口でぴちゃぴちゃと音を立てると――満足のしるしだ――寝た。わたしも同じことをしたくてたまらなかったが、キャムとセラフィーナがいてはそうもいかなかった。ふたりは家じゅうをかぎまわり、壁の芸術作品や、廊下のラッグラグ（端切れ布を織ったり編んだりして作る敷物）、キッチンの隅にある貯蔵品の豊富なパントリーなど――さまざまなものについて意見を述べた。「なかなかいい家だな、ライ」キャムはセラフィーナに腕をまわして言った。

「すごく家庭的で」

「わたしも気に入ってる。おふたりさんは座ってて。わたしは夕食を作るから。何が食べたい？」

「仔牛肉で作るあれは？」キャムが言った。「トマトソースみたいなのがかかってて、パリパリしたトッピングの……」

「仔牛肉のパイ？」わたしはきいた。「必要な材料がないわ。ちょっと見てみる――」

「だめだめ」セラフィーナが言った。「イタリアンの出前を取りましょ――キャムのおごりでね。あなたは座ってリラックスしてなさい、ライラ」

セラフィーナがますます好きになってきた。座ってリラックス、なるほどもっともだ。わたしはよろこんでセラフィーナに主導権をゆずり、四十分後には彼女の希望どおりになった。みんなでパスタとワインをまえにして座り、わたしは新しい仕事の可能性について話した。

「料理するのがそんなに好きなの？」セラフィーナがきいた。「他人のためにしょっちゅう料理を作るのが？」

「ええ。ひとつの芸術よ。料理はわたしの表現手段なの」

キャムはセラフィーナの髪をなでた。「ライラには料理の才能があるんだ。昔からね。おれの誕生日にはライラがディナーを作ってくれて、おふくろがケーキを焼いてくれる」

セラフィーナはうなずいた。「いつかわたしの誕生日にもディナーを作ってくれるかしら。わたしは料理がすごく下手なの。イタリア人なんだからそんなはずはないと思われてるけど、好きなのは試験管のなかの成分を混ぜ合わせることだけ」

わたしたちは笑い、キャムは全員のグラスにワインを注ぎ足した。「みんなこのあと車を運転することになってなくてよかった」わたしは言った。

キャムはリビングルームの窓から外を見たが、暗闇しか見えなかった。「ライ、新しい居場所を警備の警官に伝えてないのか？」

わたしはワインをのどに詰まらせた。「いけない、忘れてた！　パーカーに電話するつもりだったのに」腕時計を見た。「七時か。まだいるかどうかわからないけど……」キッチンに走っていって、警察の番号をダイヤルした。退屈そうな通信係がパーカーはいると答え、「おつなぎします」と言った。

「パーカー」彼が出た。ぶっきらぼうで、心のこもらない声だ。

「あの――こんばんは、ジェイ。ライラよ」

「ライラ」声が明らかに温かくなった。「何も問題はない？」

「ええ――まあ。実は、もろもろ通常運転に戻ったみたいだから、家に戻ったの。わたしの小さな家に」

パーカーはため息をついた。「ライラ、ぼくに相談してほしかったな。警察に。やめるよう助言しただろう」

「あの、怒らないでね。でも、事件は永久に解決しないかもしれないし、わたしには自分の生活と仕事があるの」

「不動産屋の仕事のこと？」彼は困惑したように尋ねた。

「ええ、そうよ。毎日仕事に行かなくちゃならないし、両親の家はちょっと込み合ってるの。今は兄とそのガールフレンドがここにいて、今夜は泊まることになってるわ。だから大丈夫だと思う。でも、警察の人がまだ夜間の警備をしてくれてるのかわからなくて――」

彼の声はまたぶっきらぼうになった。「ぼくが伝える。だが、いつまで警備がつくかわからないぞ、ライラ。署長に許可をもらわないといけないし、彼は残業が好きじゃないんでね」

「大丈夫。戸締まりはきちんとするし、隣の家にはテリーとブリットがいるから。怖くなったらふたりに電話するわ」

短い沈黙があった。わたしはパーカーが考えていることをむなしく想像しようとした。ふたたび口を開いた彼の声には疲れがにじんでいた。「ライラ、だれかがきみを怖がらせるとか、そういうたぐいの危険じゃないんだ」

「わかってるわよ。でも、わたしにも生活があるの。まじめな話、いつまでもこんな状態ではいられないわ。自分の居場所と生活を取り戻すつもりだし、頭のおかしい毒殺魔にはそれで我慢してもらう。うちには大きくて勇敢な犬もいるしね」ミックを見ると、よだれをたらして眠っていた。「大きいのはまちがいないわ」

パーカーの背後で話し声が聞こえた。彼は抑えた声でその人たちに話しかけたあと、電話口に戻って言った。「もう切るよ、ライラ。いくつかのことが……起こってね。また連絡する」彼はさよならも言わずに電話を切った。

「うわー」わたしは座って受話器を持ったまま、しばらく電話を見ていた。別の部屋ではキャムとセラフィーナがイタリア語で会話をしており、それはわたしをうんざりさせるべきものなのに、奇妙なほど美しく感じられた。

キッチンの冷たいブルーのタイルを見つめて、あることに気づいた。パーカーとは絶対に兄たちのようにはなれないだろう。彼は厳格すぎるし、ピリピリしすぎるし、職業的すぎる。わたしだって、ひとつの案件でしかないのだろう。現時点では、あの堅苦しい態度とすがめた目つきの、刑事としてのパーカーしか想像できなかった。彼は女性を愛したことがあるのだろうか、それとも、単にそんな時間がないだけなのだろうか。もう少しでエリーに電話して、それとなく彼女の息子について尋ねたくなったが、わたしにもプライドはある。アンジェロにも電話したくなりかけた。彼に口説かれれば、女らしい気分になり、自分は求められていると感じられただろうから。

「ライラ？」キャムだった。イタリア語でいちゃつきを終え、部屋の角から顔をのぞかせている。「大丈夫か？」

わたしは目をぬぐった。「あーあ。大丈夫。長い一日だったってだけよ。パーカーに電話したら、いつまで警察の警護をつけられるかわからないって言われた。でもかまわないわ――わたしはここにいるから」

キャムの顔がまえに見たことのある顔つきに変わった。わたしが〝保護する兄の顔〟と呼ぶものに。彼がその顔をしたのは、子供のころ〝いたずらかお菓子か〟をやりに行って、どこかの家の獰猛(どうもう)な犬に吠えられたときと、十一歳のときに階段から落ちて腕を骨折したとき(ふたりで留守番をしていたときのことで、キャムは驚くほど冷静に救急車を呼び、わたしのそばに座って、痛みにうずいてもいない腕をさすってくれた)、そして、高校一年生のころ、退屈だと言われて最初のボーイフレンドにふられたときだ(キャムは翌日その男の子を殴ったが、わたしは四年後までそれを知らなかった)。

今やすっかり保護者の顔になった兄は、近づいてきてわたしを抱きしめた。「知ってるか？

すごく美しい夜だぞ。もう雨は降ってないし、明るい半月が出てる。散歩に出かけよう」

上着を着るように言われ、外に連れ出された。キャムとセラフィーナに両側から腕を取られ、ドライブウェイを歩くと、通りのニレの木の下に停まっている警察車両が見えた。キャムはその車の窓に近づいて、警官に何やら話しかけた。やがて、明るい表情で戻ってきた。

「すぐに戻ると言っておいたよ」彼は言った。

ディケンズ・ストリートを歩いてメイン・ストリートに向かった――夜のお出かけのとき、ミックといつもたどるルートだ。木々はブルーブラックの空を背景にしたシルエットとなり、落ち葉は原初的かつ詩的な暗い影となって、浮遊しながら地面に向かっていた。

セラフィーナはわたしに似ているという妹のアビアのことを話してくれた。アビアは二十四歳で、法律家になるために勉強していた。パオロという名の婚約者がいて、彼のプロポーズはものすごくロマンティックだったという。大学を卒業したあと、ふたりはソレントとアマルフィ海岸を旅した。「とてもすてきなところよ」セラフィーナは言った。「太陽の下のマルチカラーの石みたいに、色彩にあふれた街で、すぐそばで海が静かにため息をついているの」

「あなたって詩人なのね、フィーナ」わたしは彼女の短縮バージョンの呼び名を試しながら言った。

彼女はわたしの頰にキスをした。「あなたもあそこに行くべきよ、ライラ。日光を浴びて育つ女の子みたいだから」

「それで、彼はどんなふうにプロポーズしたの？」

「ああ、それね。いちばんいいところはこれからよ。ふたりはソレントからカプリ島に行って、そこから青の洞窟に向かったの。この名前は聞いたことある？」

「いいえ。でも壮麗な響きね」

「ええ、それはもう。写真では表現できないくらいにね。海の洞窟なんだけど、ボートでそこにはいると――恋人といっしょがいちばんよ――海底からのぼってくる光に照らされるの――その光は宝石のような、サファイアかエメラルドのような色をしている。あなたは別世界のような美しい光に包まれる。水に手を浸すと、水がきらめく」

わたしたちはメイン・ストリートをわたり、反対側の歩道を歩いて家に戻りはじめた。

「セラフィーナ、あなたトラベルエージェントになるべきよ。今の説明で泣きそうになったわ」

兄がわたしの腕をぎゅっとにぎった。

「悲しい気分だったからだよ。でも、たしかにセラフィーナは詩人だよな。おれはそこにやられたんだ」

「へえそう――そういうわけだったのね」わたしは皮肉っぽく言った。セラフィーナの笑い声が暗闇に響いた。

「とにかく、妹はパオロとボートに乗っている。ふたりは青い光に包まれる。すると彼は言う、きみはこれ以上ないほど美しい――女神像のようだ――だからもう情熱を抑えられない。

彼は指輪を見せる。青く輝いているけれど、ダイヤモンドの指輪。青い海に落ちて永遠に消えてしまうのを恐れて、箱から取り出すことはしない」

「じゃあ彼女はイエスと言ったのね？」

「ええ、もちろん。ふたりはとても幸せで、妹はこの話をしょっちゅうしてる。パオロはそういう人なの。家族全員が彼を受け入れたわ」

「彼も法律家なの？」

「いいえ――パオロは建築業者で、とても才能があるの。まさに職人ね。すごく才能のある子供たちに恵まれるでしょうね」

「それは……」

そこまで言って、わたしはまだ遠くのテリーとブリットの家から歩き去る人影に目を奪われた。通りには街灯の光しかなかったが、その人影に見覚えがあるとわかるだけの明るさはあった――その姿と動きから。それはペット・グランディに似ていた。

ペットはわたしを訪ねてきて、留守だと知ったのだろうか？　なんらかの理由でテリーの家にいたとか？　それとも、あれはペットではなかったの？

そのとき、別の考えが浮かんだ（ストラック）――文字どおり打ちのめされた（ストラック）わたしは、歩道に倒れそうになった。

「ほらほら、ライラ。つまずいたのか？」キャムがわたしを支えながらきいた。

「知ってる人を見たような気がしたの」頭は忙しく働いていた。わたしが出かけるのを待って、ペット・グランディがもう一度わたしの家に狼藉（ろうぜき）を働こうとしたのだとしたら？　罪を犯したのは実はペットだったとしたら？　ペットの頭がどうかしていたとしたら？　わたしはずっと彼女を誤解していたの？　そうでないなら、彼女の家の近所というわけでもないわたしの家のそばで――こんな夜中に――ペットは何をしているの？

テリーとブリットの家に着くころには、歩道は人通りもなく、警官はまだ持ち場についていた。歩きながら、わたしは自分の家を注意深く観察した――それとわかる塗料の跡も不快な殴り書きのことばもなかった。おそらく取り越し苦労だったのだろう。

家のなかにはいった。わたしはミックを裏庭に出してやり、キャムとフィーナはやけに陽気にリビングルームでベッドの支度をした。ベッドはとても心地よさそうだった。ふたりは『ボーン・アイデンティティ』がはじまったばかりのチャンネルを見つけた。たまたまそれはわたしのお気に入りの映画だった。

「いっしょに観ようよ、ライラ」官能的なガールフレンドとともに上掛けにくるまりながら、兄が言った。

「映画のあいだじゅういちゃいちゃしてるつもり？　もしそうなら、さっさと自分の部屋に行って、今日はもう休もうかしら」わたしは言った。

キャムは首を振った。「おれたちはティーンエイジャーじゃないんだぞ」と教師らしい顔つきで言う。

「それならいいわ。ポップコーンを作るわね」

『ボーン・アイデンティティ』を観るのはいつものように楽しかったが、被害妄想は収まらなかった。映画ではだれもがジェイソン・ボーンを追っていた。そして今、わたしはベッドに横たわって、明るい月の光に照らされた壁に影が映るたびに飛びあがっている。またペット・グランディのことを考えた。彼女が犯人だとしたら？　彼女がアリス・ディクソンに毒を盛り、ひょっとしてわたしに罪をなすりつけようとしていたのだとしたら？　わたしにチリコンカンを作らせたのも、手の込んだ殺人計画の一部だったのだとしたら？　でも、警察は彼女を疑っていないと言った。だから彼女は口をつぐんだままなのだ。

この理論は筋が通らない――なぜペットがわざわざわたしを巻きこむの？　もう一年以上、彼女のためにあのチリコンカンを作っている。それに、ペットとバート・スピールマンは職場が同じで、彼も毒を盛られた。ペットは人に毒を盛るような人だろうか？　人の命を奪えるようなところがあっただろうか？　バートを殺す正当な動機があったのだろうか？

やっぱりちがう気がする。二件の死をめぐるペットの悲しみは本物だったし、彼女がどんな仮面でもかぶれるタイプの社会病質者（ソシオパス）だとは思えない。

暗闇のなかでため息をついた。すぐそこに、わたしの目のまえにある気がする――この謎をたちどころに解く答えが。どうしてパーカーが生活のためにこんな仕事をしたいと思ったのか、想像できなかった。毒を盛ったのはだれだろう、うちのポーチに立って、きれいな白い木の羽目板におどしのメッセージを書いたのはだれだろう、と考えなければならないのはいやだった。わたしはろくな刑事になれないだろう。

ミックが枕の上で鼻をくんくんさせ、それはその日わたしが耳にした最後の音になった。

18

アンドリュースさんの夫で真の紳士であるアルフが、ランチをともにしようと〈パインヘヴン不動産〉に妻を迎えにきた。彼はいつも三つ揃えのスーツを着てシルクのネクタイをつけている。わたしはアルフが大好きで、彼がまだ若かった一九五〇年ごろにタイムスリップして出会い、恋に落ちることをたびたび空想した。一度アンドリュースさんの結婚写真を見たことがあるが、アルフはハンサムな青年だった。彼はいつも〝輝かしい〟や〝壮麗な〟といったことばを使い、だれにでも礼儀正しく接した。

わたしはアルフが、建物と完全に平行であることに満足するまで、一九九八年型のオールズモビルを百回ほども前後に動かして、オフィスの横に停めるのを見守った。一分後、彼は店内に現れ、まずは両親に、そしてわたしにあいさつしながら中央の通路を歩いてきた。アンドリュースさんは鼻に粉をはたきにいっていた。夫が迎えにくると、まるで初めてのデートであるかのように、いつも緊張しているふりをするのだ。

「こんにちは、ヤングレディ」アルフは言った。「熱心に働いているのかな、それともさっぱりかな？」わたしはデスクのうしろの掲示板に貼る付箋に、小さくローマ数字を書いた。これで四十八回目。アルフがこのジョークを言った回数だ。それでも、アルフは感じがいいので、わたしは言った。「ああ、いつものようにさっぱりよ」

アルフは笑った。彼はわたしがこれまで会った人たちのなかで、〝ホー、ホー〟と笑う数少ない人のひとりだった。「ホー、ホー！　なんておもしろい娘さんなんだ。しかも美人ときている」

「わたしと結婚してくれる？」彼に向かって目をぱちぱちさせながらきいた。

「おお、これは驚いた！　プロポーズされたぞ！　こんなうれしいことはないが、わたしには奥さんがいるんでね」

アンドリュースさんがライラックの香りの雲に乗って、弾むようにやってきた。髪はいつもの〈デイリークイーン〉のアイスクリームコーンのようなスタイルにかっちり固められている。「アルフ、車のなかで待っていてくれればよかったのに」彼女は言ったが、実はオフィスのなかまで迎えにきてもらうのが好きなのだ。

「ばかを言うんじゃないよ、スウィーティ」彼は妻の腕を取って、自分の腕の下にたくしこんだ。「どこにランチに行こうか？」

「〈メアリーズ・ダイナー〉はどうかしら？」彼女が言った。

ふたりはいつも〈メアリーズ・ダイナー〉に行くのだが、毎回それが新しい考えのようなふりをするのだった。結婚したらだれもが一種の健忘症になって、同じ幻想を抱き、同じ現実を無視することを選ぶのだろうか。

「今日は嵐雲みたいに暗いのね」母がわたしのデスクの縁にお尻を乗せて言った。「またアルフに熱を上げてるの？」

「ええ。でも、ちょっと落ちこんでるからでもあるの。どうしてだかわからない。睡眠もそれ以外のものもたっぷりとったのに」

母は六歳のときにしてくれたように、わたしの額から髪を払って手のひらを当てた。「少し顔が赤いわね」

「体はなんともないの」わたしは言った。「ちょっと気が塞いでるだけ」

「ライラ、わたしの赤ちゃん。事態はいずれ上向きになるわ。町でいろんな恐ろしいことが起こったから、まだ落ちこんでるのよ」

「そうね」

「いま頭のなかで鳴っている曲は何？」

わたしはしぶしぶ答えた。「〈オール・バイ・マイセルフ〉」

「あらまあ。ひとりの淋しさを歌った曲ね。夕食はうちで食べる？」

「明日でもいい？　今夜は新作料理に挑戦したいの。長いこと家のキッチンで作業してなかったし。買い物にも行かなきゃ。二日後に配達の注文がはいってるから」

「わかったわ。でも、警官が家の外にいなくなったら知らせてね。もし必要なら、パパとママが自腹で警備員を雇うから」

「きっと高いわよ、ママ」

「あなたに何か起きたら、ためておいたお金が慰めになる？」

「それについてはあとで話しましょう。ファイルしなくちゃならないものがあるの」

母が歩き去ったあとも、その心配そうな顔はわたしの頭から消えなかった。

帰宅後ミックと散歩に出たが、警察車両が見える範囲内にした。戻るとすべてのドアに施錠した。ｉＰｏｄの電源を入れ、お気に入りのプレイリストのひとつ、八〇年代から現代までの曲の寄せ集め――わたしにとってはテリーのジュークボックスのようなもの――を呼び出した。ドリー・パートンが悲しげな声で〈ジョリーン〉を歌いだす。魅力的な女性に恋人を奪われそうな女性の歌だ。グリマルディ刑事と彼女のしなやかな黒髪を思い出した。

わたしは大きめのボウルを出して、リンゴを刻みはじめた。犬の散歩をしながらテリーの家の大きなリンゴの木を通りすぎ、地面の上で甘く朽ちはじめた果物のにおいをかいだとき、アップルコブラー風キャセロールを思いついたのだ。まずは型の底に伝統的なビスケット生地を敷き詰めて、バターとブラウンシュガーを散らすのだが、そこにピーカンナッツとクランベリーの層を加え、濃厚な秋らしい風味の〈アンジェロズ・グルメ〉のシロップをひと振りすることにした。手だけが忙しく動いた。料理を作ってオーブンに入れたことも、ほとんど記憶になかった。考え事に没頭しているのに、何を考えているのかさえはっきりしなかった。ただそこに浮かんでいるだけのような気分だった。

そのとき、玄関ベルが鳴った。

わたしは飛びあがった。ミックが床の上で音を立てたが、吠えはしなかった。深呼吸をひとつして、玄関ホールに向かうと、ドアについている小さなダイヤ形の窓からパーカーの顔が見えた。

悪いニュースを持ってきたにちがいない。急に手が冷たい汗で湿り、ドアノブをつかんだ手が一度すべったが、なんとか回すことができた。

「こんばんは」わたしは言った。

「ライラ。ちょっとはいってもいいかな?」

青い目でじっと見つめられ、欲望の蛾が胃のなかで飛びまわった。「いいわよ」

暗黙の同意によって、わたしたちはキッチンに行き、パーカーは以前この家で夕食を楽しんだときと同じスツールに座った。「調子はどう?」

「ましになったわ」わたしはなんとか一瞬微笑んだ。「何の用で来たの?」

彼は疲れた表情で右の頬骨をさすった。「その、実はいいニュースだ。犯人を逮捕した」

「なんですって?」

「今日の午後、ハンク・ディクソンを逮捕したよ」

「うそ、ハンクが? ああ、かわいそうなタミー。彼の無実をあれほど信じていたのに――ていうか、わたしも信じてたわ。どうして彼が犯人だとわかったの?」

パーカーの顔が少しこわばった、「それは話せない。彼の家から証拠品が見つかったとしか」

「どんな証拠？　シアン化物？　なんだったの？」

パーカーは何も言わなかった。急に自分の靴に興味を持ったように下を見つめている。わたしは冷蔵庫にもたれた。「ハンク・ディクソン。信じられないわ。バート・スピールマンは殺されたと思う、と父に話したのは彼なのよ。バートが何を言おうとしていたのか、聞きたかったと。それってすごく変――」

パーカーはわたしの目を見なかった。「ともかく、これでほっとひと息つけるよ。警察がきみをエスコートするのもおしまいだ」

「そう。まあ――あなたがそう言うなら。じゃあわたしは元の生活に戻れるのね」突然日の光が射したように、その意味することがわかってきた。「安心したわ――ありがとう！」

わたしはまえに進み出て、自分からパーカーを抱きしめた。腕をまわしたとき、彼は座っていたが、急に立ちあがったので、わたしたちはさらに密着することになった。少しして、自分がやけに抱擁を長引かせていること、パーカーの首に鼻をうずめて男性的なにおいをかいでいることに気づいたが、パーカーもわたしの髪に鼻をうずめているので、気づかれてはいないだろう。

やがて、彼の両手がおさげを留めている髪留めの上で忙しく動き、わたしの髪が背中と肩に落ちると、パーカーは「ああ」と言った。見あげると、彼の顔が近づいてきた。おだやかなキスではなかった。パーカーは唇を強く押し当て、ときおり両手でほどいた髪の房をつかんだ。わたしは彼を押しやってスツールに座らせ、膝にまたがって両手を首に巻きつけると、魅力的な黒髪のなかにすべりこませた。

いつまでもキスをしていられただろうが、とうとう彼はわたしを押しやって——ほんの少しだけ——微笑みかけた。「ライラ。ここに来た最初の夜、きみとこうしたかった」

「わたしもよ」

「こうして事件が解決したから、ぼくは自由に——追求できる。やりたいことを」彼の笑顔はめったに見られないものだったので、できるかぎり堪能したかった。咲いている花をできるだけ長く保存したいと思うように。

彼の顔が一瞬真顔になり、突然わたしは気づいた。会話を少しさかのぼってみる。「事件がほんとうに解決したとは思っていないのね」

彼はため息をついた。

「ハンクがやったとは思ってないのね！」

「それを言うわけには——」

「もう、かんべんしてよ！　彼が無実だと思うなら、どうして逮捕したの？」

「ぼくが逮捕したわけじゃない」彼はそれを明かしてしまったことさえ後悔しているようだった。

他人の不幸をよろこぶ気持ちが生まれた。「ああ、わかったわ。グリマルディが逮捕したのね」

「証拠を見つけたのは彼女だ。逮捕する義務があった」

「彼女はどうして証拠があるとわかったの？　特殊な場合をのぞいて捜査令状が必要なんじゃないの？　たれこみがあったなんて言わないでよ」

「ライラ、それについてはこれ以上話せないんだ」

「じゃあハンクは、はめられたと言いたいの？」

青い目から熱っぽい視線を放ったあと、パーカーはわたしを引き寄せ、またキスをした。驚きながらも、わたしはふたたびうっとりと彼にもたれ、彼とのキスはなんてしっくりくるのだろうと思った。もう何年もキスしつづけてきたかのように。今度はわたしのほうから体を離し、にらむふりをした。「わたしを黙らせるためにキスしたのね」

「うまくいっただろ。ほんとにキスしたかったというのもあるけど」

一瞬互いに顔を見合わせた。ふたりの顔がしだいに近づいていく。そのとき、パーカーがあたりに漂っているにおいに気づいた。

「作ってたものができたみたいだよ」パーカーは言った。「焦がさないほうがいい」

「あっ、いっけない！」わたしは叫び、ぎこちなく彼の膝からおりて、オーブンミットに突進した。仮に〝ハーベスト・アップル・ベイク〟と呼んでいる料理を、オーブンから慎重に取り出した。

「すばらしいにおいだ」パーカーは背後から近づいてきて言った。

「よかったら味見をしてくれる？　新しいレシピなの」振り向いてひどく空腹そうな顔を見ると、急に気の毒になった。「この事件を担当していたあいだ、ちゃんと食べてたの？」

パーカーは肩をすくめた。「ちゃんとしたものは何年も食べていないような気がするよ」

わたしはため息をついた。「座って」スツールに彼を押し戻し、ふたりでにやりとする。すでにふたりともスツールに懐かしさを感じているのだ。わたしはカウンターに行って、きつね色のアップル・キャセロールを皿に取った。「一分冷ますわね。熱々のリンゴで舌にやけどしてほしくないから」

「そうだね。舌は無事なままにしておかないと」パーカーはまじめな顔で言った。

「ええ、そうよ」彼に微笑みかけると、キッチンの実際の光源さながら、青い目が光ったような気がした。「ああ、ジェイ、そのあなたの目」

「ぼくがここに来た夜のことを覚えてる？　壁に落書きをされた夜だ――きみはあの衣装を着ていた」

「ええ。キャットウーマンね」

「あの衣装――あれがずっと頭から離れなくてね、ライラ。あれは――セクシーだった」

「やあね」

パーカーは満足げな笑みを浮かべて、両肘で朝食用のカウンターにもたれた。すると、〈アンジェロズ・グルメ〉のシロップのボトルがぶつかって倒れた。それを手にしてラベルを読んだ彼はけわしい顔になった。「こいつか。この名前がしょっちゅう頭に浮かぶんだ。きみの名前といっしょに浮かんでほしくはないんだけど」

「彼とはもう別れたのよ。どうして問題なの？」

「わからない」彼は眉をひそめてボトルを置いた。

わたしはバニラアイスクリームをすくってアップル・キャセロールの上にのせ、ボウルを差し出した。「アンジェロのところの食材はおいしいし、彼のグルメ食材シリーズはお金を出しただけの価値があるわ。これを食べてみて」

彼はひと口食べてぐるりと目をまわした。「たしかにうまい」

「うまいなんてもんじゃないでしょ?」

「きみの才能だよ、彼の食材のせいじゃなくて。でも、料理がうまいからきみとつきあいたいわけじゃない。ときどきぼくのために料理をしてほしいとは思ってるけどね。料理ができない淋しい独身男だから」

わたしは彼ににじり寄った。「わたしとつきあいたいの、パーカー?」

彼はほとんど食べ終えていた。がつがつと四口ほどで平らげたことになる。「そうだよ」彼は言った。最後のひと口を食べ終え、皿を置くと、わたしを引き寄せた。今度のキスはリンゴとシナモンの味がした。

わたしは唇を重ねながら「うーん」と声をあげ、彼は小さくうなった。わたしはわずかに唇を離して言った。「あなたとつきあってるのかって、みんなにきかれるの。あなたのことはほとんど知らないと答えたわ。どうしてみんなこうなるって知ってたのかしら」

「たぶん、ぼくがきみを見る様子で気づいたんだよ」パーカーは言った。「きみが気づかなかったなんて驚きだな」

「あなたはいつも怒ってるみたいだったんだもの。あとは、文句を言うか、いらいらしてるか」

彼は笑った。「きみは挑発する名人だからね」

「もっと挑発的にもなれるわよ」わたしがそう言うと、彼はさらにキスをした。

あることに思い至って身を引いた。背中はパーカーの両腕にロックされたままだったが。

「ねえ、ハンクは無罪よ。正直、わたしはそう願ってる。でも、警備の警官は正式に任を解かれることになるのよね？」

パーカーはうなずいた。「ああ。今夜の真夜中をもって任務終了だ」

「そう」

今度はやさしくキスすると、彼は立ちあがった。「だからぼくは行かなきゃならない」

「なんですって？　どうして？」

「うちに帰って仮眠をとる必要があるから。きみの警護が真夜中に終わったら、新しい担当者が任務につくことになる。ぼくだ」

「どういうこと？　あなたが車で外から見張るつもり？」

「ああ」

今度はわたしが彼に両腕をまわす番だった。「家のなかで警護すればいいじゃない。ソファベッドがあるわ」

彼は驚いて眉を上げた。そして首を振った。「ことを急ぎたくないんだ」

「だれがそんなこと――」

「きみのことじゃない、ぼくのことを言ってるんだ。きみが相手だと自制心を失いかねない」

それを聞いてわたしは声をあげて笑った。「ほんとに？　わたしをからかってるのね、パーカー。昨日わたしは自分に言い聞かせたのよ、あなたとのあいだにこんなことは絶対に起こらないって。あなたはあまりにも冷たくてよそよそしかったから」

パーカーはいつものいかめしい顔をしたが、皮肉っぽい笑みも加えられていた。

「どちらも誤解だよ」

「でもそう感じたんだもの」

「殺人事件の捜査中だったんだよ、ライラ。今もまだそうかもしれないけど」

彼はまたセクシーでいかめしい刑事モードになった。

わたしは彼の右手を取ってキスをした。「じゃあ、食べ物を持ち帰り用にしてあげる」

19

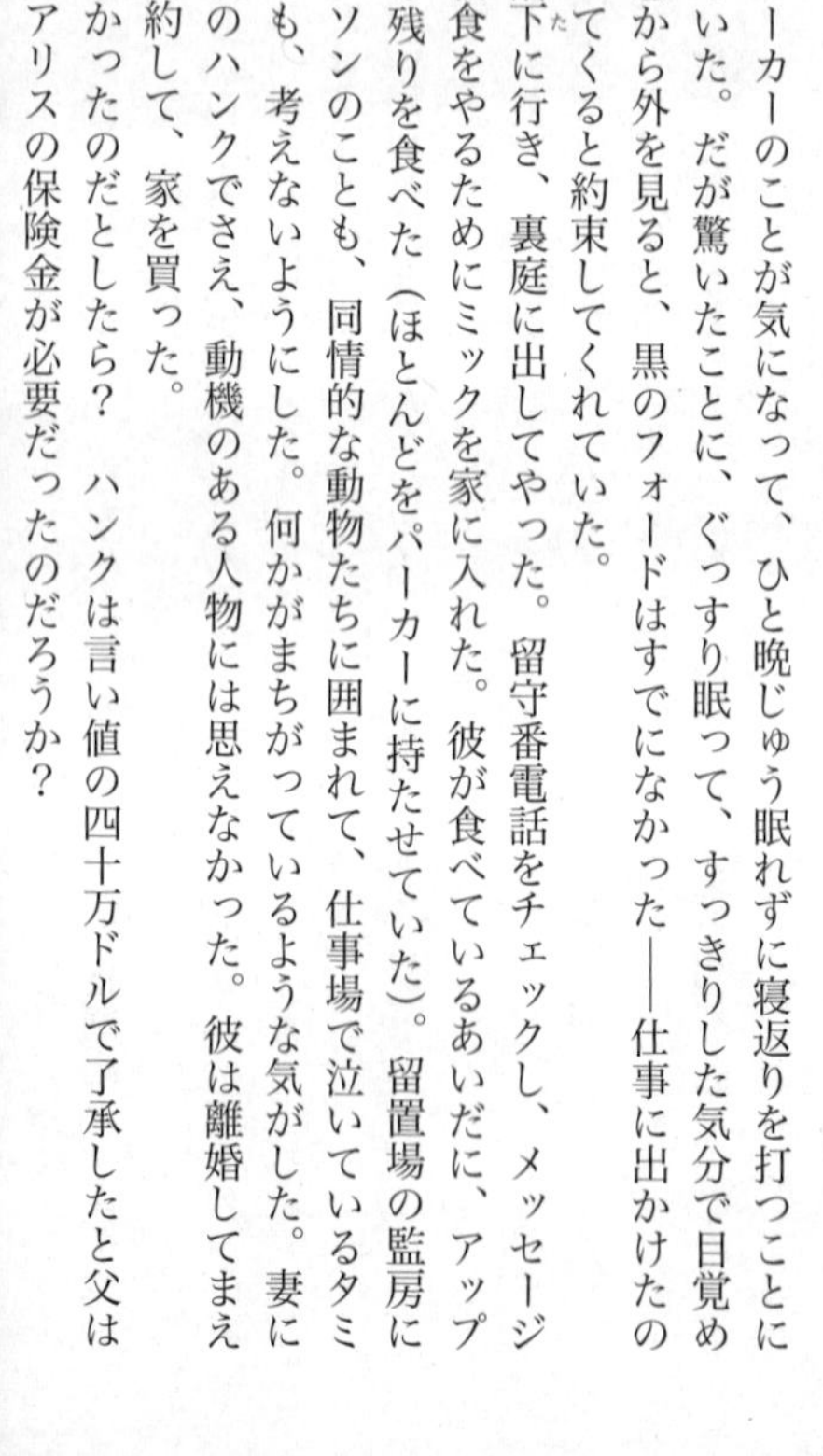

車のなかにいるパーカーのことが気になって、ひと晩じゅう眠れずに寝返りを打つことになるだろうと思っていた。だが驚いたことに、ぐっすり眠って、すっきりした気分で目覚めた。土曜日の朝、窓から外を見ると、黒のフォードはすでになかった——仕事に出かけたのだろう。だが、戻ってくると約束してくれていた。

ミックを連れて階下に行き、裏庭に出してやった。留守番電話をチェックし、メッセージはなかったので、朝食をやるためにミックを家に入れた。彼が食べているあいだに、アップル・キャセロールの残りを食べた（ほとんどをパーカーに持たせていた）。留置場の監房にいるハンク・ディクソンのことも、同情的な動物たちに囲まれて、仕事場で泣いているタミー・トレントのことも、考えないようにした。何かがまちがっているような気がした。妻に腹を立てていた元夫のハンクでさえ、動機のある人物には思えなかった。彼は離婚してまえに進み、タミーと婚約して、家を買った。

お金は別に必要なかったのだとしたら？　ハンクは言い値の四十万ドルで了承したと父は言った。そのためにアリスの保険金が必要だったのだろうか？

　シンクに皿洗い用の水をためながら、それについて考えた。ちがう。お金が動機というのも、報道番組の『デイトライン』で取りあげられる話題みたいでできすぎ感がある。

　でも、ハンクがやっていないとしたら、ほかにだれが動機を持っているのか？　もちろん、タミーだ。そしてペット・グランディ。マイク・サリヴァンも？

　ハンク・ディクソンの家に証拠があったとパーカーは言っていた。それがわざと置かれたものなら、だれのしわざだったのか？

　賢そうな表情で冷蔵庫のまえに座っているミックを見た。「ミック、ハンク・ディクソンの家にはいって証拠を置いてこられたのはだれ？　もちろんタミーよね、鍵を持ってたんだから」

　ミックはうなずいた。

「サリヴァン家はすぐ近くだし、これまでにハンクが家のなかの用事をたのむために、夫婦のどちらかに鍵をわたした可能性はある。家が近いことを見落とすわけにはいかないし、ディクソン家とサリヴァン家のつながりのこともある。マイク・サリヴァンがだれにも知られたくないと思っているつながり」

　ボウルを洗い、洗剤の泡を見つめながら、それについて考えた。マイク・サリヴァンにはたしかに大きな動機があった。なんとしてでも結婚生活を維持しなければならないという動機が。だが、彼が人を殺すだろうか？　そばかすのある、人当たりのいいマイクが？　芝生の上で彼と話をしたとき、その顔に表れていたのは後悔の念だけだった。それとも、わたしの読みちがいだろうか？　なんといっても、わたしは気まずいほどはっきりするまで、アンジェロの裏切りに気づかなかったし、パーカーに引き寄せられてキスされるまで、彼がわたしを好きだと気づかなかったのだから。

わたしは手にしたボウルを見て微笑んだ。美しいボウルで、セラフィーナが話してくれた洞窟のような青色をしている。パーカーとあの洞窟に行けるだろうか。息をのむような光景が頭に浮かんだ。ふたりで空色の海に浮かぶボートに乗り、パーカーが真っ白なシャツから日焼けした腕を露出し、温かな手をわたしの手に預けて、光がサファイアやエメラルドのようにきらめく洞窟にはいっていく。

そこでため息をついた。「ああ、ミック。重症だわ。でも、どうしてあなたを置いていい人とイタリアになんて行ける？　だれかにあなたの世話をたのまなきゃならないけど、あなたは特別だからだれでもいいというわけには――」

ボウルが手から落ちて割れた。「ああ、なんてこと」わたしは言った。ミックがじりじりと近づいてきた。「たいへん」犬の散歩代行だ。犬の散歩を代行する人間ならハンクの家にはいることができた――シェルビーがそうしていたように。ハンクは彼女に鍵をわたしていたのだろう。でも、シェルビーはなんて言ってた？　ほかの生徒たちやミス・グランディと交代でやっていると。

足がゴムになったようにたよりなく感じながら電話に向かい、ペットの番号をダイヤルした。呼び出し音が二回鳴ったあと、ペットの明るい声が聞こえた。「もしもし？」

「ペット、ライラよ」自分でも声が変だと思ったが、ペットは気づいていないようだった。

「あら、ライラ！　うららかな土曜の朝になんの用かしら？」ハンクの逮捕のことは知らないようだ。たぶん、だれも知らないのだろう。まだ新聞にも出ていないし、ニュースにもなっていないのだ。それで彼女は明るいのかも？

「ペット、わたし、春に旅行を計画してて、犬を見てくれる人をさがしてるの。高校のあのグループの責任者はあなた？」

わたしは息を詰めて待った。

ペットは笑った。「いいえ、それは妹よ。彼女は動物好きで、わたしでもかなわないくらいなの。あのクラブに多くの時間をささげてるし、子供たちは彼女から多くのことを学んでるわ」

「どっちの妹さん？」

「ハーモニアよ。うちのドッグ・ウィスパラー。待ってて、呼んでくるから」

「いいえ、いいの――機会があれば直接話すわ。もう仕事に行かなくちゃ――ありがとう、ペット」

何かきかれるまえに電話を切った。キッチンの隅の朝食用カウンターに座ると、ミックがわたしの両手のあいだに大きな頭をすべりこませてきた。犬をなでながら考えた。ハーモニアもハンク・ディクソンの家にはいることができた。でも、ハーモニアに動機はあったのかしら？　ちょっと考えられない。だいたい、どうやってシアン化物を手に入れるの？　もともと持っていたか、仕事を通じて手に入れられる人なら、とセラフィーナは言っていた――あ、そうだ。ミックの正直そうな顔をのぞきこむ。アリス・ディクソンがからかうネタにしていたハーモニアのボーイフレンドは、〈ライト・エイド〉薬局の薬剤師だ。薬剤師。警察はもうこのつながりを調べたのだろうか？

でも、まずは動機だ。どうしてハーモニアがペットのチリコンカンに毒を入れたがるのだろう？　姉を陥れたかったのだろうか？　それともアリスと彼女にまつわるすべての脅威を排除することで、ペットを守りたかったの？　幸福な家族の形を維持しようとしていたの？　三人姉妹とプラトニックな関係の神父の友人という家族の形を？　みんなですごす楽しい幸福な夕べが、嫉妬深い女性によって危機にさらされたから？　ホームレスにシェルターを提供したとき、ハーモニアはわたしになんと言った？　〝すべてがあるべき状態に戻ってよかったわ〟悲劇が起こるまえの状態を言っているのかと思っていた。でも、そうではなかったのかもしれない――アリスがすべてをぶち壊すまえの状態、ということなのでは？

あるいは、動物の権利に関することだったのだろうか？　シェルビーとジェイクがアポロのことでアリス・ディクソンと口論になったとき、ハーモニアはその場にいて聞いていたのかもしれない。そして――「ああ、うそでしょ」わたしはミックに言った。ミックは今やほんとうに心配そうな顔をしていた。

グランディ家の壁に飾られた写真のなかで、ハーモニアは反対側に橇を引きずっていこうとしていた。ハーモニアはがんこな妹で、反逆者だった。末っ子でもあった――甘やかされ、愛されていた。別の写真では、小さな黒い犬を抱いていたが、あの家に犬がいる形跡はなかった。

もう一度電話を手にした。今度はシェルビーにかけた。女性が出て「もしもし？」と言った。

「レイチェル？　ライラ・ドレイクよ。シェルビーはいるかしら？」

「ええ、まだ寝てるわ。信じられないでしょ。最近の十代の子ときたら——」

「ええ、わかるわ」わたしはさえぎって言った。「あの、教えてもらえるかしら——シェルビーに聞いたんだけど、以前小さな犬がアリス・ディクソンにかみついて、アリスがその犬の殺処分を求めたので、よそにやらなくちゃならなかったそうね」

「ああ、ハーモニア・グランディの犬のこと？　タイタンね？　おかしな名前よね、小さなミニチュア・シュナウザーだったのに。そう、シェルビーはその話にすっかり興奮してたわ。ハーモニアはときどき不当にあつかわれる動物の話をして、子供たちの怒りをかき立てていたんじゃないかしら」

「ふうん。そうね、それならティーンエイジャーの正義の怒りに訴えることになるものね。知りたいことはわかったわ——ありがとう」

「いいのよ、ライラ。楽しい週末をね」

「あなたも」わたしは電話を切った。犯人はハーモニアだ。いや、もしかしたらちがうのかもしれない。突然、あらゆる状況がハーモニアを指したのは、そうなるような質問ばかりしていたからかもしれない。でも、ちがうという気がした。シャワーを浴び終えるまで待ってから、まだその気持ちが変わらないか判断することにした。鏡を見ると、目のなかに疑惑が映っていた。キッチンに戻ってジェイ・パーカーの番号をダイヤルした。

「パーカー」彼が出た。

「ジェイ」

「やあ、きみか。よく眠れた？」彼の声はやわらかくセクシーで、一瞬わたしは頭のなかに居座っている爆弾告発から気をそらされた。

「最高よ、少なくとも恋愛に関しては。新しいボーイフレンドができたから」

「へえ？　いいやつかい？」

「すばらしい人よ。すごくハンサムでセクシーなの」

「ふうん」

「ジェイ」

「なんだい？　何かあった？」

「ハーモニアだと思う」

「なんだって？　何がハーモニアだと思うの？　グランディ姉妹のひとりだよね？」

「彼女だと思うの。アリス・ディクソンを殺したのは。バートを殺したのは。ハンクの家に証拠を仕込んだのも。ハンクの犬を散歩させてるから家の鍵を持ってるのよ。そのことは知ってた？」

「いいや」彼がキーボードを打つ音が聞こえた――いま言ったことをパソコンに打ちこんでいるのだろう。「それで?」

「以前、ハーモニアの小型犬がアリス・ディクソンにかみついたことがあるの。アリスは激怒して、犬を殺すよう要求した。ハーモニアはどうにかして犬を町から逃れさせ、アリスが脅迫をつづけられないようにした」

「そんな話は知らな――」

「ハーモニアは動物の権利にものすごくこだわってるみたい。それに、アリスが死んだ夜、ハーモニアはアリスが夫の犬を無声化しようとしていることを知ったの」

「何をするって?」

「声帯を取って、吠えることができないようにすることよ」

パーカーはさらにすばやく打ちこんだ。

「それにアリスは、シュミット神父のことを管区に報告して、移動させてやるとおどしていたのよ。グランディ姉妹はシュミット神父が大好きで――彼は姉妹にとってやさしいおじのような存在なの――週末はいつもいっしょに楽しくすごしていた。アリスは彼女たちに嫉妬した。うわさによるとアリスは、自分が傷ついたり嫉妬したりすると、人を傷つけようとするらしいの」

「どうしてきみは――」

「アリス・ディクソンはあからさまにハーモニアを侮辱した。ボーイフレンドを持つには歳をとりすぎているを言ってね。ハーモニアがアリスを憎んでいたのだとしたら、その憎しみは長い時間をかけて育てられたはずよ。それに、ハーモニアのボーイフレンドは薬剤師なの。〈ライト・エイド〉薬局の。警察が調べたのかどうか知らないけど――」

「くそっ、気づかなかった！」パーカーは憤った。

「ねえ、あなたは働きすぎて倒れてもおかしくない状態なのよ。もしかしたら、それを見ていたのに、今日まで気づかなかったのかもしれない。わたしが気づいたのもお皿を洗ってるときで――あっ！」わたしは電話口で叫んだ。

「どうした？　ライラ？」

裏口にハーモニア・グランディが立って、ドアに穿たれたガラス窓越しに微笑みかけていた。彼女は姉たちがそばにいないと、いつもとまったくちがって見えた。どういうわけか、いつもより大きく、強そうだ。個性が感じられた。笑顔の下の目に決意が見えた。わたしは指を一本立てて、すぐに行くと知らせると、唇を読まれないようにドアに背中を向けて言った。「ハーモニアがドアのまえにいる。うちのドアのまえにいるのよ、ジェイ」

「落ちつくんだ。彼女を入れるな。言い訳を考えて。すぐに行く」彼が電話を切る音がした。わたしはひとりだ。こっちはもう気づいているというのに、ハーモニアはしつこく窓をたたきつづけている。怖かった。

ドアに移動してガラス越しに声をかけた。「こんにちは、ハーモニア。ちょうど出かけるところなの――あとで連絡するわ」パントリーのドアのフックから上着を取って見せた。

「ちょっとでいいのよ」ハーモニアは笑顔のままで言った。

両手が震えた。「ちょっとでもだめなの。犬の具合が悪くて、ドクター・トレントのところに連れていくのよ。いま電話で話してたのは彼女なの。だから」ミックのリードをつかんで彼に装着した。「時間が取れなくて悪いけど、犬が死にそうなのよ」

勝手に口から出てくるうそのつじつまを合わせることもできなかった。殺人者を目のまえにして、恐怖のために口がうまくまわらない。ミックがいかにも健康そうで心からの笑みをハーモニアに向けていることも、どうでもよかった。

ハーモニアの笑みが消えたが、彼女は窓のまえから動かなかった。「あなたと話をしなくちゃならないのよ、ライラ」彼女の声は防風用補助窓のガラスのせいでくぐもっていた。

すると、彼女の横に別の顔が現れた。エリーだ。うそでしょ。親しい友人のエリー・パーカーだった。彼女の息子は目下わたしたちを救出するためにここに急行中だ。

「こんにちは、ライラ」エリーはそう言ってわたしに手を振ると、並んで裏口のポーチに立っているハーモニアに礼儀正しく自己紹介をした。エリーの到着が最悪のタイミングなのか最高のタイミングなのか、わたしには判断できなかった。

「ライラ、わたしたち、入れてもらってもいいかしら？」窓越しに不思議そうな視線を送ってきながらエリーが言った。

「エリー、うちの犬の具合が悪いの。いっしょに動物病院に行ってくれる？　玄関で会いましょう。じゃあまたね、ハーモニア」

エリーの顔に驚きが浮かび、やがてそれは理解に変わった。彼女といっしょにポーチに立っている女性を、わたしが家に入れたくないと思っていることに気づいたのだ。エリーがわかったと目で知らせてきたとき、ハーモニアの大きな手が彼女の首にまわされた。エリーは驚いて目を見開き、関節炎の手を上げて、ハーモニアの力に抵抗した。

「なかに入れなさい、さもないとこの人の首を絞めるわよ」ハーモニアは言った。ああ、あのシャベルみたいなハーモニアの手ときたら！　遺伝と巨体の父親のせいだ。

ドアを開けて網戸を押すと、ハーモニアはエリーを突いて家のなかに入れた。わたしはドアを閉めたが錠はかけずにおいた。エリーはあえぎながらシンクに行き、グラスに水を入れて飲みながら、まんまるな目でわたしを見た。

「ハーモニア、警察にはもう電話したわ」わたしは言った。「あなたがしたこととその理由を話したの。警察はここに向かってる」

ハーモニアの顔は青く、その目は計算していた。「信じないわ」彼女は言った。「口から出まかせよ。わたしがここに来るとは思ってもいなかったんだから。こっちだってそのつもりはなかったのよ、あなたがペットに電話しなければ。なぜあんなことをきいたの？　わたしが動物保護クラブの責任者かどうかなんて、そもそもどうして気にするの？」

話をつづけさせていれば、恐ろしいことは起こらないだろう。パーカーが来て、ハーモニアに銃を向け、家から連れ出してくれるだろう。

「あなたがときどきハンク・ディクソンの犬を散歩させていると、シェルビーに聞いたからよ。つまり、あなたは彼の家にはいって、逮捕につながるような証拠を置いてくることができた」

エリーは息をのみ、またごくりと水を飲んだ。ミックがわたしに近づいた。

「わたしが知りたいのは、なぜあなたがうちの壁に落書きをしたかよ。どうしておどしたりしたの？　わたしはあなたの敵じゃないわ、ハーモニア。これまで一度だって」

彼女は何も言わなかった。

「あれはあなただったんでしょ？　修道士の扮装をしてたのは？　あの夜あなたがその衣装を着ていたかどうか、警察にききこみをしてもらって確認することだってできるのよ」

ハーモニアは驚いたようだ。「だれかがわたしを見たの？　こっちは人っ子ひとり見なかったのに」

「とても賢い子が、闇のなかであなたの塗料のにおいにたまたま気づいたのよ」

彼女は肩をすくめた。「あれはたいしたことじゃないわ。ただの嫉妬よ。あなたはペットと長い時間をすごしていたし、姉は実の妹たちといるよりあなたといるほうが好きみたいだった。わたしはあなたを怖がらせたかっただけ。ただのお遊びよ。そんなに大騒ぎする必要はないわ」

エリーとわたしは顔を見合わせた。大騒ぎするべきことに関して、明らかにハーモニアは普通の人と感覚がちがう。

「それと、このあいだの夜のあれはあなただったんでしょ？　暗闇のなか、わたしの家のそばでこそこそ動きまわっていたのは？」

「なんのこと？」彼女はほんとうに驚いたような顔をした。とはいえ、わたしは人の表情を読むのが下手だ。

「いいわ。ハロウィンのときはわたしを怖がらせたかったのね。アリス・ディクソンのことも怖がらせたかったの？」

ハーモニアはすばやく部屋のなかを見まわした。そして、ポケットから小さな袋を出し、コンロに近づいた。やかんを取って水を入れ、火にかけた。「お茶を飲みましょう」彼女は言った。

わたしは一瞬黙りこみ、困惑気味にエリーと視線を交わした。「どうしてアリスだったの、ハーモニア？」

彼女はため息をついた。「死ぬはずじゃなかったのよ。具合が悪くなるだけのはずだったの。とっても悪くね。インターネットで調べたら、そう書いてあったんだもの。殺すほど入れたなんて思わなかった」彼女はまた肩をすくめた。使用量が正しければ、殺人罪が洗い清められるかのように。「アリスの具合が悪くなれば、いやがらせもやむと思ったの。そしてバートは――かわいそうな人ね――真実に近づきすぎた。ペットが話してくれたわ。正直、人に毒を盛るのはむずかしくないの。すっごく簡単よ」

「それで、ハンク・ディクソンの家にシアン化物を置いて、匿名で警察に電話すれば、何もかもうまい具合に運ぶと考えたのね？」

ハーモニアはくすくす笑い、わたしは不意に恐怖が駆け抜けるのを感じた。「うまくいったでしょ？　警察はまっすぐハンクの家に行って、彼は刑務所行き」

「無実の人を刑務所送りにして平気なの？」

彼女は後悔している顔で首を振った。「それが今はジレンマなの。ハンクのことは好きよ——彼はみんなに好かれてる。いい人だし、いい教区民だわ。でも、わたしはどうしても刑務所に行きたくないんだもの。さあ、みんなで紅茶を飲んで、じっくり話し合いましょ」

彼女はエリーとわたしに微笑みかけた。わたしは微妙に焦点の合っていないその目を見て、ハーモニアが正気ではないことに気づいた。つまり、理屈を説いても無駄だ。わたしはエリーに注意するようにと視線で知らせてから言った。「いいわね。わたしのお茶はお砂糖ふたつでお願い」

ハーモニアはうなずいた。「ふたりともそこのカウンターに座って。わたしが給仕するから」

彼女は持ってきた小さな袋を持ちあげて、わたしのシュガーボウルのそばに置いた。そして、引き出しを開けはじめた。「ティースプーンはどこ？　ああ、あったわ」彼女はハミングしながら作業をした。きれいな歌声で、それが状況をさらにシュールなものにしていた。エリーは目をまるくしてそれを見つめ、わたしと同じ結論に達したらしい。この女性がわたしたちの目のまえで毒を盛ることができると考え、人を殺すまえに鼻歌を聞かせているとは、にわかには信じられなかった。

「そうね、わたしのにもお砂糖を入れてちょうだい」エリーが言った。

「まかせて」ハーモニアはカウンターで忙しく手を動かしながら言った。マグカップとティーバッグを見つけて、それらをすべて並べ、お湯を注ぐ準備をしている。「もうすぐできるわ。それで、なんの話をしていたんだったかしら?」

わたしがことばを発するまえに、エリーがまえに動いて、水のグラスをハーモニアの側頭部に打ちつけた。ガラスが割れ、エリーの手とハーモニアの耳が切れた。ハーモニアは悲鳴をあげ、側頭部をつかんだ。血が床にしたたった。

「殺してやる!」ハーモニアは叫んだ。「ふたりとも殺してやるんだから! 警察にはあなたたちふたりが殺し合ったと言うわ!」

そう言ってエリーに飛びかかり、ふたりはつかみ合いをはじめた。わたしは体を低くして飛びかかり、ハーモニアの脚を引っ張って、エリーから引き離そうとしたあと、ハーモニアの上に乗って両手を押さえつけようとしたが、そのまえに目を殴られた。

「痛っ!」わたしは叫んだ。「ミック、助けて、ここよ!」

ミックは狼のように威嚇しながら前進してくると、鋭い犬歯をハーモニアの首の片側に当てた。ハーモニアが動かなくなったところをみると、歯に圧力をかけたにちがいなかった。

つぎの瞬間、パーカーが飛びこんできて、床の上のハーモニアを見つけると、ミックを首に食いつかせたまま、ミックのリードを使って彼女の両手を背中で縛った。エリーは血のついた手に蛇口から水を流しており、わたしはあざのできた目を冷やしていた。

「ご婦人たち」つねに礼儀正しいパーカーは言った。

ハーモニアを連行するために警官がたくさんやってきたが、そのなかにはほっとした様子のグリマルディ刑事もいた。おそらく彼女も、ハンク・ディクソンの逮捕はあまりにもできすぎていると思っていたのだろう。テリーとブリットが現れて、ドライブウェイが警察車両だらけなのを見て青くなり、困惑している様子なので、わたしは無事だと安心させた。ふたりは保護者のようにわたしの家のまえに立って、警察の質問に答え、そのあとはレポーターたちの相手もしてくれた。そしてようやく、みんな帰っていった。

パーカーは残った。母親の手に包帯を巻き終えて、今はわたしの目を調べていた。目のまわりは微妙な黄色に変わっていた。「かわいそうに」彼はそう言って、眉にキスをした。

エリーが驚きの声をあげたかと思うと、「やったわ！」と言った。

わたしは彼女の勝ち誇ったような表情を見て笑った。「今日あなたが来たとき、わたしたちのことを報告していたと思うわ、殺人女がうちのポーチに立ってじゃまをしなかったら」

「まあ、うれしい知らせだこと」エリーは得意げな顔で言った。

パーカーは腹を立てているようだ。「そうさ、母さん、ぼくたちをくっつけようっていう母さんのあからさまな筋書きは、望んだとおりの結末を迎えたわけだ」

わたしは彼をまじまじと見たあと、エリーに目を移した。「そうだったの？　わたしたちをはめたのね！　わたしに配達させるよう手配してから、同じ時間にジェイに来るようにたのんだ――そして自分は消えたのね！　もう、エリー、かんべんしてよ！」

彼女は少しも反省の色を見せずに微笑んだ。「あなたたちがお似合いのカップルになることはわかっていたのよ。わたしは正しかったわ。お礼はけっこうよ」

わたしは笑ってパーカーに抱きつこうとしたが、彼は身を引いてドアのほうに向かった。こちらに背を向けてそこに立ち、外を見ている。「配達ってなんのこと？　きみは母の家を掃除してると言ったよね」

エリーは鼻を鳴らした。「ジェイコブ・エリソン・パーカー、刑事の帽子は脱いだらどう？　自分のガールフレンドを尋問してどうするの？　あなたは気づいてないのかもしれないけど、彼女は今日殺されかかったのよ。あなたの母親もね！」

振り向いたジェイの顔は無表情だった。「ぼくにうそをついたのか、ライラ？　きみは何を……」彼はキッチンを見まわしてから、ぴしゃりと頭を打った。「そうだよな。ぼくはばかだよ。きみは料理を作った。配達をした。でもぼくには言えなかった、なぜなら――」

エリーが鼻を鳴らした。「わたしに口止めされていたからよ。ライラは、家族に……いいところを見せたい人たちのために、おいしい料理を作るという仕事をしていて、とてもはやっているのよ。わたしはあなたにもあなたの兄弟たちにも、もう料理ができなくなったと思われたくなかったの。以前のようにはできないとね。鍋は大きくて重いし、包丁仕事は手間がかかる。料理は体に堪えるのよ」

ジェイの顔につらそうな表情が浮かび、ついで後悔の色が見えた。「ごめん、母さん。その秘密はだれにも明かさないよ。ぼくは母さんの料理が好きだし、ライラの料理も好きだ。トムとエリックが知ることはない」

エリーは洟をすすった。「ライラは魔法使いよ。彼女を手に入れることができて、あなたは幸運よ」

「わかってる」

「聞いて」わたしは言った。「もうあなたにうそはつかないわ。でも、守りたかったのは、わたしじゃなくて、あなたのお母さんの秘密だったの。わたしのビジネスは口の堅さで成り立ってるのよ、ジェイ。だからすごくつらかった、あなたにきかれるたびに話してしまいたくなった――」

「何を話すんだ？」

彼の目が細くなった。すべてを台無しにしてしまうかもしれないのはわかっていたが、いま言ってしまうほうがいい、もっと深く愛するようになってからよりも……。

「ペット・グランディのためにチリコンカンを作ったのはわたしなの。アリス・ディクソンが食べたあのチリコンカンを」

「きみが作ったのか？」パーカーの目が大きくなり、顔が赤くなった。あごの筋肉が引き締まる。

「ああ、はじまった」エリーが言った。

「わかってるよね、ライラ、その情報が重要かどうかを決めるのはきみの仕事じゃなかった。

きみの料理を食べて女性がひとり死んでいるときに、〝口の堅さ〟にこだわるべきじゃなかったんだ！　それなのにきみはぼくのまえでうそをついた、何度も繰り返し！　警察にうそをつく人たちをどんなに嫌っているか、話したあとでさえ。きみはそれでもその情報を明かさずにいた」

「そのときにはもう遅すぎたのよ――あなたに嫌われただろうから」

「なぜそれが問題だったんだ？」

「あなたが好きだったからよ」わたしは言った。

パーカーは目をまるくして首を振った。「これはきみとぼくの問題じゃない。死んだ女性と、何が正義かということについての問題なんだ」

「ジェイ、何を言ってるか、自分でわかってるの？　聖人ぶるんじゃないわよ」エリーがきびしい声で言った。「このがんこ者。放っておいてあげなさい。どうしてそんなにライラにきつく当たるの？」

彼の目はわたしの目を見ていた。「彼女は正直な人だと思っていたからだよ。それが彼女のいちばん好きなところだった」

「ジェイ」目がうるむのを苦々しく思いながら、わたしは言った。「なんと言えばいいかわからないわ」

「もう行くよ。提出しなくちゃならない報告書があるんだ」彼はドアを開けて外に出た。わたしは人生で二度目の失恋をした。

「わたしは男性を引き止めておけないみたいね」わたしは軽い調子で言った。エリーのほうを向いてわっと泣きだすと、温かい腕のなかに抱き寄せられた。

「ハニー、あの子はすねてるだけよ。不当だと感じたことを乗り越えるには、いつもしばらく時間がかかるの。どうか時間をやってちょうだい。あの子は——正直であることにこだわりがあるのよ」

「わたしは不正直な人間じゃないわ」エリーの耳もとで泣きじゃくりながら、わたしは言った。

「泣かないで、スイートハート。すべてうまくいくから。あなたたちはお似合いのカップルだと思うって言わなかった？」

足元でミックがかすかな音をたてた。見えなくても、うなずいているのがわかった。

20

　翌朝、セラフィーナをふくむ家族全員がわが家のせまいキッチンに押しかけて、わたしに朝食を給仕した。キャムは予備の椅子を二脚引っ張ってきて、わたしたちは朝食用コーナーをはさんで向かい合った。わたしの目が赤くなってむくんでいること、その片方は腫れてあざになっていることを無視するという仕事を、全員が見事にこなしている。

「聞いてくれ」と言って、キャムが《パインヘヴン・ガゼット》を読んだ。「グランディは地元民ライラ・ドレイクさんの家を訪れておどしていたところ、最後には追い詰められ、逮捕された。『ミズ・ドレイクは逮捕に貢献し、ハーモニア・グランディの怪しい行動を警察に知らせただけでなく、誤って逮捕された男性の汚名をそそいだ』とパインヘヴン警察のジェイコブ・パーカー警部補は話している。『きわめて緊張を要する状況で、ライラ・ドレイクさんが勇敢にふるまったことは、いくら強調してもたりません』」

　キャムは誇らしげにわたしを見た。「聞いただろ！　今に町じゅうの人がこの英雄的な女性のことを知りたがるぞ。それに、ジェイ・パーカーはものすごくおまえを褒めているようじゃないか」

わたしは肩をすくめ、皿の上の卵をもてあましていた。片方の目の端から、母が心配そうな顔を父に向けているのが見えた。「立場上そうしなきゃならないのよ。ほかにどうすればいいっていうの？　わたしにむかついていると町じゅうの人に話すわけにはいかないでしょ？」

母が立ちあがって言った。「セラフィーナ、洗い物を手伝ってくれる？　それとダン、あなたは床掃除でもしたら？」母は父にも言った。「ライラ、あなたはお兄ちゃんとリビングに行ってゆっくりしなさい」

おいでなすったか、とわたしは思った。キャムがいつも、たいていは笑わせることで、落ちこんだ状態からわたしを立ち直らせることができるのを、両親は知っていた。兄はほとんど独力でわたしにアンジェロ・ショックを乗り越えさせたので、母は今度も彼にその重責を押しつけたのだ。

キャムはわたしの椅子のところに来ると、引っ張りあげるようにしてわたしを立たせた。

「行くぞ、ライ。テレビで何をやってるか、見てみよう」

「キャム、こんなことしなくていいのよ。わたしには時間が必要なだけなんだから」

リビングルームに行くと、ソファに押しやられた。わたしは抵抗せずに倒れこんだ。

「いいや、するよ。しなきゃならないんだ。テリーとブリットが言ってたよ、ゆうべおまえに会いにきたけど、おまえが繰り返しかける〈魅惑の宵〉がうるさくて、気づいてもらえなかったって」

「すごくいい歌よ。わたしが高校時代、『南太平洋』に出たのを覚えてる？　ネリー・フォーブッシュを演じたの」

キャムは微笑んだ。「覚えてるよ、ライ。上手だった。それに、あれはすごくロマンティックな歌だ」

わたしはため息をついた。「あれは、運命の人を見つけたら、手放しちゃいけないという歌よ。まさにそういう気分なの。彼は運命の人だった」

「運命の人はひとりじゃない」彼は声を荒らげて言った。「彼がおまえを気に入らないなら、おまえはまえに進めばいい」

「ほんとに？　じゃあセラフィーナと別れたあと先に進める？」

彼は負けたというように肩を落とした。「わかったよ。でもライラ、あいつはおまえにきびしすぎた。おまえは神経がすり減った状態だったんだぞ。目のまえで殺された女性を見たんだから。おまえの判断がまずかったとしても、理解してくれていいはずだ」

わたしはため息をついた。「キャム、わたしがアンジェロと別れたときのこと、覚えてる？　わたしがなんて言ったか？」

「あいつはくそったれ？」

涙まじりの笑いがもれた。「うそをつく人はもう信じられないと言ったのよ。浮気相手のことでうそをつかれたから、ほんとうのことを言われてもほんとうかどうかわからなくなるだろうって。それがパーカーの感じていることなのよ」

「それは同じじゃないよ。おまえは別の男と寝てないし、寝てないとパーカーに言ったわけじゃない」

「ええ。でも、わたしが言いたいのはね、彼とほんとうにしっくりくるのは、わたしも正直さを大切にしているからなの。わたしは正直な人間よ、キャム。でも今は警察にうそをつき、人生はすばらしいと思わせてくれた人にもうそをついた」

「それで、これからどうするつもりだ？　ミュージカルナンバーを聴いて泣くのか？」

「そうよ」

「ライラ」

わたしは何も言わなかった。クッションを抱きしめて、キャムが出ていってくれるよう念じた。

「ライラ」目のまえにキャムの顔が現れた。朝食のにおいが感じられるほどすぐ近くに。

「彼に電話しろ」

「いやよ」

「どうしてだよ？」

「言うことは何もないもの。わたしはうそをついた。彼はそれを知ってる。そういうこと」

「あなたが恋しいと言えばいい」

「そうね。でも言っても無駄よ。もし彼がわたしを求めていたなら、ここにいるはずだもの」

キャムはわたしの目のあざに指でそっと触れた。「かわいそうに。おまえは先月もこれを乗り越えた。でも、気づいているか？　今ではもうすんだことだ」

「ええ。今ではもうすんだことよ」わたしは暗く言った。

キャムはため息をついた。「ライラ、彼に電話しろ、でなきゃおれがする」

わたしはまた笑った。「なんて言うつもり？　妹はきみが好きだったから妹の家に来てくれ？」

兄は心を決めたようだった。「きみのせいで妹は夜どおし泣いていると言うよ。おれがきみをたたきのめす気になるまえに、妹をなんとかしたほうがいいとね」

「それならよさそう」わたしはおどけて言った。

キャムは階段のほうを指し示した。「彼に電話しろよ、ライラ。冗談で言ってるんじゃない」

「わかったわよ」わたしは階段に向かってロフトにあがり、慎重にドアを閉めた。そして携帯電話をつかみ、深呼吸をひとつして、パーカーの自宅の番号にかけた。ボイスメールにつながったので、心からほっとした。彼のぶっきらぼうなことばのあと、発信音が鳴った。

「こんにちは、ジェイ。これだけは言っておきたくて――あなたを失望させてごめんなさい。それと、あなたが恋しい。あなたのために料理ができなくて淋しい。そのうち夜にでもぶらりとうちに来たくなったら、また手料理をごちそうさせて――もしかしたらやり直せるかもしれないわ。あなたにどう思われてるかはわかってる。わたしも同じ信条をめぐってある人と別れたから。でもわたしはうそつきじゃないし、あなたがとても好きと言うときは真実を言ってるし、あなたがすることはとても立派だと思ってる。とにかく、電話するのはこれが最後よ。もう困らせることはないから心配しないで。ただ――それじゃ……さよなら、ジェイ」

電話を切ってｉＰｏｄの電源を入れた。ロッサノ・ブラッツィが〈そばにいたのに〉を歌っていた。ミックがドアを引っかいていたので、入れてやった。いつもなら自分のバスケットで眠るのに、ベッドのわたしの横に飛び乗った。「こんなことをするには歳をとりすぎたわ、ミック。これじゃ恋の病にかかったティーンエイジャーみたい」

ミックはうなずき、ロッサノは手にはいりかけていた美しい愛について甘く歌った。

一時間ほどして階下におりると、家族はいなくなっていた。キャムがみんなを説得して、わたしをひとりにしてくれたのだろう。

母がサンドイッチを作って、ラップをかけておいてくれた。母からの小さなメモがあり、あとで電話してほしいこと、わたしを自慢に思っていることが書かれていた。

わたしは微笑んでサンドイッチのラップをはがした。おいしかった――ライ麦パンにハムとスイスチーズをはさんだサンドイッチだった。ポテトチップスの袋を開けて、ダイエットコークをつかみ、食べ物をカウンターに運んだ。電話が鳴ったとき、わたしは飛びあがり、ポテトチップスが飛び散った。ミックが親切にもそれらを吸いあげてくれた。

三度目の呼び出し音で電話に出て、ためらいがちに「もしもし」と言った。

「こんにちは、ライラ。ペットよ」

「ああ、ペット。ほんとうにお気の毒に。わたしをひどい人間だと思っているでしょうね」

「あなたを？　何を言ってるの？　妹はあなたを殺そうとしたのよ。わたし、あなたに電話して、ハーモニアのことを――家族全員のことを謝って、許してもらうために、勇気を奮い起こそうとしてたんだから」

「ペット――泣かないで」

「わたしたちが気づくべきだったわ。わかってやるべきだった。でも、わたしたちに何ができたの？　あの子は家族の一員だった。きっと近くにいすぎたのね。警察に言われたの――あの子には治療が必要だって。偏執病的な妄想にとらわれているって」

「まあ。つらいわね、ペット」

「でも、助けてもらえるってことでしょ、遠くの刑務所に送られるんじゃなくて。よくわからないけど。わたしにわかるのは、あの子が人を殺したってこと――わたしが好きだった、ふたりの善良な人たちを――そしてあなたを殺そうとしたこと。それを乗り越えることはできないわ――あなたがわたしの友だちと知りながら、殺そうとしたのよ。そして今、わたしたちの友情を永遠に台無しにしてしまった！」

「ペット、あなたはまだわたしの友だちよ。きっとこれから何年も、あなたとわたしはいっしょにチリコンカンを作ることになるわ。そうでしょ？」

「そう言ってくれて、ほんとにうれしいわ、ライラ。なんていい人なのかしら。ほんとうにいい人だわ、だからあなたと友だちでいられてとてもうれしいの」

「わたしもよ、ペット。ハーモニアのことは残念だと思ってる。家族にとってはつらいことでしょうね」

「シュミット神父がついてるわ。ずっと力になってくれてるの。ハーモニアがどこに行くことになっても、個人教誨師（きょうかいし）として訪問できるだろうって言ってくれてるし。それでずいぶんなぐさめになったわ、あの子は神父さまのことが大好きだから。あの子が自分のしたことを償う手助けをしてくれるでしょう――罪を認め、反省する手助けを」

「それはよかったわね。ペット、ちょっとききたいんだけど、このまえの夜、うちの近くを歩いてるあなたを見たような気がしたの。あれはあなただったの？」

「ああ。ええ、そうよ。あなたと話をするつもりだったんだけど、家の外に警察車両が停まってるのを見て、怖じ気づいちゃったの。なんであれ警察に疑われたくなかったから」

「なんの用だったの？」

「いま言うとおかしいんだけど、料理のレパートリーを広げて、新しいものを作ったらどうかと思ったの。チリコンカンはいつだって好評よ。でも、ほかのものも作れることをみんなに知ってもらいたいのよ。といっても、わたしはまったく何も作れないんだけどね」

わたしは笑った。そしてペットも笑った。わたしたちの笑いは少なくとも三種類の安堵によるものだった。

「近いうちに話し合いましょう、ペット。その新しいレシピをいっしょに考えるの」

「さよなら、ライラ。ありがとう。そしてごめんなさい」ペット・グランディは言った。

電話を切って、留守番表示が点滅しているのを見た。ペットと話しているあいだ、別の電話がかかってきた音は聞こえていたのだが、それに出て彼女との通話を打ち切りたくはなかったのだ。ボタンを押すと、パーカーの声が聞こえてきた。

「ライラ、今きみの留守電を聞いた。ありがとう。電話をもらえてよかったよ。きみが元気で、今日は目のあざも少しはよくなっているといいんだが。これだけは言わせてほしい――ぼくもきみが恋しいよ。このあいだの夜、きみの家のキッチンで――ぼくたちが結んだ絆は本物だ。でも、少し時間がほしいんだ。自分のなかでいろいろなことを整理するために。きみにそれを理解してほしい。ぼくのなかにはどうしても理解できない部分があるんだ――あもう、今までで最悪のメッセージだな。とにかく、招待してくれてありがとう。体に気をつけて」

そこで切れていた。

わたしはそれを八回聞いた。そして、十代のように時間を無為にすごすことにだんだん飽きてきた。

「ミック、散歩に行きましょう」わたしは言った。

一週間たってもパーカーから連絡はなかった。今後連絡があるとも思っていなかった。わたしは日常業務を再開した。昼間は不動産屋で働き、夜と週末は秘密の顧客に料理を配達する日々。すべては申し分なく、わたしも元気でやっていた。人生は以前ほど美しく思えなくなったが、それが人間関係の現実というものだ。

夜には相変わらず、失った愛について歌うロッサノ・ブラッツィの歌声を、雑音だらけの録音で聴いていた。ああいう歌を彼のように歌った人はいない。高校時代、熱意のある若い女優として『南太平洋』にはまっていたとき、哀愁のあるロッサノ・ブラッツィと元気なミッツィ・ゲイナー主演の映画のサウンドトラックを繰り返し聴いた。フランス人の役を演じていても、ブラッツィは明らかにイタリア人だった。CDを聴いているうちに、わたしはブラッツィの声に恋をし、それが恋愛の判断基準となった。それでおそらくアンジェロに魅せられたのだろう――イタリア訛りと端整なルックスのせいで、彼は若返ってわたしと恋愛できる現代のブラッツィとなった。アンジェロは生身の人間で、欠点がある一方、ブラッツィはわたしのロマンティックな情熱のための創作だったことをのぞけば。

今わたしは雨に濡れた十一月の通りを、ミックと歩いていた。裸の木々や悲しい灰色の空にもかかわらず、十一月にはどこか美しいところがある。人生の厳粛さを思わせ、その荒涼としたところは、丸裸になった木と同じくらい達成感があり、俳句と同じくらい率直だ。わたしは二十七歳で、恋愛運はからきしだが、温かい家族と、それなりの才能と、あと何十年も生きられそうな健康な体に恵まれている。そろそろ自分で人生を管理しなければ。わたしは歩きながらミックにそう話し、彼は同意してくれたようだった。

ディケンズ・ストリートと愛するわが家に戻るころには、ふたりともご機嫌だった。頭のなかでは、父のお気に入りのビートルズの曲のひとつである〈ブラックバード〉が流れていた。わたしはこの曲が好きだった。とくに折れた翼で飛ぼうとする部分が。

リードをはずして水を注いでやると、ミックは暖炉のそばのバスケットに向かった。

電話が鳴った。電話に出て「もしもし」と言うと、エスター・レイノルズの耳に快い親しげな声に迎えられた。彼女の背後からは、話し声のどよめきや、カトラリーがカチャカチャ鳴る音が聞こえている。忙しい厨房の音だ。

「こんにちは、ライラ・ドレイク！　約束どおり、祝日の混沌のさなかに電話したわよ。新聞であなたの記事を読んで、いろんなことが落ち着くまで、あと数日時間をあげたほうがいいと思ったの。でも今は、厨房で何をするべきかわかっている人がどうしても必要なのよ。そこで質問。まだ興味はある？　もしあるなら、すぐにも来てもらいたいんだけど」

わたしはキッチンテーブルに座ってあたりを見まわした。すべてがきちんとしていて完璧だ。ここはわたしの城だった。キッチンはわたしが心から自信を感じられる場所だった。末長くこの仕事ができたら幸せだ。「電話をもらえてうれしいわ」わたしは言った。裏庭の木が風にそよぎ、わたしに向かって枝を震わせた。

「それで、あなたの返事は？」

「興味ですか？　あります」わたしは言った。「明日の朝うかがうわ」

部屋の奥のミックを見ると、彼はうなずいた。

ペットのチリコンカン
(ライラ・ドレイク考案による)

【材料】

■使用する〈アンジェロズ・グルメ〉製品

〈アンジェロズ・グルメ〉のトマトソース……1缶(224グラム)
〈アンジェロズ・グルメ〉のさいの目切りトマト……1缶(448グラム)
〈アンジェロズ・グルメ〉のオーガニック・ピーナッツバター…1/2カップ
〈アンジェロズ・グルメ〉のチリソース……大さじ2
カボチャのピューレ……1缶(420グラム)

■その他の材料

タマネギ……1個(さいの目切り)
ピーマン……1個(刻む)
牛赤身ひき肉……約1・1キロ
クミン…小さじ1
チリパウダー……小さじ2
生のオレガノ……小さじ1
ハンガリー・パプリカ……小さじ2
ダークレッド・キドニービーンズ……1缶(448グラム)
ライトレッド・キドニービーンズ……1缶(448グラム)

※米国のカップの1カップは約240cc

【作り方】

1 ダッチオーブンに本物のバター大さじ1（分量外）を入れて温め、とけたらさいの目切りにしたタマネギと刻んだピーマンを加える。香りを楽しみながら、野菜がやわらかくなるまで炒める。

2 牛ひき肉を加え、切るようにして、ばらばらになるまで炒める。茶色く色づいたら、ターキーベイスター（スポイト状の調理器具）で余分な油を取り除く。これで肉の油がさらに控えられる。

3 残りの液状の材料を注ぎ入れる。乾燥した材料を上から振りかけ、よくかき混ぜる。すばらしい香りがあたりに広がるはず。長く火にかけるほど、香りが強くなる。少なくとも30分煮込んだら出来あがり。

【給仕のアイディア】

トッピングをボウルに入れてテーブルに置くと、好みに応じて自分で加えることができる。トッピングのアイディアは以下のとおり。

・チェダーチーズ
・サワークリーム
・さいの目切りにした生のタマネギ
・薄くスライスしたライム
・さいの目切りにしたトマト
・アボカド
・ベーコンビッツ
・コーンブレッドのクルトン

ライラの〝千客万来〟スコーン
（テリーとブリットのために作ったもの）

【材料】
小麦粉……３カップ
グラニュー糖……1/2カップ
ベーキングパウダー……小さじ5
ベーキングソーダ（重曹）……小さじ1/4
シナモン……小さじ1/4
塩……小さじ1/2
バター……3/4カップ
卵……1個
牛乳……1カップ
バニラエクストラクト……小さじ1

【作り方】

1 オーブンを200度に予熱しておく。天板に軽く油（分量外）を引く。（ライラのひと口メモ：バターの包み紙は箱か袋に入れて冷蔵庫に入れておき、天板に油を塗るとき、それを出して天板の上にすべらせると、手を汚さずに簡単に油が引けて便利！）

2 粉類をすべて混ぜ合わせ、やわらかくしたバターを少しずつ加える。

3 卵、牛乳、バニラエクストラクトを混ぜ入れる。硬めの生地になるまで混ぜる。

4 小麦粉を振ったまな板の上に出してやさしくこね、1.5センチぐらいの厚さになるまで伸ばす。

5 8等分して好きな形にし、油を塗った天板に置く。予熱したオーブンで15分から20分焼く。

【お好みで】

生地にフルーツやナッツを加えたり、焼きあがったスコーンにシナモンを振りかけて、おいしい朝食用パンに！

【伝統的な添え物】

スコーンは伝統的にイチゴかイチゴジャム、クロテッドクリーム（またはホイップクリーム）、レモンカード、バターなどを添えて出される。

ライラのフレンチトースト・キャセロール

（トビー・アトウォーターのために作ったもの）

【材料】
やわらかいフランスパン……１本（またはやわらかいロールパン10個）
卵……大８個
ハーフアンドハーフ（牛乳とクリームの混合液）……２カップ
牛乳……１カップ
砂糖……大さじ２
バニラ……大さじ１
シナモン……小さじ1/4
ナツメグ……小さじ1/4
塩……適量

【シュトロイゼルトッピングの材料】
これはあくまで一例なので、お好みでアレンジしてみて。

バター……２本（450グラム）
アーモンドエクストラクト……小さじ１
ブラウンシュガー……１カップ
コーンシロップ……１カップ
刻んだピーカンナッツ（またはクルミ）……１カップ
シナモン……小さじ1/2
ナツメグ……小さじ1/2
クローブ……小さじ1/4

【作り方】

1　シュトロイゼルは、やわらかくしたバターに残りの材料を加え、全体がぽろぽろになるまで混ぜておく。

2　パンを20枚にスライスし（またはロールパン10個を半分に割り）、バター（分量外）を塗った焼き型に並べる。

3　残りのすべての材料を混ぜ合わせて、**2**の上から注ぎ、パンが完全に浸って底や隙間にも行きわたるようにする。

4　焼き型にアルミホイルをかぶせ、冷蔵庫にひと晩入れておく。

5　翌朝、卵液に浸して冷やしたパンの上に**1**のシュトロイゼルを振りかけ、175度のオーブンで40分焼く。

6　バターの小塊とメープルシロップを添えて出す。

フィエスタ・ベイク

(ライラ・ドレイク考案による)

【材料】

■使用する〈アンジェロズ・グルメ〉製品

〈アンジェロズ・グルメ〉のトマトソース……1缶(448グラム)
〈アンジェロズ・グルメ〉のさいの目切りトマト……1缶(448グラム)
〈アンジェロズ・グルメ〉のタコシーズニング……1パック

■その他の材料

ホワイトオニオン……1個(さいの目切り)
ピーマン……小1個(刻む)
牛赤身ひき肉……450グラム
キドニービーンズ……1缶(448グラム)
水……1/4カップ
チリパウダー……小さじ1
未調理のインスタントライス……1 1/3カップ
チェダーチーズ……1カップ(刻む)

【作り方】

1 フライパンにバター（分量外）を入れ、ホワイトオニオンとピーマンを炒める。

2 牛ひき肉を加え、色が変わるまで炒めたら、余分な油を捨てる。

3 トマトソース、さいの目切りトマト、タコシーズニング、キドニービーンズ、水、チリパウダー、ライスを加えて混ぜる。

4 焼き型に流し入れ、175度のオーブンで20分焼く。

5 いったん取り出し、チェダーチーズを振りかけてオーブンに戻し、さらに10分焼く。

6 オーブンから出して、10分冷ます。

7 ひとり分ずつボウルによそい、お好みでサワークリームをたらして、まわりにトルティーヤチップを差し込む——浸したり、すくったりするのに便利！

ライラのブレックファスト・フリッタータ

｛バリエーションその４｝
唐辛子とタマネギとジャガイモのフリッタータ

このおいしい料理は友人たちや家族に
何度もリクエストされるはず。
この料理のすばらしさは朝食にしても昼食にしても夕食にしてもおいしいこと！

【材料】
タマネギ……大１個（さいの目切り）
レッドポテト……小６個から８個（さいの目切り）
唐辛子……２本（刻む）
コショウ……少々
生のタイム……少々
生のオレガノ……少々
溶き卵……８個分
細片状のフェタチーズ……112グラム

【作り方】

1 オーブンを200度に予熱する。

2 タマネギ、レッドポテト、唐辛子をフライパンで炒める。野菜がちょうどいい硬さになったら、コショウ、タイム、オレガノで味を調える。

3 フライパンに溶き卵を加えて**2**の野菜と混ぜる。

4 油(分量外)を塗った焼き型に流し入れ、その上にフェタチーズを散らす。

5 200度のオーブンで10分から15分、卵が完全に固まって、きつね色になるまで焼き、型から取り出す。

6 フリッタータを冷ます。切り分けて以下のエレガントな付け合わせのどれかを添える。

・フルーツのスライス

・表面がパリパリしたパン

・グリーンサラダ

・焼いてオイルをかけたピタチップス

アンジェロのナスのパルミジャーナ

(パインヘヴン、メイン・ストリート444番地の〈カルデリーニズ〉で食べることができる)

もうひとつの案として、スライスしたイタリアンブレッドにナスとソースをのせても。ナスのパルミジャーナ・サンドイッチは〈カルデリーニズ〉の人気メニュー！

【材料】

パン粉(乾燥したイタリアンブレッドで作るのが好ましい)……1/2カップ
ナス……大1個
フレッシュモッツァレラチーズ……1カップ(刻む)
〈アンジェロズ・グルメ〉のさいの目切りトマト……1缶
〈アンジェロズ・グルメ〉のトマトソース……1缶
バジル……小さじ1
オレガノ……小さじ1
ニンニクのみじん切り……ひとつまみ
本物のアイリッシュバター
おろしたてのパルメザンチーズ

【作り方】

1 オーブンを200度に予熱する。
2 パン粉を広口の浅いボウルに入れておく。
3 少なくとも1.5センチの厚さになるように気をつけながら、ナスを10等分から12等分にスライスする。切り口の両面にとかしバターを塗り、ボウルのパン粉をまぶす。
4 ナスのスライスを天板に並べ、オーブンに入れて約9分、またはナスがやわらかくなるまで焼く。
5 オーブンから天板を取り出し、ナスのスライスにモッツァレラチーズを振りかける。オーブンに戻してさらに1分、またはチーズがとけてちょうどいい焦げ目がつくまで焼く。
6 ナスを焼いているあいだに、鍋にさいの目切りトマト、トマトソース（生のトマトをさいの目切りにしたものでも代用できるが、アンジェロの製品も同じくらいフレッシュ）、バジル、オレガノ、ニンニクを入れる。沸騰寸前まで煮たら、火を弱めてさらに5分煮る。
7 ボウルを4つ並べ、6のソースを均等に注ぐ。
8 オーブンからナスを取り出し、4つの深皿にナスを取り分ける（ひとりにつき2、3枚ずついきわたることになる）。パルメザンチーズとコショウ（分量外）を振る。

訳者あとがき

おいしい料理で家族や友人や恋人をもてなして、いいところを見せたい。でも料理が苦手、あるいは時間がない、作るのが面倒……そんなときはライラ・ドレイクにおまかせ！　小さいころから料理が大好きで、技術もセンスも申し分なく、創作料理も得意なライラなら、あなたのニーズにぴったりの料理を作って、こっそり届けてくれます。もちろん、口の堅さもサービスのうち。そんな秘密のケータラーがいたら、思わずリピートしたくなっちゃいますよね。

そんなライラの奮闘記、ジュリア・バックレイの〈秘密のお料理代行〉シリーズ第一作、『そのお鍋、押収します！』をお届けします。

ハロウィン間近のとある秋の日。シカゴ近郊の小さな町パインヘヴンの教会で、ビンゴ大会が開かれようとしています。集まった信徒たちのお目当ては、ビンゴの賞金と持ち寄りビュッフェ。なかでも教会ボランティアのペット・グランディが作るチリコンカンは毎回大人気です。でもこれ、実はペットの依頼でライラが作ったもの。しかも、そのチリコンカンをひと口食べたボランティアの会長アリス・ディクソンが突然死んでしまったから、話はやっかいなことに。自分が作ったとライラが言えば、身に覚えのない罪に問われるばかりか、ペットが恥をかくことになるし、言わなければペットが容疑者にされてしまうし……ジレンマに陥るライラ。警察にうそをついてはいけないとわかっているけれど、顧客の秘密は守らなければなりません。

ヒロインのライラは二十七歳。両親と兄からたっぷり愛情を受けて育ったため、ひねくれたところがなく、明るく素直で、年配の方からも子供からも好かれています。ルックスにもスタイルにもとくにコンプレックスはなさそうで、英文学に造詣が深く、歌がうまくて、もちろん料理も上手。若くてキュートで性格もいい。これまでのコージー・ミステリにこんな無敵なヒロインがいたでしょうか？　それなのに（？）好きにならずにはいられない、愛されキャラなのです。優等生っぽくないところがいいのかもしれません。

唯一の弱点は恋愛下手なこと。料理人でレストランオーナーのアンジェロと別れたばかりだけど、チリコンカン殺人事件を担当するイケメン刑事パーカーのことが気になって、彼の言動に一喜一憂する姿は恋する乙女そのもの。でも、そこがまたいじらしくてかわいい！

そんなライラの頭のなかには、いつも音楽が流れています。好きな音楽はミュージカルナンバーやビートルズなど多岐にわたり、ｉＰｏｄのお気に入りのプレイリストは「八〇年代から現代までの曲の寄せ集め」。頭のなかにどんな曲が流れているかで母親にそのときの気分を判断されるほどで、高校時代にはミュージカル『南太平洋』でヒロインのネリー役を演じたこともあり、カラオケも得意なライラ。まさにＮｏ Ｍｕｓｉｃ，Ｎｏ Ｌｉｆｅ．で、作品中にはたくさんの楽曲が出てくるので、ＹｏｕＴｕｂｅなどで曲を探して聞きながら読むと楽しいですよ。とくにラスト近くのあるシーンは、ライラといっしょにビートルズの〈ブラックバード〉を聞きながら読むとぐっときます。

そして、忘れちゃいけないのが相棒のミック。チョコレート色のラブラドール・レトリバー、ミックの特技は、ライラの話を聞いてうなずくこと。想像するだけで癒されます。ケータリングのときは用心棒として同行してくれるし、ミックはライラにとって心強い味方なのです。

ところで、ペットの（実はライラの）得意料理、みんなが大好きなチリコンカンは、テキサス生まれのメキシコ料理ですが、アメリカの国民食と言ってもいいでしょう。炒めたひき肉とタマネギに、トマト、チリパウダー、インゲンマメなどを加えて煮込んだスパイシーな料理で、地域や家庭ごとに材料がちがったり隠し味を加えたりしてアレンジされているので、日本の家庭で作るカレーのようなものと考えてもいいかもしれません。辛さはチリパウダーで調節できるので、お子さまにはチリパウダーなしでも。トルティーヤチップスですくって食べるほか、タコスの具にしたり、パンやパスタとも合います。ごはんにかけてもおいしそう。でも、くれぐれも××が混入しないようにご用心くださいね。

ジュリア・バックレイはシカゴ在住のミステリ作家で、二〇〇六年に *The Dark Backward* でデビュー。以降、レポーターが主人公のマデリン・マン・シリーズ、高校の英語教師が探偵役のテディ・サーバー・シリーズ、超能力少女の冒険を描いたジニヴラ・ボンド・シリーズなどを手がけ、最新シリーズは今年七月刊行の〈作家見習い〉シリーズ。二〇一五年に開幕した〈秘密のお料理代行〉シリーズは、今年九月に二作目となる *Cheddar Off Dead* が発売されます。日本でも引きつづきご紹介させていただけることになり、現在準備を進めておりますので、楽しみにお待ちください。

おもにコージー・ミステリを手がけるバックレイですが、ホームページに載っている彼女のお気に入りオールタイム・ミステリのコーナーには、ドストエフスキーの『罪と罰』のほか、ドロシー・L・セイヤーズ、アガサ・クリスティー、レイモンド・チャンドラー、P・D・ジェイムズ、ロス・マクドナルド、スー・グラフトンなど大御所の作品がずらり。ジル・マゴーワン、エリザベス・ジョージなどの作品も挙げられており、スティーグ・ラーソンのミレニアム三部作も。ライラのｉＰｏｄのプレイリストのように、バラエティに富んだラインナップですね。

バックレイは高校の英語の教師を二十八年間務めており、家族は夫とふたりの息子、猫四匹、犬（もちろんラブラドール・レトリバー。名前はディグビー）一匹。ディグビーがミックのモデルなのかと思ったらその逆で、ミックの影響でラブラドールが飼いたくなったのだとか。ミックの魅力には作者も勝てないようです。

本文百三十五ページのシェイクスピア『マクベス』の引用には、小田島雄志氏の訳を使わせていただきました。

二〇一六年八月

コージーブックス

秘密のお料理代行①

そのお鍋、押収します！

著者　ジュリア・バックレイ
訳者　上條ひろみ

2016年　9月20日　初版第1刷発行

発行人　成瀬雅人
発行所　株式会社　原書房
〒160-0022 東京都新宿区新宿1-25-13
電話・代表　03-3354-0685
振替・00150-6-151594
http://www.harashobo.co.jp
ブックデザイン　atmosphere ltd.
印刷所　中央精版印刷株式会社

落丁・乱丁本はお取り替えいたします。
定価は、カバーに表示してあります。
 ISBN978-4-562-06057-3 Printed in Japan